चौथाई की पूर्णता

जीवनधारा में बहती कविताएँ और कहानियाँ...

रेखा 'सुरेश'

ISBN

Hardcase 979-8-89322-687-4
Paperback 979-8-88849-609-1

मेरे अपनों के लिए सस्नेह और साभार

प्राक्कथन

रेखा जी को साहित्य के प्रति अनुराग शुरू से ही रहा है। उनके द्वारा लिखे गए कई समसामयिक लेख, कविताएँ, लघुकथा, कहानियाँ विभिन्न पत्र-पत्रिकाओं में प्रकाशित होते रहे हैं। आकाशवाणी पर भी उन्होंने अपनी कई कहानियों का वाचन किया है। उनके पास जीवन का अच्छा और गहरा अनुभव है। समाज व मानवीय रिश्तों को देखने की उनकी अपनी पैनी दृष्टि है। जीवन के मर्म को समझते हुए उन्होंने भावनाओं और संवेदनाओं के ताने-बाने से सुन्दर मार्मिक कहानियाँ बुनी है। ये सभी कहानियाँ सामाजिक सरोकार से जुड़ी हुई हैं जो सकारात्मक एवं सन्देशपरक हैं। इन कहानियों को पढ़ते हुए लगता है जैसे ये हमारे आस-पास की ही हैं। भाषा शैली सरल व सरस एवं धारा प्रवाह है। इस संग्रह में उनकी कुछ कविताएँ जीवन-मृत्यु, तितली, मौन, पेड़ से गप्पें, दराज़ में पड़ी घड़ी आदि भी शामिल है जो मानवीय जीवन एवं प्रकृति प्रेम से उपजी संवेदनशीलता एवं यथार्थ दृष्टि की अनुभूति से अभिभूत होकर गढ़ी गई प्रतीत होती है।

रेखा जी की पुस्तक "चौथाई की पूर्णता" के स्वागत में उन्हें तहे-दिल से हार्दिक बधाई। उनकी इस रचना को पाठकों से खूब स्नेह व सराहना मिले ऐसी मेरी अनेकों मंगल कामनाएँ।

– सपना शिवाले सोलंकी

अंतर्वस्तु

कुछ कहना है.....   11

मोती सीप के

1. अवतार   15

2. आत्माभिमान   23

3. आस्तीन का साँप   34

4. ईश्वर की दुविधा   44

5. कूड़े का पौधा   46

6. क्यों सूखी आँखों की नमी   53

7. गृह-गृहणी   64

8. ग्रहण   73

9. चौथाई की पूर्णता   81

10. जीवन का वह मोहक रंग   90

11. डकैती   93

12. थोड़ा सा स्नेह-जल   98

13. नई दिशा   100

14. बदलते ढंग-जीवन के संग   109

15. बसंत फिर भी आता है   114

16.	बहने लगी जलधारा की अश्रुधारा	117
17.	बालमन के अनुकरणीय रंग	122
18.	बेटे का खुला पत्र	126
19.	बेलगाम	128
20.	भर लो बसंत जीवन में	131
21.	माध्यम	133
22.	माल्यार्पण	140
23.	ये कैसा डर	146
24.	रिश्तों की मिठास	149
25.	रेडीमेड संस्कृति	152
26.	रेत के महल	157
27.	लेने के देने	161
28.	वार्तालाप	164
29.	विधिना की जीवन डोर	169
30.	विषवृक्ष	177
31.	शुभ का विस्तार	184
32.	शुभकामना	187
33.	समाधान ढूँढता प्रश्न	196
34.	सार्थक	203
35.	सुपात्र	211
36.	हमें जीतना होगा	214

मोती मन के

1.	अनलिखे शब्द	225
2.	अपने साथ रहने दो	226
3.	आशीर्वाद	227
4.	आस्था महानदी की	228
5.	ईर्ष्या बनफूल से	231
6.	अहसास है माँ	234
7.	कबूतर	235
8.	कोशिश	237
9.	गुलाब	238
10.	चीर हरण	241
11.	छोटी सी चिड़िया	242
12.	जीवन की झांकी	243
13.	जीवन - मृत्यु	244
14.	डोर मत खींचो इतनी	245
15.	तितली	247
16.	तुम	249
17.	तुमको नमन	250
18.	दराज़ में पड़ी घड़ी	252
19.	दस्तक	254
20.	दिशा-बोध	256
21.	पिघलना यादों का	259

22.	पेड़ से गप्पें	261
23.	प्रतीक्षा अनवरत	263
24.	फर्ज़ और कर्ज़	264
25.	बसंत मुस्काया	265
26.	बाँधना समय का	266
27.	लालू, कालू, मुन्ना	268
28.	बासन्ती रंग	269
29.	बेटियाँ	270
30.	मन	272
31.	मन करता है	274
32.	मायके आती बेटियाँ	276
33.	मिशिगन झील का सूर्यास्त	278
34.	मुँहलगी – मुँहजली - कलमुँही	280
35.	मुझे रोको मत	283
36.	मेरा अपना मित्र	285
37.	मौन	287
38.	रीतना जरूरी है	289
39.	सुख के साथी, दुख के मीत	291
40.	सुबह की चाय और अख़बार	292
41.	सूना मन	294
42.	हंस अकेला है	296

कुछ कहना है.....

लेखन मेरे लिए मेरे अपने जीवन को सँवारने की एक कला है। मन में उभरते विचारों को, झंझावतों को कागज़ पर उकेरने से मन भी शांत हो जाता है, और विचारों में भी स्थिरता अपना स्थान ले लेती है। इसके साथ शायद अस्तित्व का एक जीवित प्रमाण भी मिलता है। यह मेरा है, मेरी अपनी रचना है, कृति है। समाज से, अपने परिवेश से जुड़े होने का एक संतोष सा मिलता है।

समाज एवं जीवन के विभिन्न रंगों से प्रेरित मेरे ये मोती बहुत समय से धीरे-धीरे मेरे पास जमा होते रहे हैं। उनको एक माला में पिरोने और अपने लिए संरक्षित करने का विचार मेरे बच्चों के मन भी आता ही रहता था। सच कहूँ तो पच्चीस-तीस वर्षों से, इतना सब लिखते हुए कभी सोचा भी नहीं था कि मेरी ये रचनाएँ, नई और पुरानी, पुस्तकाकार में कभी आएँगी। मेरी बेटी दीपाली और मेरी नातिन, वामिका ने, मेरे और सब बच्चों के इस सपने को साकार करने के लिए सराहनीय प्रयास किए। विदेश में होते हुए भी और पढ़ाई में अत्यंत व्यस्त होकर भी टाइपिंग-एडिटिंग और पुस्तक को प्रकाशक के पास तक पहुँचाने का सारा प्रयत्न उनका ही है। छोटी सी प्रिय नव्या ने अपने छोटे-छोटे चित्रांकन से सार्थकता और सुंदरता बढ़ा दी। बस अगर लेखन और प्रयास थोड़ा भी सार्थक लगे तो आपकी शुभकामनाएँ चाहूँगी।

मेरी आत्मीय और सुलेखिका, सपना शिवाले सोलंकी जी का हृदय से आभार कि उन्होंने मेरी पुस्तक, 'चौथाई की पूर्णता' को सराहा और प्रोत्साहन दिया।

"चौथाई की पूर्णता" के प्रथम संभाग, *मोती सीप के* में मेरी कहानियाँ सामाजिक प्रश्नों पर आधारित और उन प्रश्नों के उत्तर ढूँढने के प्रयास में ही लिखी गयीं हैं। मैं मानती हूँ कि साहित्य में समाज और समाज में साहित्य प्रतिबिंबित होता है। दिन प्रतिदिन होने वाले अनुभवों ने ही शब्दों का रूप ले लिया है जैसे सीप में मोती। *मोती मन के* – दूसरा संभाग कविताओं का तो बिल्कुल मन से मन के उद्गार हैं - कहीं प्रकृति, कहीं परिवेश, कहीं व्यंग्य-कटाक्ष, कहीं पीड़ा, कहीं उल्लास, कहीं लालसा तो कहीं संतोष।

आशा ही नहीं, विश्वास है कि आपके हाथों में आ कर इन मोतियों की चमक द्विगुणित हो जाएगी।

रेखा 'सुरेश'

मोती सीप के

अवतार

शिवरात्रि का पर्व प्रतिवर्ष आता, घर में मनाया भी जाता, पर बस जैसा अपने बुजुर्गों को करते देखा वही ढंग अपनाया। उपवास रखा, फलाहार बनाया, मंदिर में भगवान शिव के दर्शन किए, जल चढ़ाया और सबके लिए शुभ और कल्याण की कामना की। पर न जाने क्यों इस वर्ष 'शिवपुराण' पढ़ कर कुछ यथाविधि जानने और करने की इच्छा हुई। बच्चे भी बड़े हो चले थे, धर्मसंबंधी उनकी जिज्ञासा और कौतूहल को शांत करना भी आवश्यक समझा।

यही सब सोचकर आखिर शिवपुराण पढ़ना शुरू किया। अनेक कथा, कहानियों और विधि-विधानों को पढ़ते रहने के बाद शिवजी के अवतार रुद्र-संहिता-उत्तरार्ध वाले खंड तक पहुँच गई। अर्धनारीश्वर, ऋषभ देव, नंदीश्वर, भैरवावतार, नृसिंह अवतार, दुर्वासा अवतार, हनुमान अवतार, जाने कितनी कितनी बार शिव भगवान ने अपने भक्तों के लिए, उनके कष्टों से उन्हे उबारने के लिए अवतार लिया। जब भी भगवान का कोई भक्त कष्ट में होता, बस भगवान कोई न कोई रूप रख कर पहुँच जाते और कष्टों से मुक्त होने का मार्ग बताते।

अवतार वर्णन पढ़ते-पढ़ते उस दिन यही सोचती रही कि दयावत्सल भगवान तो कभी भी किसी भी रूप में, कहीं भी उद्धार करने आ

सकते हैं। "गृहपति अवतार" (पृष्ठ ३७६) पर पढ़ा, गृहपति अवतार में शिवभक्त विश्वानर के घर स्वयं भगवान शिव ने उनके पुत्र, गृहपति के रूप में जन्म लिया। विश्वानर और उसकी पत्नी को पुत्र सुख दे कर सफल गृहस्थ बनाया। विश्वानर के पुत्र गृहपति ने केवल अपने तप और त्याग से मृत्यु को भी जीत लिया, अमरत्व का वरदान पाया और माता-पिता के कष्टों को दूर किया।

शिवपुराण का यह अध्याय पढ़ते-पढ़ते लगा जैसे विश्वानर इस युग में भी हैं और वे और कोई नहीं मेरे ननिहाल के ब्रह्मानन्द जी ही हैं। और "गृहपति" ने इस बार उनके पुत्र डॉ० शशिधर के रूप में अवतार लिया है। मेरा ऐसा सोचने का कारण भी आपको स्पष्ट बताती हूँ। सुनकर आपको भी विश्वास हो जाएगा कि ईश्वर किसी ना किसी रूप में हमारे बीच ही हैं! सुनिए –

लगभग दस या बारह साल के अंतराल के बाद अपने ननिहाल, अपने गाँव जाने का अवसर मिला था। पहाड़ी की तलहटी में बसा बिल्कुल छोटा सा गाँव था, पूरा गाँव ही जैसे एक घर हो। आधुनिक सुख-सुविधाओं के साधन अधिक नहीं थे वहाँ, मार्ग भी पूरे नहीं बन पाए थे। इस बार पहुँचने पर ध्यान को आकर्षित करने वाली एक नई इमारत दिखायी दी तो कौतूहल हुआ और तांगेवाले से पूछ ही लिया-

"भैया, ये गाँव में नया है क्या, किसने बनाया है? कोई धर्मशाला है क्या?"

"बहुत साल बाद आई हो बिटिया, लगता है। अरे ये तो गाँव का तीरथ है तीरथ। और जिसने इसे बनवाया है वो गाँववालों के लिए भगवान। इसे चाहे मंदिर कह लो, चाहे धर्मशाला, चाहे बेघर का घर और चाहे अस्पताल। हम तो भगवान का मंदिर कहते हैं।" कह कर वो चुप हो गया।

घर भी पास आ गया था। इमारत के पास से निकलने पर वहाँ मंदिर जैसी कोई बात नहीं दिखायी दी। हाँ, औरत-आदमियों और बच्चों की भीड़ अवश्य दिखायी दी! इतने वर्षों बाद गाँव के घर अपने ननिहाल आई थी, सबसे मिलने-जुलने में इमारत वाली बात भूल ही गई। दो चार दिन यूँ ही निकल गए। हाँ, यह अवश्य दिखायी देता कि उस इमारत में जैसे काम कभी रुकता ही नहीं था। हर समय दरवाज़े खुले रहते, रात-रात भर बत्तियाँ जलती रहतीं। हर तरह के, हर धर्म के, हर जाति के लोग वहाँ बेरोकटोक आते रहते। और साथ ही दिखायी देता एक दिव्य-सी आभा वाला, तीस-बत्तीस वर्ष का नवयुवक, जो बराबर किसी न किसी काम में लगा ही रहता। जब उत्सुकता कुछ शांत न हो पाई तो एक दिन नानाजी से पूछ ही लिया,

"नानाजी, ये भवन किस का है और ये कौन हैं?" नानाजी ने एक गहरा साँस लिया और बोले,

"बेटी, तुझे तो याद भी नहीं होगा, गाँव में एक सज्जन पुरुष था - ब्रह्मानन्द, मेरा घनिष्ठ मित्र था। पर किन्हीं अज्ञात कारणों से चालीस वर्ष पहले गाँव छोड़ कर चला गया था। तब वह स्वयं भी बस चालीस-

बयालीस वर्ष का ही था। जब तक यहाँ था, ब्रह्मानन्द और उसकी पली संतान अभाव में तड़पते रहते थे। गाँव वाले भी कम न थे, ताड़ना और लांछन लगाते ही रहते थे। आखिर तंग आ कर छोड़ गया वह यह गाँव। अब अरसे बाद लौटा, तो इस गाँव के लिए भगवान के रूप में अपने बेटे डॉ०शशिधर को लेकर जो सुयोग्य और सुदर्शन तो है ही, पर जैसे एकदम बैरागी, निर्लिप्त कर्मयोगी। ब्रह्मानन्द से कुछ पूछो तो बस यही कहता है कि शशिधर तो तपस्या कर रहा है। शादी-ब्याह कर गृहस्थी के मोह में फँसना ही नहीं चाहता। उसका कहना है यह गाँव, ये लोग ही उसका परिवार है।"

नानाजी के मुँह से आधी कहानी सुन कर उत्सुकता और बढ़ गई। और पहुँच ही गई शशिधर जी के मंदिर में। पता चला शशिधर जी तो किसी रोगी को लेकर शहर गए हैं। उनके पिता और नानाजी के मित्र, पंडित ब्रह्मानन्द जी ही बाहर बैठे थे। उनको प्रणाम करके उनके पास ही बैठ गई। अस्सी वर्षीय पंडित जी को अपना परिचय दिया तो स्नेह उमड़ आया उनके नेत्रों में भी और सिर पर रखे उनके हाथ के स्पर्श में भी।

थोड़ी देर प्रतीक्षा के बाद सीधा प्रश्न पूछ ही लिया, "शशिधर जी ने अपना घर क्यों नहीं बसाया काका?" गहरी साँस छोड़ी पंडित जी ने, और कहा,

"अरे बेटी जानता हूँ तू क्या जानना चाहती है। बेटी, वह कहता है सारा समाज ही मेरा घर है, उनकी देखभाल करना ही मेरा कर्तव्य है। फिर एक घर के बंधन में क्यों फँसूँ? बिल्कुल संत हो गया है। हम

दोनों पति-पत्नी के लिए भी और गाँव के लिए भी भगवान! बस शायद हमारे बड़े भाग्य थे, जो यशोदा के कृष्ण की तरह ही ये हमारे पास आ गया। यशोदा को भी क्या पता था कि बालरूप धारण करके श्रीकृष्ण ही उनकी गोदी में बिना उनके जन्म दिए ही आ गए हैं।"

"काका, आप साफ बताइए न, कह क्या रहे हैं!" ब्रह्मानन्द जी की बात में छिपे रहस्य को जानना चाहा मैंने।

"बताता हूँ बेटी, तू लिखेगी न, तुझे बताता हूँ। बेटी, मेरे लिए तो यह साक्षात शिव ही है शायद। यहाँ गाँव से सब कुछ छोड़ कर मैं काशी चला गया था। यहाँ की ज़मीन आदि बेच कर यह धर्मशाला शुरू करवा गया था। काशी में बहुत शांति मिलती, विश्वनाथजी के मंदिर में पूजा पाठ, और भजन-कीर्तन में समय बीतता। अब से तीस-बत्तीस साल पहले शिवरात्रि पर काशी में महा भीड़, लोग दूर-दूर से दर्शनार्थ और गंगा-स्नान के लिए आते थे। कोई पुण्य कमाने आता, कोई पाप धोने। शिवरात्रि के दिन मैं भी बहुत सवेरे विश्वनाथजी के दर्शनों के लिए जो गया तो सीढ़ियों पर एक अबोध नवजात शिशु को, कुछ लोगों की भीड़ के बीच, पड़े और रोते देखा। कोई हाथ नहीं लगा रहा था। ठंड से बालक का शरीर नीला हो गया था। मुझे महादेव जी की आभा दिखायी दी उस नीले रंग में। बस उठा लाया उस बालक को, और ला कर डाल दिया पंडिताइन की गोद में। कुछ पूछा भी नहीं पंडिताइन ने, प्रसाद की तरह पहले सिर आँखों से लगाया और फिर सीने से लगा लिया। पता नहीं बेटे, तब किसके प्रताप से ऐसी भावनाएँ आई हृदय में। अपनी तो जैसे उसके बाद उम्र ही रुक गई।"

कुछ देर के लिए रुक गए पंडित जी, जैसे वाकई उम्र रुकने का अनुभव हो रहा हो। पानी पीकर, मेरी जिज्ञासा देख कर, मुस्कुराते हुए फिर कहना शुरू किया -

"इसके कार्य, इसकी लगन देखकर सब लोग दांतों तले उंगली दबा लेते और मस्तक स्वयं ही श्रद्धा से झुक जाता। हमेशा दूसरों की सहायता करने को आतुर, अपनी सामर्थ्य से भी अधिक! डॉक्टर बनने की भी इसीलिए ठानी थी शशि ने कि इसमें सेवा करने का अवसर मिलता है। तरह-तरह की बीमारियों से ग्रसित रोगियों को देखते-देखते भगवान बुद्ध का सा वैराग इसके दिल में आ गया था। एक दिन शशिधर मुझसे बोला, "बाबा, जो भी संसार में आता है, अवश्य मृत्यु को प्राप्त होता है। पुराण कथाओं के अनुसार कठिन से कठिन तपस्या करके अनेक तपस्वियों ने अमरता का वरदान पाया। बाबा, मेरी समझ में तो यही आया कि इस सांसारिक जीवन में शरीर तो जाएगा ही, मनुष्य के कर्म ऐसे होने चाहियें जिनके तप में तपकर मनुष्य का नाम और आत्मा अमर हो जाएँ। बाबा, मैं सोचता हूँ कि यही मृत्यु पर विजय है। बाबा, मैं भी ऐसा ही काम करूँगा तभी मेरा जन्म लेना सफल होगा, सार्थक होगा।"

शशिधर के इस कथन को बताने के बाद काका फिर कुछ देर मौन हो गए। मैंने भी कुछ देर चुप्पी ही बनाए रखी। फिर पूछा "काका, फिर यहाँ कैसे?" काका ने मेरे सिर पर एक स्नेह भरा हाथ रख कर बताना शुरू किया -

"बस कुछ दिन सोच-विचार के बाद वह मुझे लेकर यहाँ गाँव में आ गया। तब से इसके लिए यहाँ का कोई काम कठिन नहीं। कोई अछूत नहीं, कोई कोढ़ी नहीं, कोई रोगी नहीं, अमीर-गरीब नहीं, सारे गाँव के सिर पर हाथ रखने वाला आ गया हो जैसे। इधर छोटा-सा यह मंदिर बनवाया है, पर उस के लिए कर्म ही पूजा है। घर-घर घूम कर स्वयं देखता है, शहर जा-जा कर गाँव के लिए सहायता लाता है। प्रयत्न करके यहाँ सरकारी पाठशाला खुलवायी, अस्पताल के लिए दवाइयाँ और अन्य सुविधाओं का प्रबंध किया। यहाँ तक कि टी-बी और कोढ़ के रोगियों को भी अपने साथ शहर ले जाकर उचित उपचार और प्रबंध करवाए। अब तो बेटी, अपनी भी यही प्रार्थना है ईश्वर से कि यह अपने काम और लक्ष्य में सफल हो, और इसका नाम अमर हो। इसके असाध्य परिश्रम से समाज और मानव जाति का कल्याण हो।"

अदृश्य ईश्वर के आगे हाथ जोड़ लिए काका ने। फिर उसी निरंतरता में बोलने लगे –

"समाचार पत्रों और पत्रिकाओं में बहुत अच्छे लेख छपते हैं इसके। विश्वविद्यालयों और अनेक संस्थानों में मानव कल्याणकारी, प्रेरक प्रवचनों के लिए आमंत्रित किया जाता है। कई बार देश-विदेश से इसके पास ऐसे अनुरोध भी आ चुके हैं कि गाँव छोड़ कर शहर या विदेश के बड़े अस्पतालों में काम करे। पर इसके लिए तो यह गाँव और धर्मार्थ यह संस्था ही तपोभूमि है, मंदिर है।"

उस दिन काका के पास से उठी तो यही कामना और प्रार्थना थी कि, "हे भगवान, शशिधर की तपस्या सफल हो। वह समाज में कर्मयोगी बन कर अमर रहे।" जन्म से कौन महान होता है, कर्म ही व्यक्ति को महान बनाते हैं।

आज फिर शिवरात्रि के पावन पर्व पर शिवपुराण की इति करते हुए यही प्रार्थना है कि मनुष्य ईश्वर का अवतार कहलाये, यह क्षमता और सौभाग्य तो बिरलों को ही मिलता है, परंतु इतनी शक्ति और कर्मठता ईश्वर दें कि आदमी ऐसे कर्म करे कि बस आदमी के ही रूप में अपना नाम अमर कर सके। कविश्रेष्ठ नीरज ने सच ही कहा है –

"क्या करेगा प्यार वह भगवान को, क्या करेगा प्यार वह ईमान को,
जन्म ले कर गोद में इंसान की, कर न पाया प्यार जो इंसान को।"

आत्माभिमान

आज एक बार फिर हमारा तबादला हुआ किसी दूसरे शहर में। सामान की छँटायी और पैकिंग में एक बार फिर वह फाइल मेरे हाथ आ गई, और मैं सब काम छोड़ कर बैठ गई उसके पन्ने बहुत आत्मीयता के साथ पलटने। फाइल के पन्ने पलटते हुए सारी कहानी आँखों के आगे चलचित्र सी घूम गई जैसे कल की ही बात हो। मैं भी कई वर्षों पुराने अतीत में डूब सी गई, विभोर सी........ उस दिन प्रातः कृष्णा मुझे नमस्ते करने आया और एक फूल देके दौड़ता हुआ स्कूल बस की तरफ गया। उसकी छलाँग और दमक में आत्माभिमान का प्रकाश और स्वतंत्रता का आभास था जो मुझ में भी नई सोच और उम्मीद का पथ उजागर कर गया..

शहर के उस नए बड़े बंगले में आए हमें अभी कुल एक महीना ही हुआ था। मुझे बंगले के काम के लिए एक मेहनती और चुस्त आदमी की जरूरत थी। उस दिन नाथूराम अकेला ही मेरे पास आया था। अपने परिचय में नाथूराम ने सकुचाते हुए बस इतना ही कहा -

"जाति से तो छोटी जाति के हैं हम माँजी, पर गाँव में थोड़ी बहुत खेती है। बाप की मेहनत और सरकारी प्रबंध से चार अक्षर पढ़ गए थे, अब बाल-बच्चों को आगे पढ़ाने की इच्छा है। हमने और हमारे बच्चों ने

ज़िंदगी के लिए कुछ सपने देखे हैं, उन्हें सच करने की खातिर ही शहर चला आया हूँ। अब आप जैसा चाहें काम दे दें, बाग बगीचे का, सफाई का, बाज़ार का, चौकीदार का, कुछ भी काम करेंगे। किसी काम के लिए भी हमारे मुँह से 'ना' नहीं निकलेगा, माँजी। पर जात से छोटी जात ही हूँ, आप से कुछ छिपाने खातिर झूठ नहीं बोलेंगे।"

नाथूराम को देखते ही मुझे लगा शायद इस आदमी से मेरा काम बन जाए, विश्वसनीय और मेहनती लग रहा था। उसकी बातचीत में कुछ करने की उत्सुकता और आशा भी थी। मैंने कहा, "अरे हम जात-बिरादरी नहीं मानते, नाथूराम! बस ईमानदारी, कायदा और सफाई होनी चाहिए।"

और उस दिन से नाथूराम बंगले में बाहर का काम संभालने और सफाई के लिए रख लिया गया। बाहर बरामदे में झाड़ू लगाता, अंदर की भी थोड़ी साफ-सफाई करता। धीरे-धीरे कुछ ऐसा होता गया कि बंगले के माली का काम भी उसने संभाल लिया और कभी-कभी रसोई घर में चाय आदि या बर्तन भी करने लगा। सुबह से दोपहर तक बंगले पर ही रहता। एक दिन बहुत झिझकते हुए बोला, "माँजी, अगर आप कुछ और न सोचें तो बंगले के पीछे बना हुआ सर्वेन्ट-क्वाटर मुझे रहने के लिए दे दें तो गाँव से मैं अपने परिवार को ले आऊँ।"

एक वर्ष से काम कर रहे उस नाथू से मैंने कभी उसके परिवार के लिए पूछा ही नहीं। अपनी स्वार्थपरता पर ग्लानि हो आई मुझे। फिर भी बिना पूछ-ताछ किए मैं 'हाँ' न कह सकी। पता चला उसके परिवार

में उसकी माँ, उसकी पत्नी और दो बच्चे हैं। लड़का बड़ा था, गाँव के स्कूल में आठवीं कक्षा का छात्र था। शहर लाने की जल्दी इसीलिए थी कि समय पर दाखिला हो सके। मुझे याद आया, कि शायद कभी नाथूराम ने उसके बारे में बताया था मुझे और कहा भी था कि, 'बहुत होनहार लड़का है वह और आपकी छत्रछाया में रहा तो कुछ बन जाएगा, माँजी।'

मुझे बातों से परिवार ठीक लगा और मैंने 'हाँ' कह दिया। सच कहूँ, तो उसकी जरूरत नहीं बल्कि मैंने अपना स्वार्थ ही अधिक देखा। परिवार पीछे रहेगा तो चौबीस घंटे का आराम और बंगले की चौकीदारी रहेगी और बाकी काम का भी आराम रहेगा। और वाकई हुआ भी कुछ ऐसा ही। नाथुराम तो बहुत समझदारी से बंगले का और बाहर का काम संभालने लगा था और उसकी माँ धीरे-धीरे मेरे घर के काम में बहुत मेरी मदद करने लगी थी। उसके दोनों बच्चे स्कूल जाने लगे।

नाथूराम का बेटा कृष्णा तो जैसे ही मेरे सामने आया कुछ अलग सा ही लगा वह मुझे! उसके चेहरे पर भोलेपन के साथ दृढ़ता, आँखों में कुछ मजबूरी के साथ आशा की चमक और होंठों की मुस्कुराहट में आत्माभिमान के साथ नम्रता बरबस ही आकर्षित कर रही थी। नाथूराम ने अपने बेटे के सिर पर हाथ फेर कर और फिर मेरी तरफ हाथ जोड़ते हुए कहा -

"माँजी, इसी कृष्णा के लिए मैं गाँव छोड़ कर शहर आया हूँ। इसका कहीं दाखिला करा दीजिए।"

कृष्णा का आठवीं का परीक्षाफल देखा मैंने। बहुत अच्छे नंबर आए थे। प्रथम आया था अपने गाँव के सरकारी स्कूल में। मैंने प्यार से कृष्णा के सिर पर हाथ फेरते हुए कहा, "इतने अच्छे नंबर हैं इसके। इसे तो कहीं भी दाखिला मिल जाएगा।"

तभी मेरे बेटे रवि की आवाज़ आई, "अरे, मम्मी बता क्यों नहीं देतीं कि इनको इतनी मेहनत की जरूरत नहीं है। कृष्णा को तो कहीं भी दाखिला मिल जाएगा बिना अच्छे नम्बरों के भी! इनको अच्छे नंबर की जरूरत नहीं है।"

रवि की आवाज़ में कटाक्ष, व्यंग्य सब सुनाई दे रहा था। मेरे इशारा करने पर भी वह चुप नहीं हुआ, बोलता ही गया, "अब ममी अपने बराबर वाले बंगले में रहने वाले रामरतन जी को ही देख लीजिए न! उनका बेटा तो 50 प्रतिशत पाकर भी दाखिला पा गया मेडिकल में और हम बी.एस.सी. ही कर रहे हैं, 80 प्रतिशत ला कर भी।"

उस क्षण मैंने स्पष्ट देखा था कृष्णा की आँखों में तिरस्कार के अश्रु छलक रहे थे और वह पैर पटकता सा वहाँ से ऐसे भाग गया जैसे किसी ने उसकी दुखती रग को छू दिया हो।

कृष्णा की इच्छा और उसकी होनहारता को देख कर अच्छे विद्यालय में उसको प्रवेश दिलवा दिया और वह दिन-प्रतिदिन मेहनत के साथ पढ़ता रहा। मेरे बेटे रवि के छोटे हुए कपड़े, जूते-मौजे, सब उसको ठीक आ जाते। उस सरकारी स्कूल में दसवीं तक की शिक्षा निःशुल्क थी, अतः आर्थिक रूप से पढ़ाई को आगे बढ़ाने में ना नाथूराम को और

ना कृष्णा को ही परेशानी रही। कृष्णा पूरी लगन और ईमानदारी से पढ़ता था। जब कभी भी कोई कठिनाई होती तो मुझसे पूछने आ जाता या कभी रवि के पास चला जाता। होशियार और परिश्रमी तथा सच्चे बच्चे को समझाने में किसका दिल नहीं लगता भला!

कभी हँस कर भी रवि उस से कहता कि वह बेकार ही इतनी मेहनत कर रहा है तो कृष्णा चिढ़ जाता था। नवीं कक्षा में बराबर प्रथम पाँच बच्चों में ही उसका नाम रहा। कक्षा की वार्षिक परीक्षा में वही प्रथम आया, क्योंकि तब तक गाँव से आने के बाद शहर के नए वातावरण में सामंजस्य स्थापित कर लिया था कृष्णा ने।

एक दिन कृष्णा के स्कूल के एक अध्यापक मेरे पास आए थे। कृष्णा को देख कर उसकी बुद्धिमानी की प्रशंसा करने लगे, पर यह पता लगते ही कि वह नाथुराम का बेटा है चौंक से गए! कृष्णा के वहाँ से जाने के बाद कहने लगे कि इसने स्कूल के फार्म में कहीं भी अपनी जाति नहीं लिखी। ऐसा करके तो कृष्णा ने सरकार से मिलने वाले कितने ही विशेषाधिकारों को खो दिया! तुरंत मुझे याद आया कि एक दिन कृष्णा मुझसे पूछ रहा था कि - पढ़ाई-लिखाई के फार्म में जाति क्यों भरवाई जाती है? मुझे हैरान देख कर अध्यापक जी बोले -

"खैर! जो हुआ सो हुआ, अब आप चिंता मत करिए। अभी दसवीं के फार्म भरे जाएँगे तब मैं विशेष रूप से ध्यान रखूँगा कि कृष्णा अपनी जाति ठीक तरह से अवश्य भर दे जिस से वह जीवन भर मिलने वाले लाभों से वंचित न रह जाए।"

अध्यापक तो चले गए, पर अब मुझे रवि की बातों पर कृष्णा का चिढ़ जाना कुछ-कुछ समझ में आने लगा। मैंने सोचा शायद छोटी जाति लिखने से कृष्णा के मन में हीन भावना आती हो। मन ही मन मैंने सोचा समझा दूँगी धीरे-धीरे जाति लिखने से उसे क्या-क्या लाभ मिल सकते हैं। पर वह समझने-समझाने वाला दिन कभी आया ही नहीं। उसका संकल्प और दृढ़ता देख मैं दिन प्रतिदिन दंग ही रह जाती।

आखिर दसवीं के फार्म भी भरे जाने लगे। एक दिन स्कूल के वही अध्यापक कृष्णा के साथ मेरे पास आए। अध्यापक के चेहरे पर आश्चर्य मिश्रित क्रोध था और कृष्णा के चेहरे पर दयनीयता और दृढ़ता दोनों साथ-साथ दिखाई दे रहे थे। दो वर्षों में मैं कृष्णा को खूब समझ गयी थी। कृष्णा को स्कूल के अध्यापक के साथ देख नाथूराम भी वहाँ आकर खड़ा हो गया। पूछने पर मास्टर जी ने बताया –

"कृष्णा हाई-स्कूल के फार्म में जाति वाला कॉलम भरने को तैयार ही नहीं है। भारतवर्ष में जीवन भर तुम छोटी जाति की लाठी पकड़ लाभ उठा सकते हो। नौकरी में, दाखिले में, सब जगह प्राथमिकता बनी रहेगी। पर कृष्णा है कि सुनता ही नहीं।"

मास्टर जी कभी गुस्से में, कभी आश्चर्य से, कभी खिजलाहट से बताते जा रहे थे। एक क्षण साँस लेकर हवा में हाथ लहराते हुए बोले –

"इस लड़के का कहना है, कि पढ़ाई लिखाई के संबंध में जातीयता, प्रांतीयता का प्रश्न क्यों उठाया जाता है? हम भारतवासी हैं, क्या इतना काफी नहीं? व्यक्तिगत जीवन में हम चाहे किसी धर्म का पालन करें,

कोई भी कार्य करके जीवन निर्वाह करें उसका पढ़ाई-लिखाई और योग्यता से क्या संबंध?"

मैंने मास्टर जी से कहा, "ठीक है। अभी तो आप चलिए। मैं इससे बात करके और समझा कर कल स्कूल भेजूँगी।"

मास्टर जी के जाने के बाद मैंने कृष्णा को प्यार से अपने पास बैठाया और जाति न भरने की बात पूछी। उसे छोटी जाति के लिए सरकार द्वारा दिए जाने वाले सभी लाभों को विस्तार से बताया।

आँसू बहाता, सिर झुकाए चुप सुनता रहा कृष्णा। फिर साहस और हिम्मत बटोर कर बोला, "इसका मतलब है, मैं चाहे कितना भी आगे बढ़ जाऊँ, कितना भी पढ़ लिख जाऊँ, मेहनत कर कितना भी ऊपर उठ जाऊँ, फिर भी यह निम्न-जाति और छोटी जाति का बिल्ला मेरा पीछा नहीं छोड़ेगा?" कुछ देर मेरी ओर प्रश्नसूचक दृष्टि से देखता रहा और देखकर फिर कहने लगा -

"क्या फायदा है मेरे पढ़ने का, मेरे आगे बढ़ने का जबकि पीढ़ी दर पीढ़ी यह छोटी जाति और निम्न जाति की सुविधा मेरे साथ चलती रहेगी?"

बोलते बोलते बराबर रोता ही जा रहा था कृष्णा। इतना कि सुबकियाँ बंध गयीं उसकी। मैंने थोड़ा ढाढ़स देना चाहा, उसके लिए पानी मँगवाया। मैं अवाक उसकी मनोदशा पढ़ने और समझने की कोशिश कर रही थी। कुछ देर रुक कर, कुछ संभल कर कृष्णा पुनः बहुत ही विनीत स्वर में मुझसे बोला –

"अच्छा माँजी, स्कूलों में दाखिले और सबको एक स्तर तक निःशुल्क शिक्षा के प्रबंध सरकार ने किए हैं न? सबको बराबर एक सी शिक्षा मिलती है। अब जितनी मुझ में योग्यता है, क्षमता है उसे तो मुझसे कोई नहीं ले सकता और योग्यता एवं परिश्रम के अनुसार मिलने वाले मेरे अधिकार को भी कोई मुझसे नहीं छीन सकता।"

उसकी आवाज़ अब पुनः भर्राने सी लगी थी, फिर भी संभल कर बोलता रहा। वह कह रहा था, "माँजी बताइए आप ही, क्या मैं बुद्धिहीन हूँ, क्या मैं दृष्टि से या हाथ पैरों से लाचार हूँ? ईश्वर का दिया सब कुछ तो है! फिर किसिलिए इस स्थान तक आकर भी छोटा कहलाऊँ? मेरे विचार, मेरी सोच, मेरे कार्य कुछ भी तो निम्न नहीं हैं, पढ़ने का भी मुझे अवसर दिया गया - फिर क्यों मैं जीवन भर पिछड़ा हुआ, निम्न कहलवा कर सरकारी दया का पात्र बना रहूँ? अब आप स्वयं बताइए मैं क्यों पिछड़ा हूँ, क्यों निम्न हूँ? क्योंकि छोटी जाति में जन्म लिया बस इसलिए सम्पूर्ण जीवन पिछड़ा कहलाता रहूँ!!"

मैं जड़वत उसकी बात सुन कर सन्न रह गई। रवि भी अवाक उसकी ओर देखता रह गया। फिर हम दोनों की ही दृष्टि बराबर के बंगले में रहने वाले अफसर रामरतन जी के बंगले की तरफ उठ गई जो इस पद तक आ कर भी अपने पचास प्रतिशत अंक पाने वाले बेटे के दाखिले के लिए 'छोटी जाति' के नाम की लाठी का सहारा लिए हुए थे और स्वयं भी 'निश्चित तरक्की' के सच होने वाले सपनों को सँजोये हुए थे।

कृष्णा प्रश्नसूचक दृष्टि से मेरी ओर ताक रहा था। मैंने उसके सिर पर प्यार से हाथ रखा और इतना ही समझाया, "कृष्णा, ये सरकारी नीतियाँ हैं। परीक्षाओं का फार्म भरते समय उन नीतियों का पालन करना ही पड़ता है, अध्यापकों को भी और छात्रों को भी, अन्यथा तुम परीक्षा से भी वंचित रह सकते हो। तुम्हारे अध्यापकों से भी सवाल किया जा सकता है। इसलिए जाति तो फार्म में तुम्हें लिखनी ही होगी।"

कुछ रुक कर फिर मैंने प्यार से समझाते हुए कहा, "कृष्णा तुम अपनी जाति को लेकर अपने मन में हीन-भावना क्यों लाते हो? ऐसा काम करो कि छोटी जाति का होते हुए भी तुम्हारा यह स्वाभिमान और आत्माभिमान एक उदाहरण बन जाए ना कि लाठी का सहारा।"

चुपचाप सुनता रहा कृष्णा। एकटक मुझे देखता रहा निःशब्द - फिर उठा और मेरे पैर छूकर वहाँ से तेजी से चला गया। मैं स्तब्ध उसे देखती रह गई। उस समय मुझे उस पर रवि से भी ज्यादा ममता हो आई। अब मैं प्रतिदिन उसके स्वाभिमान की रक्षा हेतु ईश्वर से प्रार्थना करने लगी।

अगले दिन स्कूल से अध्यापक जी का भी फोन आया कि कृष्णा शांत है और उसने पूरा फॉर्म ठीक से भर दिया है। मुझे संतोष सा मिला जैसे बहुत बड़ी सफलता मिल गई हो। पर सफलता की सीढ़ी तो उसके बाद कृष्णा चढ़ता चला गया।

दिन महीने और साल बीतते चले गए। दसवीं, बारहवीं कक्षाएँ कृष्णा अद्भुत सफलता के साथ पार करता गया। जिले में, प्रांत में और

फिर देश में सर्वोच्च अंक प्राप्त करता हुआ। उसने पीछे मुड़ कर फिर कभी नहीं देखा। उसकी तरफ और उसकी पढ़ाई कि तरफ मेरा ध्यान हमेशा रहा। रवि भी और मैं भी यथासंभव उसकी पढ़ाई में उसकी सहायता करते रहते थे। जो हमेशा 'छोटी जाति-छोटी जाति' सुन कर उदास हो जाता था अब उसे सुनायी देता कि छोटी जाति का हो कर भी उसने सभी को मात दे दी।

देश के मेडिकल में दाखिले के लिए होने वाली परीक्षाओं में भी अब तक के सारे रेकॉर्ड्स उसने तोड़ दिए। सर्वोच्च स्थान प्राप्त कर नया रिकार्ड बनाया। किसी भी सरकारी सहायता या नीतियों का सहारा लेने की उसको कभी आवश्यकता ही नहीं पड़ी। कृष्णा ने तो मिलने वाले सभी आर्थिक पुरस्कारों को भी ज़रूरतमन्द विद्यार्थियों को दे दिए। उसने उनकी जाति की ऊँच-नीच नहीं देखी, बस योग्यता और उनकी ज़रूरत देखी।

विभिन्न परीक्षाओं में अभूतपूर्व सफलता और उसकी उपलब्धियों का जो भी वर्णन समाचार-पत्रों में उसके चित्र के साथ प्रकाशित होता, मैं सब काट कर अपने पास सुरक्षित रखती जाती थी। उसने अपने परिश्रम और दृढ़ निश्चय से अपने स्वाभिमान और आत्माभिमान की रक्षा स्वयं की थी। यह बात और है कि जब कोई कुछ अच्छा करने चलता है तो सारी कायनात उसका साथ देने को सजग हो जाती है।

आज वह मेरे सामने नहीं है पर उसकी प्रशंसा और उपलब्धियों से सजा हर पन्ना मेरे पास संकलित है। जब भी इस फाइल को देखती

हूँ, आँखों में कहानी साकार होने लगती है और बस ये अपने शब्द ही आशीर्वाद स्वरूप बहने लगते हैं -

"कृष्णा तुम न कभी छोटे थे, न कभी छोटे रहोगे। तुम्हारे विचार उच्च हैं! तुम्हारा साहस उच्च है! तुम्हारे कार्य उच्च हैं तो तुम्हारी उपलब्धियाँ भी सदा ही उच्च रहेंगी। मेरा आशीर्वाद है – तुम्हारा स्वाभिमान, आत्माभिमान और आत्मविश्वास प्रभु की कृपा से सदा जागरूक रहें। इनके प्रकाश में निम्नता और पिछड़ेपन जैसी कमजोर भावनाओं के अंधेरे लुप्त हो जाएँ और उज्ज्वल भविष्य का सूर्य आत्माभिमान की किरणें बिखेरता हुआ मानस-आकाश पर जगमगाता रहे।"

आस्तीन का साँप

माँ की परिभाषा जाने उस बेटे के लिए कैसे, क्यों और कहाँ खो गई जिसकी माँ को मैंने देखा है रोते हुए, हारे हुए, लुटे हुए। पर माँ की परिभाषा तो फिर भी उस माँ में पूरी तरह परिभाषित हो ही रही थी। उसके 'बेटा-बेटा' उच्चारण में दुख और आश्चर्य ही था, कहीं भी कोई श्राप नहीं था, कोई कोसना नहीं था।

सुनेंगे आप वह कहानी? यूँ तो आपको अपने आस-पास ही बिखरी दिखाई दे जाएगी। हो सकता कमोबेश आपके घर की ही हो। पर किसी और से सुनने में, और दूसरे परिवेश में देखने से कुछ वास्तविकता भी कहानी लगने लगती है और कुछ वास्तविक होते हुए भी कहानी जानकर अविश्वसनीयता का भ्रम पाल कर संतुष्ट हो जाते हैं। तो कहानी यूँ है –

जहाँ मैं रहती थी पेइंग गेस्ट बन कर वहीं पास में रहती थीं वे। 'सरला' नाम था उनका। नाम से ही नहीं व्यवहार से भी सरल थीं वे। हृदय में कुछ भी छिपा नहीं रहता था। और जैसी स्वयं थीं वैसा ही विश्वास दूसरों पर भी था। कई बार समझाने पर भी उनको कभी समझ नहीं आया कि अब ज़माना नहीं रहा कि आप किसी के लिए भी दरवाज़ा खोल दें या घर में बैठा लें। कई बार मैंने देखा कि मेरे मकान मालिक

के घर ताला होने पर उनके घर आए किसी भी अनजान आदमी को वे अपने घर बैठा लेतीं, चाय-नाश्ता बहुत प्रेम से करवातीं। कहने पर कि माताजी ऐसा न किया कीजिए तो वे बहुत सादगी से कहतीं - "अब मुझसे क्या ले जाएगा कोई! मार ही देगा तो मार दे, कुछ भला ही करेगा मेरा।"

सच मोह तो उनको किसी का था ही नहीं। एक बेटा था, बहू थी। मुझे कभी-कभी उनके पास बैठना अच्छा लगता था। उन्होंने ही बताया कि बेटा विनायक जब मात्र दो वर्ष का ही था तब विनायक के पिता एक सड़क दुर्घटना में अचानक ही चल बसे। जब समय ने ही भरोसा तोड़ दिया, धोखा दे दिया तो अब और किसी से क्या डरना? बस उसके बाद शुरू हो गया था उनका निडर सफर।

स्वाभाविक ही था, एक ही स्वप्न पाला उन्होंने। विनायक को योग्य, सक्षम और संभ्रांत बना दें। छोटी उम्र थी सभी तरह के प्रस्ताव आए उनके सामने, पर वे अटल रहीं। वे केवल अब एक माँ थीं। पत्नी अब वे रहीं नहीं थीं। अतः पूरी तरह माँ की परिभाषा का साक्षात प्रमाण बनीं रहीं।

सरला माँ - अब आगे की कहानी में मैं अपनी नायिका को इसी नाम से पुकारूँगी। तो सरला माँ ने अपना पूरा समय, अपनी पूरी क्षमता बेटे को योग्य बनाने में लगा दी। बेटा पढ़ाई के लिए उठता तो वे भी उठतीं। गर्मी हो या सर्दी, उनका नियम था सुबह भोर में ही उठ कर घर के आगे साफ-सफाई कर के, अल्पना बना कर, सत्विकता

को स्थापित करतीं। और पेड़ पौधों में पानी डाल कर ईश्वर के प्रति कृतज्ञता प्रकट करतीं।

जहाँ ईश्वर एक दरवाज़ा बंद करता है, दूसरा खोल भी देता है। अच्छा ही था कि सरला माँ ने अपने पति के साथ ही इस घर में गृहप्रवेश किया था, और उनके अनुसार पति ने विनायक के पैदा होने की खुशी में यह घर उनको भेंट किया था। दो कमरों का छोटा सा फ्लैट था। गृहप्रवेश के दिन से और आज तक शायद वह मंदिर ही हो गया था उनका।

कुछ जमापूँजी पर लोन, कुछ अपनी क्षमता के अनुसार नौकरी कर के, कुछ येन-केन-प्रकारेण जुगाड़ होता ही गया और विनायक पढ़ता गया और आगे बढ़ता ही गया। माँ के त्याग और माँ के परिश्रम का वह जीवंत उदाहरण था। परिश्रम करता गया और एक एक सीढ़ी चढ़ता हुआ वह आखिर इंजीनियर बन ही गया। सरला माँ का सपना पूरा हुआ। सपना नहीं उनके जीवन का अभियान था यह!

अब गृहस्थी की गाड़ी थोड़ा और आगे बढ़ी। विनायक का विवाह सुमन से हो गया। और सरला माँ के आँगन में मच ही सुमन महकने लगे। परिवार और मित्र-परिवार के कई हितैषियो को आश्चर्य मिश्रित प्रसन्नता होती। और कभी कभी जलन सी भी होती। सब कहते, "देखो सरला माँ का भाग्य कितना अच्छा है।" अब तक उम्र के उस मोड़ को सब भूल चुके थे, जब उसका भाग्य भी खराब था और उसके कर्म भी खराब थे। ज़िंदगी की भटकी हुई रेलगाड़ी एक बार फिर

अपनी समानांतर पटरियों पर चल निकली थी। विनायक भी पिता बन गया। सरला माँ को पता भी नहीं चला कि विनायक इतना बड़ा कब हो गया।

और अब अन्य दिनचर्या के साथ सरला माँ का एक काम विनायक और सुमन को ये समझाना भी हो गया कि बच्चे कितना बड़ा उत्तरदायित्व होते हैं। वे बार-बार अपना उदाहरण देतीं। इतना कष्ट और इतने अभाव होते हुए भी विनायक को योग्य बनाने के सामने उन्होंने और किसी बात को अहमियत नहीं दी। पारिवारिक रिश्तेदारी को भी दाँव पर लगा कर वे विनायक को ही सक्षम बनाने में न्योछावर होती चली गयीं।

धीरे-धीरे फिर समय बदला। विनायक का ध्यान भी अब माँ से हट कर पत्नी और बच्चों को प्राथमिकता देने लगा। वह माँ का आदर करता, प्यार भी बहुत करता था। पर परिवार और काम के कारण समयाभाव तो रहता ही था। माँ के साथ बैठना, बात करना कम होता जा रहा था। माँ भी अब अपनी ज़िम्मेदारी को पूर्ण मान कर अपने राम भजन में मगन रहतीं। पता भी नहीं चला, किस तरह और कब में वह दिन भी आ गया जब अवसर मिलते ही विनायक अपनी गृहस्थी और गृहणी के साथ अपनी दुनिया में उन्नति की परिभाषा सार्थक करने विदेश चला गया। सरला माँ से भी चलने को कहा था पर माँ ने अपना सब कुछ छोड़ कर जाना स्वीकार नहीं किया। बस यही आशीर्वाद दिया कि उच्चतम शिखर तक सफलता पाओ, बच्चों को नेक बनाओ।

विनायक चला गया अपने परिवार के साथ। विनायक के पापा के जाने के बाद जो खालीपन उसे खाना ही चाहता था वही अकेलापन फिर घिर आया। पर उस समय विनायक एक आशा की किरण के रूप में था। उसी किरण का छोर पकड़ उसने इतने लंबी यात्रा पूर्ण की थी। और अब लग रहा था कि संबल बनी उस किरण रूपी डोर का दूसरा छोर आ ही गया - तभी ढाढ़स सा देता विनायक का पल हाथ में आया। -"माँ, अब बहुत समय हो गया तुमको अकेले रहते हुए, अब यहीं आ जाओ। मेरे साथ और अपने पोतों के साथ समय बिताओ। बहू भी है, घर भी है, फिर क्यों अकेले समय बिताती हो, सोच लेना माँ। मैं दस दिन बाद फोन करूँगा।"

और ये दस दिन सरला माँ ने अपने मंदिर जैसे घर में घूम-घूम कर काट दिए। पूजा घर में, जिसमें देवी देवताओं के साथ पति का चित्र भी माथे पर तिलक के साथ प्रतिष्ठित था, ऐसा जैसे अभी बोल उठेगा। उसके बेडरूम में ब्याह में आया पलंग जैसे इस बुढ़ापे में भी नया नवेला सा दिखाई दे रहा था। साथ ही रखा था विनायक का पालना, जो प्रतीक था, फल था उसके गृहस्थ जीवन का। जिस वस्तु को छूती उसे ही छोड़ने के नाम से उसे लगता जैसे उसके प्राण हैं ये सब। जब ये सब यहीं छूट जाएगा तो विनायक के साथ क्या जाएगा। नहीं, नहीं, फोन आएगा तो मना कर देगी वह। पर विनायक और बच्चों के साथ का प्रलोभन भी कभी उस पर हावी हो जाता। और वो सोचने लगती जब तक जीवन है कुछ समय बच्चों के साथ बिता लूँ। संवेदनाएँ हैं, पर हैं तो निष्प्राण चीजें ही। पर उन निष्प्राण चीजों में क्योंकि संवेदनाएँ बसती हैं

तो वे भी जैसे जीवंत हो जाती हैं। ऐसी ही ऊहापोह की स्थिति में दस दिन बीत गए और वे यह सोचतीं ही रहीं कि वे विनायक से क्या कहेंगी, और विनायक का फोन आ भी गया।

"हाँ, माँ क्या सोचा तुमने?" निर्णय सुनने के से स्वर में विनायक की आवाज़ सरला माँ के कानों में पड़ी।

सरला माँ ने अटकते हुए कहा - "बेटा यहाँ तो तेरा घर है, तेरे पिता बसते हैं इसमें, इतना सामान है। मेरे पूरे जीवन की सँजोई गृहस्थी है। कोई मुझे मेरे सुहाग की याद दिलाता है, कोई कोना तेरे बचपन की याद दिलाता है, तो कोई यौवन की। और कुछ मेरे अकेलेपन के संबल हैं। इस घर का, इन यादों का क्या करूँ! कैसे छोड़ूँ!"

बिना एक भी मिनट की देर किए आवाज़ आई - "तुम चिंता न करो, मैं सब प्रबंध कर दूँगा। यादों का क्या है, वो तो तुम्हारे दिल-दिमाग के साथ रहेंगी न। निष्प्राण चीजों का मोह छोड़ो, व्यावहारिक बनो, दुनिया कहाँ पहुँच गई और तुम तीस वर्ष पुरानी यादों और चीजों को लिए बैठी हो। मैं आता हूँ, पन्द्रह दिन बाद, पन्द्रह दिन की छुट्टी ले कर और तुम्हारे सामान का सब इंतजाम करके तुम्हें अपने साथ ले आऊँगा।" और कट - फोन कट गया - सिवाय 'हाँ' 'हूँ' के कुछ कह ही नहीं सकी सरला माँ।

पंद्रह दिन तक घर में घूम-घूम कर यही लिस्ट बनाती रहीं सरला माँ कि क्या साथ ले जायेंगी और क्या छोड़ जायेंगी, और किसको किस सुपात्र को दे जायेंगी। एक सूटकेस में अपने कपड़े भी जमा लिए। मालूम था

न कि बेटे के आने पर कुछ न कर सकेंगी। ऐसे ही पंद्रह दिन भी बीत गए। बेटे को इतने अरसे बाद देख कर निहाल हो गया ममत्व। बिल्कुल हूबहू अपने पिता की तरह लंबा चौड़ा दिख रहा था। विदेशी आबो-हवा भी रंग दिखा रही थी।

"माँ बस चलने की तैयारी रखो, अपनी ज़रूरत भर का सामान रखो बस।"

सरला माँ कहती - "हाँ बेटा वह तो ठीक है पर यह तो बता घर और बाकी सामान का क्या करेंगे? और हम लौट कर कब आएँगे?"

"तुम फिक्र मत करो, मैं सब इंतजाम कर रहा हूँ। बाबा ही नहीं रहे तो इन चीजों से क्या मोह! अब तुम मेरे साथ ही रहना - यहाँ कौन है हमारा? वापस कब आओगी, इसके लिए अभी कुछ सोचा नहीं है।"

थोड़ा बिलबिला सी गयीं सरला माँ बेटे की इस स्पष्टवादिता और व्यावहारिकता से। सरला माँ को स्वयं अपनी ज़रूरत समझ नहीं आ रही थी। क्या केवल चंद कपड़े उसकी ज़रूरतें थीं? या वे सब जिनके साथ उसने जीवन बिताया है, जो उसके सुख-दुख के साथी थे? पर विनायक से कुछ भी तो नहीं पूछ पा रहीं थीं। पता नहीं किस-किस काम में व्यस्त सा था वह।

एक दिन बाहर से लौट कर आया तो माँ से कुछ कागज़ों पर हस्ताक्षर करवाए कुछ ऐसी हड़बड़ी और जल्दी-जल्दी में कि हस्ताक्षर करते-करते ही बस इतना ही पूछ सकीं सरला माँ- "क्या तू ये घर बेच रहा है।"

विनायक के सपाट से स्वर सुनने को मिले - "माँ घर होता है आदमियों से, अपनों से। चार दीवारों और सामान से घर नहीं होता। अब तेरा घर मेरे साथ है। जहाँ मैं और तेरे पोते-पोती वहीं तेरा घर। फिर वहाँ रहने और बार-बार आने-जाने के लिये पैसा भी तो चाहिए। तुम कौन सा अब बार-बार आने जा रही हो।"

'धक' के साथ कुछ कचोट सा गया सरला माँ के अंदर। ऐसा नहीं था कि सरला माँ को कुछ समझ में नहीं आ रहा था, या अंदर ही अंदर कुछ रिस नहीं रहा था, पर माँ थीं ना - बच्चों को बुद्धिमान दिखने के लिए वे कई बार जानबूझ कर स्वयं को बेवकूफ ही मान लेती हैं। इसको दूसरे शब्दों में यूँ भी कह सकते हैं कि उसे स्वयं की परवरिश पर इतना विश्वास होता है कि वह यह मान ही नहीं सकती कि उसका स्वयं का पाला-पोसा पेड़ अपनी कोटर में एक ऐसा साँप पाल रहा है जो स्वयं उसको ही डसने को तैयार बैठा है। अनेक शंकाएँ-कुशंकाएँ आते हुए भी वे सबको यूँ ही झाड़ फेंकती हैं जिस प्रकार सब के बीच में गिर जाने पर अभिमानी, धूल झाड़ता हुआ, अंदर ही अंदर आँसू पीता हुआ भी हँसते हुए उठ खड़ा होता है। पर हँसी की आवाज़ के साथ एक पीड़ा भरी ही रहती है। डर अगर मन के दरवाज़े पर दस्तक देता भी था तो सरला माँ दरवाज़ा ही नहीं खोलती थी। उनका अपना ही बेटा था न।

तो बेटे ने माँ के साथ उनकी गृहस्थी दो दिन में केवल दो सूटकेस में बंद कर दी - और जाने के लिए तैयार - घर बिक गया, फर्नीचर बिक गया, जो कुछ मूर्त यादें थीं सब बिक गयीं। सब बिक कर पैसा आ

गया। कभी-कभी सरला माँ कह भी देतीं थीं - चालीस साल में जो जोड़ा था वह चार दिन में पैसे में बदल गया। बदल गया सब ट्रेवलर चैक में। नहीं बिक सकी तो सरला माँ के हृदय की सरलता, तरलता, विश्वास और यादें।

जाने का दिन भी आ गया - घर की तरफ अंतिम दृष्टि डाल कर, चौखट पर अपना माथा टिका सरला माँ टैक्सी में आ बैठी। बेटा चाबी नए मकान-मालिक को थमा, माँ को अब एक नई यात्रा के लिए ले चला। किसी को कभी पता नहीं रहता कि यात्रा कितनी छोटी या कितनी लंबी होने वाली है। अड़ोसियों-पड़ोसियों ने टाटा बाय-बाय की, सरला माँ के जाने से अधिकतर लोगों को असुविधा ही होने वाली थी। अतः सबकी आँखें उदास थीं। टैक्सी चल दी हवाईअड्डे की ओर।

इसके बाद क्या हुआ ये एक अलग ही कहानी है। जहाँ मैं पेइंग गेस्ट बन कर रहती हूँ वहीं सरला माँ भी उसी दिन से रह रही हैं, कई वर्षों से। उनकी हवाई यात्रा तो बस पाँच घंटे में ही समाप्त हो गई थी हवाईअड्डे पर बैठे-बैठे ही। ऐसा क्यों हुआ? यह प्रश्न अनुत्तरित है, सरला माँ के लिए भी। उत्तर किस से माँगे? यह भी अपने आप में प्रश्न है।

यहीं रह रही हैं सरला माँ। अपने में व्यस्त निर्लिप्त। कुछ दिन उन्होंने कुछ ट्यूशन, कुछ सिलाई कढ़ाई की। उनकी अच्छाइयों का यह फल तो उनके ईश्वर ने उन्हें दिया ही कि सब उनको अपने परिवार का ही मानने लगे और सहयोग से चलती रही ज़िंदगी।

उनका बेटा उनको इतने बड़े एयरपोर्ट पर एक स्थान पर बैठा कर "अभी आया" कह कर जो गया तो फिर पलटा ही नहीं। उनको इतनी देर अकेले बैठा देख कर पुलिस ने पूछताछ की, तो उन्होंने बताया कि बेटा अभी आता होगा, इस फ्लाइट से हमें जाना है। यह पता लगने पर कि यह फ्लाइट तो दो घंटे पहले चली गई और उसमे सवार यात्रियों में उनका बेटा भी एक है, कुछ क्षण मात्र को वे स्तब्ध रह गयीं। फिर न कोई कार्यवाही की, न किसी को करने दी। यही तो है जन्मदात्री, जो कई बार जीवन देने के लिए, जीवन को जीने योग्य बनाने के लिए ही बनी है। जो जीवन उसने दिया है, उसने बनाया है, उस जीवन के लिए वह स्वयं को तो मूर्खा कहलवा सकती है, पर उस जीवन की अवमानना नहीं कर सकती, जिस जीवन को उसने ही जन्म दिया है।

पर कहते हैं कि सरला माँ जो हमेशा पूरी बाहों वाले ब्लाउज पहना करती थीं अब काफी छोटी आस्तीन कटवाने लगीं हैं, शायद किसी की लिखी हुई इन पंक्तियों को चरितार्थ करने के लिए -

डर कर अपने बाजुओं को लोग कटवाने लगे,
सुन लिया है आस्तीनों में पला करते हैं साँप ॥

⚬⚬⚬

ईश्वर की दुविधा

दीन की आहत पुकार सुन कर प्रभु का आसन हिल उठा, करुणानिधान करुणा भरी पुकार की ओर चल दिए। पहुँचने पर देखा, एक स्त्री अपने बच्चों के साथ और सम्बन्धियों के साथ विलाप कर रही है और एक व्यक्ति, जो शायद उस स्त्री का पति है, बेहोश पड़ा है। स्त्री और बच्चों की दशा असहनीय है। विलाप करते हुए वे प्रार्थना कर रहे हैं कि हे प्रभु, हमारे स्वामी को बस साँस दे दें, साँस है तो आस है, हे प्रभु। प्रभु ने ज़रा स्थिति का निरीक्षण किया, इधर-उधर देखा कि माजरा क्या है! पता चला कि डॉक्टरों ने आशा छोड़ दी है, कहा है कि बचेगी नहीं इसकी ज़िंदगी और बच भी गया तो शारीरिक और मानसिक दोनों ही संतुलन बिगड़ जाएँगे। पर उस आदमी के बच्चे रो रोकर यही कह रहे थे कि बस साँस चाहिए। सामने रहेंगे तो आस रहेगी, सेवा भी कर लेंगे।

प्रभु ने विचार किया, "जनकी मर्जी तो मैं बहुत करता आया हूँ, यही सोचता रहा कि हर काम मैं अच्छा ही करता हूँ। इस बार इनकी भी मान कर इन्हें भी खुश कर देता हूँ। दारुण अवस्था देखी नहीं जाती।" और प्रभु ने उस व्यक्ति को कुछ साँसे और दे दीं। प्रभु का चमत्कार देख सब प्रसन्न हुए। भजन कीर्तन हुआ और प्रभु के नाम पर प्रसाद बाँटा गया। संतुष्ट हो प्रभु भी वापस आ गए अपने धाम।

कुछ समय बाद प्रभु को फिर उसी परिवार की करुण पुकार सुनायी दी। भक्तवत्सल को आश्चर्य तो हुआ पर चल दिए प्रभु पुकार की ओर। प्रभु ने देखा कि जिस व्यक्ति की साँसे माँग रहे थे उसके बीवी बच्चे, वे अब पहले से भी ज्यादा त्रस्त, क्षुब्ध और दुखी दिखाई दे रहे थे और याचना कर रहे थे, "अरे ऐसे जीवन से तो अच्छा था कि प्रभु तभी इनके प्राण ले लेते! केवल साँस-भर दे कर हम सभी की जान मुश्किल में डाल दी, मुसीबत खड़ी कर दी हे प्रभु।"

बस और कुछ न सुना करुणानिधान ने, "यही आदमी की फितरत है," सोचते रहे सृष्टिकर्ता, "जब मैं ही आदमी की पल-पल बदलती इच्छाओं को संतुष्ट नहीं कर सकता, उसे प्रसन्न नहीं कर सकता, अपना कृतज्ञ नहीं बना सकता, तो परस्पर आदमी एक-दूसरे को कैसे खुश कर सकते हैं, और खुश रह सकते हैं। आदमी की पहचान यही है, कि इच्छाओं के सामने हार जाता है, परंतु सच तो यह है कि इच्छाओं पर नियंत्रण और ईश्वर के व्यापार पर विश्वास ही आदमी की विजय है, आदमी की जीत है।"

कूड़े का पौधा

सुकुमार का बचपन गाँव में ही बीता था। पंतनगर के कृषि-विद्यालय में पढ़ाई पूरी की थी। परंतु किसी भी तरह से उसका दृष्टिकोण गाँवों की ओर से बदला नहीं था। उसे गाँव की भोली मानसिकता और स्वस्थ एवं परिपक्व वातावरण सदैव ही याद आते रहते थे। दसवीं तक वह गाँव की पाठशाला में ही पढ़ा था। पढ़ाई में भी चतुर था और फिर भी, कभी भी, वह पिता के साथ खेतों पर जाने से नहीं चूकता था।

पेड़ पौधों से, लहलहाती फसलों से, बैलों की जोड़ी से, खेतों को पानी पिलाती नहरों से उसे बहुत प्यार था। कोई पौधा सूखता तो उसकी ही जान सूख जाती जैसे। बारहवीं करने के लिए उसे शहर जाना पड़ा और वहीं उसने दृढ़ निश्चय कर लिया था कि वह कृषि में ही उच्चतम पढ़ाई करके अपने गाँव की कृषि में क्रांति लाएगा। नए-नए प्रयोगों से किसानों को और उनकी फसलों को लाभान्वित करेगा। उसकी इस इच्छा पूर्ति में ईश्वर की कृपा से कोई व्यवधान नहीं आया।

अपनी पढ़ाई के बीच में जब वह गाँव आता तो वहाँ की समस्याओं को ध्यान से सोचता, समझता और गाँव के किसानों को नई-नई तकनीक

के प्रति जागरूक करता। कोई भीषण समस्या होती तो उसे साथ में पंतनगर ले जाता। वहाँ के विशेषज्ञों से परामर्श लेता, कभी-कभी विशेषज्ञों को अपने साथ गाँव भी लाता और समस्या को हल करके ही दम लेता। वह हर पौधे को हँसता हुआ और धरती माँ को अधिक से अधिक उर्वर देखना चाहता था।

इसी तरह समय बीतता गया। गाँव वालों को सुकुमार की पढ़ाई सार्थक लगती थी। पर जो पढ़ाई उनसे उनका बेटा छीन कर शहर में ले जाकर पटक दे, उस पढ़ाई को गाँव वाले सदा कोसते थे। जैसे रामलाल के बेटे का उदाहरण सबके सामने था। उस अनपढ़ बाप ने दिन रात परिश्रम किया, खुद जैसे-तैसे रहता पर बेटे जगन को पूरे मन से पढ़ाया कि पढ़-लिख कर कायदे की बात सीख जाएगा और खेती-बाड़ी में, दुकान में और हिसाब-किताब रखने में उसका हाथ बँटाएगा। उसे उम्मीद थी कि जगन पढ़ाई पूरी करके नए ढंग से काम करेगा जिससे परिवार और गाँव की उन्नति होगी। पर जगन तो बारहवीं करने जो शहर गया तो वापस गाँव आया ही नहीं। कहता था गाँव में मन ही नहीं लगता, शहर में नौकरी मिल जाती है आजकल।

बूढ़े बाप ने कितना समझाया, "बेटा, यहाँ तेरा अपना काम है, तू मालिक है इस काम का, इसको संभाल और परिवार को आगे बढ़ा। नौकरी तो पराई है!" पर जगन के दिमाग में तो शहर की चकाचौंध भर गई थी। अब रामलाल बेचारा अकेला कोसता, कुढ़ता रहता था।

जगन का सा ही कुछ हाल एक दूसरे लड़के रतन का था। वह बी.ए. करके शहर में नौकरी न मिलने पर गाँव में तो रह रहा था पर खेत की मिट्टी से भी उसके हाथ मैले होते थे। फावड़ा चलाने से हाथ में छाले पड़ते थे। बस किसी भी तरह की बाबूगिरी की तलाश थी उसको, चाहे कैसी भी।

इन्हीं सब कारणों से गाँवों में शिक्षा बदनाम हो रही थी। इन रतन और जगन के उदाहरणों ने ही सुकुमार के सोचने की दिशा ही बदल दी थी। सुकुमार ने अपनी शिक्षा को सफल और सम्मानित किया था और साथ ही अपने बुजुर्गों को प्रसन्न भी।

सुकुमार के परिश्रम से ही किसानों को सरकारी सहायता का ज्ञान और प्राप्ति हो पाती थी। अच्छे और कम दामों में मिलने वाले बीज और खाद प्राप्त होते थे और बीच के दलाल भोले किसानों को ठग नहीं पाते थे।

सुकुमार का विवाह भी हुआ, और वह गाँव में ही बस गया। सब प्रकार से सुखी, संतुष्ट गृहस्थी और जीवन चल निकला। पर उसने यह कभी न सोचा था कि सब जगह मुस्कान बिखेरने वाले उसके स्वयं के आँगन में कोई फूल न खिलेगा। विवाह को चार पाँच वर्ष बीत गए थे। डॉक्टरों ने भी कोई आशा न दिखाई।

सब तरफ से लाचार हो आखिर सुकुमार ने एक बुद्धिमत्तापूर्ण निर्णय ले ही लिया। वह अनाथालय से एक दुधमुँहा बच्चा गोद लेगा और उसकी परिवरिश कर अपने आँगन को भरापूरा बनाएगा।

परंतु जैसी आशा थी ही, सुकुमार के इस निर्णय को सुन कर माँ और पत्नी दोनों ही बिगड़ गए। माँ और पत्नी किसी भी तरह से इस बात के लिए राजी नहीं थीं।

"न जाति का पता न खानदान का, किसी ऐरे-गैरे को क्यों पालें, क्यों रखें?" सुकुमार की पत्नी ने तो रो-रो कर आसमान सिर पर उठा लिया था। इसी प्रकार तर्क-कुतर्क में दो-तीन महीने बीत गए। हर समय सुकुमार यही सोचता रहता कि कैसे दोनों को मनाया जाए, समझाया जाए। जितना सोचता उतना ही उसका बच्चे को गोद लेने का निर्णय दृढ़ होता जाता।

एक दिन सुकुमार पत्नी के साथ शाम को कहीं जा रहा था। एक जगह कूड़े के ढेर पर उसे एक छोटा सा आम का पौधा उगता हुआ दिखाई दिया - वह रुका, और उस पौधे को निकालने लगा। यह देख कर पत्नी कहने लगी –

"अरे! यह क्या कर रहे हो? इतने कचरे में से ये पौधा क्यों निकाल रहे हो?"

सुकुमार बोला - "अरे भई, है तो आम का ही पौधा न! यहाँ आ पड़ा तो इसमें पौधे का क्या दोष? इसलिए इसे घर ले जा रहा हूँ, उचित जगह रोप दूँगा, उचित खाद पानी दूँगा तो देखना एक दिन इसकी छाया में बैठ कर इसके आम खाओगी।"

पत्नी बोली कुछ नहीं, बस मुँह बना कर चुप रह गई। उसके हाव भाव साफ कह रहे थे, "आधा तो यह अभी मरा लग रहा है, आधा

घर पहुंचते-पहुंचते मर जाएगा। बस यही बेकार के काम करते रहना।"

सुकुमार ने कुछ ध्यान नहीं दिया। उसे अपनी कही बातों में एक योजना दिखाई दे रही थी, एक अर्थ दिखाई दे गया था। कृषि संबंधी अनेक प्रयोग उसने किए थे। इसमें भी उसे एक प्रयोग की झलक दिखाई दे गई थी।

आम का पौधा सहेज कर सुकुमार घर ले आया और आँगन में उचित जगह देख कर उसे रोप दिया। उस पौधे का सुकुमार कुछ विशेष ध्यान रखता था - समय पर पानी देना, खाद देना, दवाई डालना आदि। अपने इस काम में अपनी पत्नी को भी सदा साथ रखता था, और कहता रहता था, "देखना इस पेड़ के इतने मीठे फल तुझको खिलाऊँगा कि यह पौधा आया कहाँ से था तुम यह भी भूल जाओगी। कूड़े का पौधा नहीं, अपने आँगन का पेड़ ही याद रहेगा।"

धीरे-धीरे समय बीतने लगा। एक दिन सुकुमार ने अनुभव किया कि उस पौधे की देखभाल उसकी पत्नी ही करती रहती है। कब गुड़ाई करनी है, कब पानी डालना है, कब थोड़ी खाद और दवाई डालनी है, और कब खरपतवार साफ करना है, पूरा ध्यान और ज़िम्मेदारी पत्नी ही रखने लगी है।

सुकुमार को लगा कि शायद मन की बात कहने का अवसर आ गया है। पर वह रुका रहा। अपने इस प्रयोग में वह किसी तरह की जल्दी नहीं करना चाहता था। एक दिन सवेरे-सवेरे जब वह बाहर आया तो

उसने देखा कि पत्नी आम के पौधे के पास खड़ी है मोहित सी। सुकुमार को देखते ही चहक कर बोली, "लीजिए, देखिए, आपका परिश्रम और प्रयोग सफल हो गए हैं। नई-नई कोंपलें फूट रही हैं पौधे से, अब तो ये यहीं जम गया, अब नहीं जाता कहीं।"

सुकुमार ने कहा - "मेरी ही मेहनत नहीं है यह, तुम्हारा भी तो दिल और ध्यान लगा है इस पर। इसको पल-पल बढ़ते देख रही हो तुम! माँ को भी बुलाओ, उनको भी दिखाओ।"

तभी माँ भी आ गयीं, बोलीं, "आम का पेड़ आँगन में फैल गया तो आँगन भरा-भरा रहेगा और धूप-छाँव रहेगी। कूड़े से उठा कर नहीं लाता तो वहीं मर गया होता। वहाँ क्या इसका जीवन बनता। ले आया तो एक पौधे को तो जीवन मिला, और हमारा आँगन भी भर गया।"

"माँ बस यही बात मैं आप दोनों से कहना चाह रहा हूँ। जब एक पौधे से हमें इतना प्यार हो जाता है, जब एक पौधा उचित वातावरण और देखभाल मिलने से फल-फूल सकता है, हमारा आँगन भर सकता है, तो एक हाँड़-माँस का जीवित प्राणी क्यों नहीं? बच्चा तो बच्चा ही है! जैसे पेड़ तो पेड़ ही है! उचित देखभाल करेंगे, प्यार देंगे, तो खिल उठेगा नहीं तो यूँही अनजान मर जाएगा। अब देर न करें आप दोनों, बस हाँ कर दें एक नया जीवन इस घर में लाने के लिए। कितने ही बच्चे हैं जो उचित प्यार के लिए, उचित देखभाल के लिए, एक घर, एक परिवार के लिए प्रतीक्षा कर रहे हैं।"

कुछ न कह सकीं माँ। बहू का हाथ पकड़ कर बस इतना ही कहा, "जा बहू! हमारे पास बीज नहीं है तो पौधे लाने में ही भलाई और समझदारी है।"

कुछ देर बाद सुकुमार और उसकी पत्नी शहर की ओर चल दिए थे अनाथालय से अपने घर को भरने के लिए, और किसी को एक घर देने के लिए, एक नवजात पौधा लाने।

क्यों सूखी आँखों की नमी

सीटी की आवाज़ के साथ ट्रेन ने सरकते हुए गति पकड़ ली। हिलते हाथ धीरे-धीरे नीचे झूल गए। शालिनी ने एक दीर्घ निःश्वास छोड़ा और सीधी होकर बैठ गई। उसने महसूस किया कि दूसरों की आँखों में नमी ढूँढने वाली उसकी आँखों की नमी भी सूख चुकी थी, शायद अनकही पीड़ा की आग में। गाड़ी रफ्तार पकड़ती आगे बढ़ती जा रही थी और शालिनी के विचार अतीत की पटरियों पर फिसलते जा रहे थे।

पिछले दस वर्षों में शालिनी जाने कितनी बार अपने घर जा चुकी थी। पर जाती थी तो नौकरी पर वापस आने का एक बोझ उसके दिल को सालता रहता था। इस बार तो वह सोच कर ही जा रही थी कि बस ये दो महीने की छुट्टियाँ बीतने के साथ ही अपना त्यागपत्र भी भेज देगी। इन दस वर्षों में जाने कितनी बार मिलन-विरह की पीड़ा वह झेल चुकी थी। नौकरी क्या थी वह भी एक मजबूरी थी। गाड़ी आगे सरपट भागी जा रही थी और शालिनी की विचारशृंखला पीछे की तरफ दौड़ रही थी।

सब कुछ ठीक ही चल रहा था। मगन थी अपनी गृहस्थी में, परिवार में वह। पति आलोक बैंक में थे और जल्दी ही तरक्की भी होने वाली थी। पर एक दिन आलोक के स्कूटर एक्सीडेंट ने पूरा पट-परिवर्तन

कर दिया। कितनी भयानक दुर्घटना हुई थी उसके पति आलोक की! जान तो बख्श दी थी ईश्वर ने, पर उनकी रीढ़ कि हड्डी में बहुत गंभीर चोट आई थी। एकदम बिस्तर ही पकड़ लिया था आलोक ने। शालिनी अस्पताल और घर के बीच चकरी सी घूमती। न अस्पताल में पति को अकेले छोड़ पाती न घर पर तीनों छोटे बच्चों को छोड़ कर चैन से रह पाती। घर पर सास और नन्द के रहते हुए भी पत्नी और माँ कि जगह तो कोई ले ही नहीं सकता। बस इन दो भूमिकाओं के बीच पिसती रही शालिनी।

प्रारंभ में मेडिकल लीव मिली आलोक को, फिर अर्नलीव पर रहे। आधी तनख्वाह पर और फिर बिना तनख्वाह की छुट्टी भी लेनी पड़ी। बस यही एक सांत्वना थी कि आलोक की तबीयत में बहुत सुधार था। घर तो आ गए आलोक, पर अभी ऑफिस जाने में कम से कम एक वर्ष तो लगेगा ही।

शालिनी के सामने अब काम के साथ-साथ खर्च चलाने का सवाल भी मुहँ बाये खड़ा था। आलोक धीरे-धीरे अपना सब काम करने लगे, पर अभी अधिक बैठने और अधिक चलने की मनाही ही थी। आखिर कितना और कब तक और किससे कर्जा लेते। शालिनी को नौकरी ढूँढने के सिवाये कोई राह नहीं दिख रही थी। भाग्य से शहर में एक नया कॉलेज खुला था, कोशिश करने पर शालिनी को उसमें अध्यापिका का पद मिल गया। उसे अच्छा भी लगा, संतोष भी हुआ और कुछ आत्माभिमान भी जाग उठा कि उसकी पढ़ाई समय पर परिवार के

काम आई। नौकरी के साथ उसकी दिनचर्या इतनी व्यस्त हो गयी कि उसे अपनी थकान और पीड़ा का न एहसास था और न सोचने की फुरसत थी। छोटे-छोटे बच्चों के साथ परेशानी बहुत थी पर घर की ज़रूरतों की मजबूरी उससे भी बड़ी थी।

धीरे-धीरे आलोक ठीक होते गए और ऑफिस जाने लगे। पर एकदम तो शालिनी नौकरी छोड़ ही नहीं सकती थी। अभी तो अस्पताल, दवाई, डॉक्टर के खर्चे का ही बोझ नहीं उतरा था, फिर दोनों का अपने घर का सपना, नन्द की शादी, यह सब भी पूरा करना था, अतः वह नौकरी करती रही। तीन साल की मीनू को छोड़ कर जाते हुए कलेजा मुंह को आता था, पर माँजी थी तो समय निकलता गया।

पर अब उससे भी अधिक परीक्षा की घड़ी आ गई थी। कॉलेज मैनेजमेंट ने उसका स्थानांतरण पास के शहर के कॉलेज में कर दिया था, हॉस्टल वार्डेन का पद और वेतन वृद्धि के साथ। शालिनी जानती थी अपनी ज़रूरतों को, आलोक ने भी उसे समझाया, "जहां तुमने इतने कष्ट उठाए हैं, थोड़े दिन और सही। अब तो बच्चे भी दादी से हिल ही गए हैं, और उनको आदत भी हो गई है। बच्चों को अच्छा घर मिलेगा, अच्छा रहन-सहन मिलेगा, कुछ समय की बात है, आनाजाना कर लेंगे छुट्टी में।"

और शालिनी चली गई दिल पर पत्थर रख कर, अपनी गृहस्थी से दूर, बच्चों के सुख के लिए। अपने घर से दूर रहने की पीड़ा को हृदय में दबाए, वह नई जगह चली गई।

घर के रहन-सहन के स्तर में भी सुधार आया। नन्द की शादी और अपना एक घर बनाने की ज़िम्मेदारी से भी आलोक और शालिनी मुक्त हुए। ये सब ज़िम्मेदारियाँ और आवश्यकताएँ ही तो थीं - इसलिए ही तो नौकरी करने के दो साल बाद स्थानान्तरण को किसी तरह हृदय पर पत्थर रख कर सह लिया था शालिनी ने। वह कब घर छोड़ना चाहती थी? वह तो अपने घर-संसार में, बच्चों में बसे रहना चाहती थी, पर आलोक के तर्क और उसका स्वयं का चिंतन गहरे और वास्तविकता के साथ भरे हुए लगे थे उसे। इसीलिए चली गई थी वह अपना घर अपनी सास के सुपुर्द कर के!

कुछ समय तक तो सब सामान्य चलता रहा। कभी शालिनी आ जाती, कभी आलोक पहुँच जाते। कभी-कभी छुट्टियों में रवि, हेमंत और मीनू तीनों बच्चे भी उसके पास पहुँच जाते। अलग होने के समय सबकी आँखें नम होतीं,-बरसती होतीं। दोनों ही तरफ काम की अधिकता और पढ़ाई का जोर बढ़ता ही गया और इसके साथ खर्चे भी बढ़ते ही गए, साथ ही आने-जाने में अंतराल भी बढ़ता ही गया,। ऐसे ही धीरे-धीरे शालिनी को लगने लगा कि उसके घर में उस से अधिक महत्वपूर्ण स्थान उसके पैसों ने ले ले लिया है।

कभी-कभी आलोक अकेले ही आते तो बच्चों और घर की याद और भी सताती। धीरे-धीरे यह अंतराल दो-दो महीने का भी होने लगा। शालिनी भी कॉलेज से संबंधित जो भी काम मिलता अधिक पैसों के लिए ले ही लेती - परीक्षक बन कर जाती, छात्र-छात्राओं के टूर पर

उनके साथ जाती। उसने अपनी थीसिस भी जल्दी-जल्दी खत्म कर डिग्री पूरी करी। अब की बार लंबी छुट्टी लेकर वह यह सोच कर घर जा रही थी कि लंबा समय अपने घर और परिवार के साथ रहेगी और अवसर देख त्यागपत्र भेज देगी और फिर अपने घर में अपने बच्चों के साथ ही रहेगी। मुश्किल दिन पूरे हुए, ज़िम्मेदारी पूरी हुई, यही सोचती शालिनी बहुत व्यग्रता और आशा लिए अपने घर की ओर बढ़ रही थी।

आखिर शालिनी घर पहुँच गई। शीघ्र ही एक कठोर सच की तरह उसने यह समझा कि यह घर, यह गृहस्थी, ये बच्चे अब उसके नहीं रहे। प्रतिदिन कोई न कोई बात उसका मन कचोटती और वह अनकही व्यथा की पीड़ा को झेलती रहती। शालिनी सोचती और रोती। उसके परिवार के लिए उसका होना उतना महत्वपूर्ण नहीं रह गया जितना उनकी फरमाइशें पूरी करना। बच्चे अपनी फरमाइशें अवश्य उसके सामने रख देते, पर कभी आलोक के मुँह से या बच्चों से यह सुनने को नहीं मिलता कि, "अब मत जाओ, चीजों से अधिक हम आपके साथ रहना चाहते हैं।"

अपने कॉलेज में पढ़ाते हुए जब वह लड़कों को खेलते देखती तो उसकी आँखों में रवि, हेमंत ही घूमते रहते। आखिर उसने अबकी बार का साल समाप्त होते ही यह निर्णय ले ही लिया था कि वह लंबी छुट्टी जाएगी और फिर वहीं से त्यागपत्र भेज, अपने घर और बच्चों के साथ रहने लगेगी। यही प्लान बना वह बहुत कठिनाई से छुट्टी लेकर इस

बार आई थी। सब उत्सुक थे उसके आने के लिए। वह भी खूब तैयारी करके आई थी। सब के लिए कुछ ना कुछ लायी ही थी। तीनों बच्चे अपना-अपना सामान देख कर खुश हुए। रवि, हेमंत ने कहा भी - "माँ कितनी अच्छी हो, कितनी चीजें लाती हो। पर शालिनी खुश न हो सकी।" उसका मन करता था कि कोई बस कहे - "माँ, ये चीजें नहीं चाहिए हमें, तुम मत जाना बस अब।"

पर दस वर्षों में घर के लिए, बच्चों के लिए, चीजें जुटाना ही उसके आने से जुड़ कर रह गया था जैसे। बस जैसा शालिनी सोच कर आई थी, दो तीन दिन बाद उसने आलोक से कहा - "आलोक, इस बार मैं लम्बी छुट्टी ले कर आई हूँ, माँजी भी तीर्थ करने जाना चाहती थीं, माँजी का प्रबंध कर दो। ज़रूरत होगी तो और छुट्टी बढ़ा भी सकती हूँ।" आलोक तुरंत बोला - "हाँ, कह तो ठीक रही हो, पर देख लो। माँ के बिना रह लोगी? संभाल लोगी? बच्चे तो अपने खेल में, स्कूल और परीक्षा में व्यस्त रहेंगे, तुम बोर तो नहीं हो जाओगी?"

इतनी सारी बातें कह दीं आलोक ने। पर वही नहीं कहा जो वह सुनना चाहती थी।

रवि ने भी कहा था - "मेरी बोर्ड की परीक्षाएँ हैं इस बार, मैं कोई व्यवधान नहीं चाहता, दादी के जाने से।" गरम तवे पर पैर पड़ने जैसा ही चौंक गई थी वह। क्या उसके पैर के नीचे की ज़मीन सरक रही है, ऐसा ही लगा था उसे। फिर भी संयत हो कर बोली थी वह - "नहीं-

नहीं! मैं हूँ न! माँजी को तीर्थ पर जाने दो, सब संभाल लूँगी। सब ठीक रहेगा।"

माँजी चली गयीं। और वह अपने ही घर में पुनः अपना स्थान बनाने की चेष्टा में जुट गई। पर प्रतिदिन उसको यही लगता रहा कि वह बहुत दूर हो चुकी है इस घर से। एक दिन दोपहर को रवि ने आकर कहा था -"माँ, मैं और हेमंत पिक्चर देखने जा रहे हैं। पापा ने कहा था कि तुमको भी साथ ले लें। उन्हें बैंक मैं देर हो जाएगी। चलोगी माँ?" 'पापा ने कहा था!' क्या इन बच्चों का अपना मन नहीं होता माँ के साथ के लिए!! तुरंत कह उठी, "नहीं बेटा, मैं नहीं जाऊँगी, तुम जाओ।" बस तुरंत भाग गए दोनों। ज़रा भी नहीं लगा शालिनी को कि दोनों उसका साथ चाहते हैं। एक बार काश! कह देता दोनों में से कोई कि मम्मी आप नहीं जाएँगी तो हम भी आपके साथ घर पर ही बैठते हैं।

शालिनी को याद आया वह दिन जब उसकी कक्षा के छात्र धरना देकर बैठ गए थे -उसे पिकनिक पर ले जाने के लिए। "मैडम, आप नहीं जायेंगी तो कोई नहीं जाएगा, आपको चलना ही होगा हमारे लिए।" उनका कैसा अधिकार था यह? रवि, हेमंत क्यों नहीं करते ऐसी ज़िद, क्यों नहीं दिखाते ऐसा अधिकार? विद्यार्थियों का इतना प्यार मिले यह सौभाग्य की बात है। पर इस सौभाग्य को भी कहाँ झेल पायी थी शालिनी। पूरे समय विद्यार्थियों के बीच उसकी आँखें तरस रहीं थीं रवि, हेमंत और मीनू के लिए, और आज जब वह उसके सामने हैं तब भी शालिनी किसी यंत्रणा से पीड़ित है। किससे कहे!

मीनू बेटी कहाँ है, देखने वह बाहर की ओर गई, तो कानों में आवाज़ पड़ी। वह अपनी सहेली से कह रही थी- "अभी नहीं, जब दादी आ जाएँगी न, तब मैं गुड़िया की शादी करूँगी। अभी माँ हैं न! पापा ने कहा है माँ को अधिक तंग मत करना, परेशान मत करना, कोई तकलीफ मत देना।" उफ़्फ़! तकलीफ! कानों में गरम सीसा सा पड़ गया हो जैसे। काश ये समझ सकते। मीनू के साथ खुद भी मीनू बनकर गुड़िया का ब्याह करने को कितनी तड़पी है वह। पर हालात ने कहाँ मौका दिया उसे वह सब करने का। मन का कहाँ कर सकी वह। जो परिस्थितियों ने करवाया मजबूरी में करती चली गई। और अब ये दूरी। अपना घर, अपने बच्चे, यहाँ तक कि अपना पति भी। सब पराए से क्यों हो गए? हर बात पर यह परायापन की यंत्रणा कैसे झेले शालिनी।

जितना सोचती शालिनी उतनी ही पीड़ा में डूबती जाती। एक दिन देखा - आलोक अपने कपड़े धो रहे हैं। तुरंत पहुँची शालिनी, बोली – "ये क्या कर रहे हैं? मुझे क्यों नहीं बताया? मेरे रहते आप क्यों धो रहे हैं?"

आलोक बोले- "मैंने देखा आज कपड़े धोने वाली नहीं आई है, माँ भी नहीं हैं, सोचा मैं ही धो लूँ। तुमको क्यों तकलीफ दूँ? कुछ दिन के लिए ही तो आई हो।"

"मैं तो हूँ! क्या मेरा कोई अस्तित्व नहीं है। इस घर में क्या मेरे ऊपर इतना भी अधिकार नहीं रहा आपका?" कहना चाह कर भी कुछ न कह सकी शालिनी। बस चुपचाप आलोक के साथ कपड़े धुलवाने लगी। और सोचने लगी- क्या समझ सकेंगे आलोक, कितनी पीड़ा

पहुंचाई है उनके इन शब्दों ने उसे। एक बार कहते तो सही, "शालिनी, मेरे कपड़े धुलवा कर प्रेस करवा देना।" - सब पराया समझते हैं उसे। - मेहमान - अपने ही घर में यह आतिथ्य की यंत्रणा उसके गले पड़ गई। कहाँ तो वह यह सोच कर आई थी कि घर संभल गया, मुश्किल का समय निकल गया, अब अपने पति और बच्चों से दूर नहीं रहेगी। पर यहाँ तो ऐसा लगता है कि कोई उसको रोकना चाहता ही नहीं। सब इस इंतजार में बैठे हैं कि कब जाऊँगी, कोई कहता तक नहीं "अब मत जाओ, शालिनी।"

घर में कुछ भी ठीक करती, साफ करती, अपने मन से कुछ सजाना या रखना चाहती तो बच्चों की झुंझलाहट ही सुनती - या सुनती आलोक का वाक्य- "क्यों परेशान होती हो? कुछ दिन की छुट्टी बिताने आई हो, आराम करो। माँ आएँगी तो संभाल लेंगी - तुम इधर-उधर मत करो। माँ जाने उनका घर जाने।"

शालिनी चिढ़ गई। एकदम छिद गया उसका अंतर्मन - "ये घर मेरा है या उनका? गृहस्थी मेरी है या उनकी? बच्चे मेरे हैं या उनके?" मजबूरी में ही छोड़ा था इन्हें शालिनी ने, इनके लिए ही। फिर क्यों नहीं कोई उसकी चीज उसे वापस करता? क्यों नहीं कोई कहता, "अब ज़रूरत नहीं है नौकरी की, मुश्किलें पार हुईं, लो संभालो अपना घर और बच्चे?"

पर कुछ न कह सकी शालिनी। बिना पूछे ही सब सवालों के जवाब उसकी समझ में आ रहे थे।

और ऐसे ही दिन निकलते गए। उसको कभी नहीं लगा कि कोई कहेगा कि अब घर ही आ जाओ। और ऐसे ही दादी माँ भी वापस आ ही गयीं। बच्चे लिपट गए उनसे। आलोक के चेहरे पर भी निश्चिंतता स्पष्ट थी। सभी के चेहरे पर वे भाव थे जिन्हें वो देखना चाहती थी, पढ़ना चाहती थी, आत्मसात करना चाहती थी, अपने लिए भी। पर उस सब के बीच उसका कहीं कोई अस्तित्व ही नहीं था, अब तो स्वयं को और भी अवांछित अनुभव कर रही थी। चाय बनाने रसोई में गई ही थी कि उसके कानों में आवाज़ आई - "दादी, बहुत दिनों से तुम्हारे हाथों का हलवा नहीं खाया, चाय नहीं पी, कहानी भी नहीं सुनी - आज तो तुम ही चाय पिलाओ।"

आलोक भी कह उठे थे - "आ जाओ शालिनी, अब तो माँ के हाथों से ही पेट भरेगा।" और माँ अपने पूर्ण मातृत्व की गरिमा से रसोई की ओर चल दीं थीं। वह हट गई थी जगह खाली करके - ऐसा ही तो दस साल पहले हुआ था, पर अब उसकी जगह उसको वापस क्यों नहीं मिल रही है।

एक बार फिर शालिनी ने अपने खोए हुए घर को पाने की चेष्टा में आलोक से कहा था - "सोचती हूँ अब मैं यहीं आ जाऊँ नौकरी छोड कर अपने घर और बच्चों के पास।"

सुनकर चौंक उठे थे आलोक। पूछा - "क्यों, कोई परेशानी है तुम्हें? तुम्हारे ऑफिस में कोई दिक्कत हो तो बताओ, मिलकर बात करूँगा। यहाँ तुम्हारा मन नहीं लगेगा। माँ हैं ही, सब ठीक चल रहा है। यहाँ के लिए तुम परेशान मत हो।"

सब तर्क दे दिए आलोक ने। बस वही नहीं समझ सके कि वह वापस आना चाह रही है। वह आलोक के मुँह से सुनना चाह रही है अधिकार भरे शब्द - "बस करो शालिनी, अब अपने घर आ जाओ, मजबूरी खत्म हुई, अब तुम्हारे बिना घर-घर नहीं लगता - तब मेरे लिए और इस घर के लिए ही गयीं थीं, अब मेरे और इस घर के लिए ही छोड़ दो ये नौकरी। अब मैं हूँ न, एकदम चुस्त-दुरुस्त।"

वह बच्चों के मुँह से सुनना चाह रही थी - "माँ अब छोड़ कर मत जाओ हमें। हम कम में काम चला लेंगे पर तुम्हारे बिना हमें अच्छा नहीं लगता।" वह सुनना चाह रही थी माँजी के मुँह से - "आजा बहू, अपनी गृहस्थी में रम जा आकर। अब मुश्किल के दिन पार हुए।"

पर किसी ने कुछ न कहा। कब तक कोई अतिथि बन कर रह सकता है अपने ही घर में और कब तक कोई आतिथ्य ग्रहण कर सकता है। अतः वापस आ गई थी वह - और पाया अब ममता और वियोग के बादल नहीं उमड़ते आँखों में नमी लाने के लिए, अब ममता और वियोग की पीड़ा की आग में सूख गई है आँखों की नमी।

⸻◦◦◦⸻

गृह-गृहिणी

अभी दस बजे थे। सुबह का काम भी समाप्त नहीं हुआ था शायद, पर दरवाज़े की घंटी बजते ही पल्ला संभालती रमा दरवाज़ा खोलने पहुँची। मुझे देखते ही मुस्कुराते हुए गले लग गई। इस स्नेह-आलिंगन के बाद मैंने पूछा, "क्या कर रहीं थीं तुम रमा?" रमा ने उत्तर दिया कि कुछ नहीं कर रही थी, बस यूँ ही घर में, कहते-कहते उसे जैसे कुछ याद आ गया, चौंक कर रसोई की ओर भागी, पीछे-पीछे मैं भी पहुँच गई - देखा, दूध उबल रहा था और एक तरफ आधी कटी सब्जी पड़ी थी। मैंने कहा, "तुम तो कह रहीं थी कि कुछ नहीं कर रहीं फिर यह क्या है?"

हँस कर बोल पड़ी रमा, "अरे आज फरमाइश कर गए थे गोभी की खीर की, वही कर रही हूँ, इसे कुछ करना थोड़े ही कहते हैं।"

"हाँ हाँ, यह तो बिना किए ही हो जाता है," छोटा सा ताना मारा मैंने।

तभी टेलीफोन बज उठा, गैस कम करते हुए ड्रॉइंग रूम में टेलीफोन के पास भागी। मैंने पूछा, "अरे तुम अकेली हो क्या घर में, और कोई नहीं है? दरवाज़ा खोलना, टेलीफोन सुनना, सब तुझे ही करना पड़ता है क्या, रसोई संभालते-संभालते।"

रमा ने आश्चर्य से मुझे देखते हुए उत्तर दिया, "अब इस समय कौन होगा घर में, सब गए अपने-अपने काम पर। और इस सब को काम नहीं कहते जनाब।"

मैंने बात को आगे बढ़ाते हुए कहा, "इस काम को 'रिसेप्शनिस्ट' का काम कहते हैं जनाब!"

हंस दी रमा, "इतने से काम को इतनी बड़ी संज्ञा मत दे," कहते हुए रमा ने घड़ी देखी और चौकते हुए बोली, "अरे! ग्यारह बज गए, टिंकू की बस आती होगी। तू बैठ न ज़रा मैं उसे ले आऊँ। अच्छा हुआ आज तुम यहाँ हो नहीं तो अगले मोड़ तक जाने के लिए भी ताला लगाना पड़ता।" कहते-कहते रमा दरवाज़े से निकल गई।

मैं उसके घर, ड्राइंगरूम, डाइनिंग रूम को और रसोईघर को देखती रही। संवरा, साफ-सुथरा घर, कढ़ाई किए मेज़पोश और मेज पर गुलदस्ते में सुरुचि का प्रदर्शन करते सजे हुए फूल। निश्चय ही यह 'हाउस-कीपिंग' और 'मेंटेनेंस' रमा की ही है। छोटी-सी रसोई और डाइनिंग रूम में सभी चीज़े करीने से थीं। सबको प्रशंसा की दृष्टि से देखते हुए मैं सोफ़े पर बैठ कर रमा की प्रतीक्षा करने लगी।

लगभग बीस मिनट बाद रमा टिंकू को गोदी में लिए हुए आ गई। बच्चा रो रहा था, और रमा धैर्य से उसे बहला रही थी। बच्चे के घुटने में चोट थी। और खून झलक रहा था। रमा ने प्यार से उसे बैठाया और बिना एक भी मिनट की देर किए रुई और पट्टी लेकर आई। तुरंत चोट

को साफ कर के उस पर दवा लगाकर पट्टी बाँध दी। फिर मेरी ओर रुख करके बोली,

"रोज की ही बात है, बच्चों के साथ रखना ही पड़ता है थोड़ा-बहुत तो।"

मैंने हामी भरते हुए कहा, "रमा तुम 'फर्स्ट-एड' और 'एमर्जेंसी' भी संभालती हो।"

रमा चौंक गई, "अरे नहीं, मैं तो कुछ नहीं करती बस घर में ही रहती हूँ।"

मैंने पूछा, "और अभी जो ये मरहम-पट्टी की है, वह क्या है।"

"उफ़, अरे भई ये छोटी सी मरहम-पट्टी क्या 'फर्स्ट-एड' और 'एमर्जेंसी' हो गई। छोड़ ये सब, अब मैं चाय लाती हूँ और टिंकू के लिए दूध।"

चाय का पानी रखने और बनाने के बीच रमा बच्चे का हाथ मुँह धो, कपड़े बदल चुकी थी। चाय की ट्रे में बच्चे के दूध के साथ ही घर में बने पापड़, चिप्स, मिठाई और नमकीन भी था। पिछले दो घंटे से देख रही थी मैं - रमा बैठी नहीं थी।

चाय पीते-पीते मैंने पूछा, "ये सब कब बनाती है तू? इतनी देर से देख रही हूँ, कुछ न कुछ कर रही है और अभी तेरी वो गोभी की खीर!"

रमा मुस्कुराते हुए बोली, "नहीं भई करती ही क्या हूँ। बस ऐसे ही बीच-बीच में कुछ-कुछ बनाती रहती हूँ। अचानक कोई आ जाए तो घर में कुछ होना तो चाहिए प्लेट में रखने के लिए।"

मैंने प्रशंसा से मुस्कुराते हुए कहा, "'टाइम प्लानिंग' भी अच्छी करती है रमा तू।"

एकदम से ही बोल पड़ी रमा, "अरे भई, कितना मज़ाक बनाओगी मेरा! इन घर के कामों को क्या बड़े-बड़े नाम दे रही है तू।" और कहते हुए जल्दी-जल्दी चाय के बर्तन समेटते हुए रसोई की ओर चल दी।

तभी गेट पर आवाज़ हुई। देखा कोई दो लोग आए हैं। रमा ने उनसे बात की और बताया बाथरूम का नल खराब है, उसे ठीक करना है। फिर मुझसे बोली, "चलो कमरे में ही बैठते हैं, देखना पड़ेगा न।" मैंने उठते हुए कहा, "अब तू 'सुपरवाइज़र' हो गई।"

रमा चौंक गई। और मेरी तरफ आँख तरेरते हुए बोली, "कैसी 'सुपरवाइज़र'?"

"क्यों अब वे नल ठीक करेंगे तो तू सुपरवाइज़ करेगी, फिर क्यों कह रही है कि तू कुछ नहीं करती।" ऐसे ही कहते बात करते हम लोग वहीं पलंग पर बैठ गए। सोचा चलो अब बातें होंगी, रमा भी बोली कि चलो इस बहाने बैठ कर बातें करेंगे। और कहते-कहते उसने हाथ में ऊन सलाई उठा ली। एक नजर बाथरूम में, एक नजर बुनाई पर रखते हुए मुझसे बातें करने लगी। मैंने पूछ ही लिया, "तू सिलाई-बुनाई स्वयं ही करती है क्या?"

बोली रमा, "किसी हद तक, ऐसे ही हो जाती हैं बातें करते, बगीचा देखते या टी.वी. देखते।"

“मतलब यह कि समय का दोहरा उपयोग, बहुत बढ़िया 'टाइम प्लैनर' है तू तो भई।”

इतने में नल का काम समाप्त कर के आदमी आ गए, रमा ने उनको पैसे दिए और बोली, "कामवाली बाई भी आती होगी, उसके पैसे भी निकाल लूँ। इस बार इस नल के काम के कारण बजट में कुछ उलट-फेर करनी ही पड़ेगी। बिजली का बिल भी आज ही भेजना है, और स्कूल की फीस भी कल, याद से।"

"अरे रमा 'अकाउंटिंग', 'बजटिंग' और 'फाईनेन्स' भी तू ही संभाल लेती है।"

“तो और कौन संभालेगा! कभी खर्चा कम, कभी ज्यादा, कभी-कभी बैंक से निकालना और कभी जमा करना। आजकल जो नई स्कीमें चल रहीं हैं उनके अनुसार भी पैसे को जोड़ना, जमा करना पड़ता ही है। और कोई ऑफिस जाने का काम तो है नहीं तो यही घर का काम ही कर लेती हूँ।“

“मतलब यह कि अकाउंट्स देखना, एमरजेंसी देखना, स्टोर-कीपिंग, और फिर मैंटनेन्स सब तू ही करती है।” मैंने उसके वाक्य में वाक्य मिलाया था। रमा आँखें फाड़े मुझे देखते हुए बोली थी,

"तू इतनी बड़ी फर्म में इतनी बड़ी नौकरी करती है, इसीलिए इतने बड़े-बड़े शीर्षक दे रही है। मैं तो बस गृहणी हूँ और शिक्षित हूँ अतः अपना घर और बच्चे संभालती हूँ और कुछ नहीं करती।" कहते हुए रमा

अचानक हँसते हुए बोली, "इतनी देर हो गई, लगता है आज कामवाली महरी भी छुट्टी मार गई, बर्तन भी आज खुद ही करने पड़ेंगे और उसके लिए भी तू कुछ उपाधि दे देना....... ।"

मैं भी हँसते हुए उसके पीछे-पीछे चल दी यह कहते हुए कि अच्छा तो 'लीव-वकेंसी' भी तुम ही संभाल लेती हो।

"अरे! तो और क्या करूँ," रमा बोल पड़ी "शाम तक यूँ ही तो नहीं पड़े रह सकते, और शाम को तो वैसे भी मुझे श्रीमती शर्मा के घर उनके नाती की बधाई देने जाना है। जहां जरूरी वहाँ जाना ही पड़ता है। इनका साथ मिल गया तो ठीक नहीं तो अकेले ही शिष्टाचार निबाह आती हूँ।"

मैं भी आज उसके पीछे ही पड़ गई थी और खूब मजे लेते हुए मैंने चुटकी ली, "ओह तो पी.आर.ओ. भी तुम ही हो, अर्थात 'पर्सनल रिलेशन ऑफिसर'।"

खाने की मेज लगाते हुए रमा ने कहा, "चलो खाना खायें। मैं कोई अफसर नहीं। तू जाने आज क्या मस्ती ले रही है, कुछ न कुछ बोले जा रही है। मैं कुछ नहीं करती बाबा।"

खाना खाकर हम फिर बातें करने लगे, और रमा काम करते करते ही बातें भी कर रही थी। टेबल साफ करना, खाना ठीक करके रखना, और उसके साथ ही मैंने देखा कि उसने छोले भी भिगो दिए। मैं भी टोके बिना न रही, "अरे भई अभी तो खाना खाया है, अभी से अगले समय की चिंता?"

रमा बोली, "और हमें काम ही क्या है, समय पर नहीं सोचेंगे तो समय पर बच्चों के साथ मुसीबत।" कहते हुए रमा मेरे साथ आ गयी। अब हम दोनों बैठ कर बातें कर रहे थे।

अचानक रमा मुझसे पूछ बैठी, "अच्छा एक बात बता, तू तो ऑफिस जाती है, रोज, पूरे बंधे-बंधाये समय के लिए। घर-गृहस्थी तो तेरी भी है। तू भी तो करती है सारा काम। दोहरा बोझ है फिर भला कैसे संभालती है?"

"हाँ, अब कही पते की बात। तो सुन रमा, काम में फ़र्क है। जितना हो गया उतना ठीक है, नहीं तो हम तो चल दिए अपने समय पर। कोई हमसे अधिक आशा भी नहीं करता, चाहे बात खाने की हो या रिश्तेदारी में आने-जाने की। जो कर दिया, जितना कर दिया, उसी को बहुत समझा जाता है। और स्पेशल डिश, जैसे आपकी वो गोभी की खीर, उसकी तो कोई फरमाइश भी नहीं करता। जब मुझे फुरसत हुई तब बना दी कोई डिश तो सब आभारी भी और खुश भी। कुछ चेंज का मन हो तो हम तो बाहर होटल में ही ले जाते हैं बच्चों को। और आपकी जो ये चौबीस घंटे कि उपलब्ध सेवा है न! इसकी तो कोई अपेक्षा भी नहीं करता। अब जैसे आज मैं आ गई तेरे पास, अपने पास ऐसे अचानक कोई नहीं आता। ताला लगा जो मिलेगा। घर में कुछ काम हो तो भी सबको पता रहता है कि मैं 'कामकाजी' हूँ। अतः सब समय पर और समय ले कर ही आते हैं। मुझे संज्ञा मिली है 'कामकाजी महिला' की, इसलिए किसी को अपेक्षाएँ भी नहीं।" कुछ देर हम दोनों ही चुप बैठे रह गए।

वो कुछ देर की चुप्पी भी मैंने ही तोड़ी, "पर रमा सच पूछो तो मुझे लगता है, अपने गृहणी वाले रूप में हम अधिक स्वाभाविक रहते हैं। मातृत्व जन्मजात प्रवृति है, संस्कार है। गृहणी वाले रूप को खो कर अपराधबोध आ दबोचता है। इच्छा होते हुए भी जो हम अपने परिवार के लिए, बच्चों के लिए करना चाहते हैं, वह जब नहीं कर पाते, तो एक हताशा सी उभरती लगती है अपनी ज़िंदगी में! पर एक पहचान पाने के लिए, अपनी महत्ता दर्शाने के लिए और 'टेकन फॉर ग्रानटेड' वाले रूप से उबरने के लिए यह 'कामकाजी' वाला रूप स्वीकारना पड़ा है। ममता और त्याग की मूर्ति के रूप में मिलने वाले संतोष से हट कर अधिकारों और स्थान के लिए संघर्ष करती नारी का रूप लेना पड़ा। हमारी शिक्षा यदि हमारे परिवार और भावी नागरिकों के काम आती तो हमें अधिक प्रसन्नता होती। खैर, अच्छा चल अब ये बता कि कल तुझे क्या कुछ विशेष काम है?" मैंने पूछा।

कुछ सोचते हुए रमा ने कहा, "नहीं कोई काम नहीं है।"

"तो फिर कल तू छुट्टी ले ले। ज़रा साथ घूमेंगे, पिक्चर देखेंगे और बाहर ही खाना खाएँगे।" मैंने आग्रह पूर्ण निमंत्रण दिया।

रमा एकदम बोली, "छुट्टी ले लूँ? किस से ले लूँ छुट्टी? में कोई 'कामकाजी' थोड़े ही हूँ। मेरा कोई बॉस नहीं है। मैं रानी हूँ घर की। पर कल ज़रा धोबी के आने का दिन है, और बड़ी बेटी नीलू की परीक्षाएँ भी चल रहीं हैं। उसको पढ़ाना होगा और हाँ, कल तो टिंकू के स्कूल भी जाना होगा। वैसे भी कल मेरा टमाटर का सॉस और जैम बनाने

का विचार भी था। आज का दिन तो निकल गया, कल नहीं बनाया तो फल सब्जी खराब हो जाएँगे। फिर किसी और दिन चल न, मैं तो रोज ही फ्री रहती हूँ, सच कुछ नहीं करती मैं।"

"क्या कुछ नहीं करती, कुछ नहीं करती लगा रखी है, देख तो रही हूँ 'पर्सनल' 'फाइनांस' 'सुपर विज़न' 'मेंटेनेंस' 'हाउस्-कीपिंग' 'एमर्जेंसी' 'प्लानिंग' 'बजटिंग' सब तूने ही संभाल रखे हैं और वह भी चौबीस घंटे की उपलब्ध सेवा। इस सबके लिए उचित शिक्षा और संस्कार तथा स्वास्थ्य नहीं होगा तो यह परिवार रूपी संस्था सुचारु रूप से चल नहीं सकती। बताइए देवीजी क्या नाम दूँ आपकी इस 'वन मैन शो' संस्था को?" मैंने प्रश्न भरी दृष्टि से पूछा।

तुरंत मुस्कुराते हुए जवाब दिया रमा ने, "बस एक नाम 'गृह-गृहणी', 'गृह' वह जहाँ काम ही क्या है सारे दिन, और 'गृहणी' वह जो करती ही क्या है सारा दिन गृह में!"

ग्रहण

अनुज गाँव के भरे-पूरे परिवार का सबसे छोटा होनहार पुत्र था। वह परिवार जो अपने में पूर्ण था। दादाजी के देहावसान के बाद दादी अपना वही गरिमामय स्थान बनाए हुए चारों बेटे और बहुओं के साथ आराम से निश्चिंत थीं। भाइयों और बहुओं का इतना मिला-जुला परिवार था कि व्यवहार में खटपट की कोई गुंजाइश ही नहीं थी। बर्तनों की तरह कभी खटकते भी थे तो फिर मिलजुल कर बर्तनों की तरह अपना काम भी करने लगते। चारों भाइयों को मिला कर दस या शायद बारह बच्चों की गहमागहमी, भागमभाग, खेलकूद लगा ही रहता था। बाहर से कोई आ जाए तो यह बताना कठिन ही था कि कौन किसका बेटा या बेटी है। मजे की बात ये है कि एक बहू ने बच्चों को नहलाना शुरू किया तो एक के बाद एक को नहलाने में ही उसकी दोपहर हो जाती। कभी कपड़े सिलने की बात आ जाती तो कहा जाता कि थान में से काटते जाओ, सिलते जाओ, किसी न किसी को तो ठीक आ ही जाएगा। गाँव की कोई बड़ी-बूढ़ी औरतें भी आतीं तो बस 'दादी' का ही दर्ज़ा पातीं।

कहने का तात्पर्य यह कि भारत की संयुक्त परिवार प्रथा का सूर्य पूर्णता पर था। दादीजी की देवरानी का इकलौता पुत्र था अनुज।

दुर्भाग्य से अनुज के सिर से बाप का साया कब उठ गया ये अनुज को याद ही नहीं था। कभी देवरानी को भी यह महसूस नहीं हुआ कि इतने छोटे बच्चे के साथ इस दुनिया में वो अकेली है। अनुज को कभी नहीं लगा कि उसके सिर पर पिता का हाथ नहीं है। अपनी माँ के असमय स्वर्गवास के बाद भी उस को कभी नहीं लगा कि वह एक बिन माँ-बाप का अनाथ बालक है। होनी-अनहोनी कभी भी किसी के साथ भी घटित हो सकती है। पर कितना संबल था अकेली विधवा या अनाथ को उस संयुक्त परिवार रूपी सूर्य की रश्मि के प्रकाश का, जो प्रतिबिंबित हो दूसरों को भी प्रकाशित करता।

तो बिना किसी कमी को अनुभव किए अनुज डॉक्टर बनने शहर आया था। होनहार था, प्रतिभावान था और अंदर से अपने पुख्ता परिवार का संबल उसे प्राप्त था। बहुत ही गौरवमय ढंग से उसने मेडिकल की पढ़ाई पूरी की। जब भी वह अपने गाँव, अपने घर जाता वापस था, आने का उसका मन ही नहीं होता। वह उसी स्नेह की छाँव में रहना चाहता था। विचार भी उसका गाँव में ही प्रैक्टिस करने का था। वह यह जानता भी था और मानता भी था कि अपनी मिट्टी से उखड़ा पौधा बहुत मुश्किल से अन्यत्र जड़ें जमा पाता है।

शहर में मेडिकल कॉलेज के डीन की विशेष कृपा थी अनुज पर। अपनी इकलौती पुत्री के लिए अनुज उन्हें सब तरह से योग्य वर प्रतीत हो रहा था। कहीं उनके अंतर्मन में यह विचार भी था कि अनुज का अपना कोई सगा तो है नहीं, उसे भला गाँव छोड़ कर

आने में क्या दिक्कत हो सकती है। उन्होंने अपनी बेटी की मर्जी जान कर अनुज से बात की। पर उन्हें आश्चर्य मिश्रित प्रसन्नता हुई जब अनुज ने कहा-

"इस संबंध में मेरे बड़े भाई और बड़ी माँ से बात करें, तो उचित होगा।"

डीन साहब अभिभूत हो गए ऐसा पारिवारिक स्नेह, संस्कार और आदर देख कर। गाँव गए और सांस्कृतिक स्नेह के प्रकाश में गदगद हो गए। प्रसन्न भी हुए कि सदा से इकलौती उनकी बेटी रिश्तों को पहचानेगी। स्नेह की किरणों में नहाएगी। अनुज का यह विचार भी उनके पुराने संस्कारों को जगा गया कि अनुज गाँव में ही प्रैक्टिस करेगा। उचित मूहूर्त में डीन साहब की बेटी नीना अनुज से विवाह कर के गाँव के उस भरे-पूरे घर में आ गई। नीना की आदतों के साथ परिवार के सभी सदस्यों ने सहयोग किया। अनुज और नीना के लिए ऊपर एक अलग कुछ आधुनिक सा हिस्सा भी बना दिया गया। पर क्लेश किसी के मन में नहीं था। जैसी जिसकी ज़रूरत होती, परस्पर सभी मिलजुल कर उसको पूरा करते।

पर समय ने करवट ली, समाज ने प्रगति की। यूँ तो नीना स्वयं तो पूरे परिवार के साथ अच्छी तरह घुल-मिल गई थी पर उसे शहर की आधुनिकता आकर्षित भी कर रही थी। बच्चों के भविष्य के लिए अनुज ने शहर आना ही उचित समझा। शहर आकर उसने भी महत्वाकाँक्षा पाल लीं और नौकरी की जगह अपना प्राइवेट क्लिनिक खोलना

चाहा। पर उसके लिए निश्चय ही पैसे की ज़रूरत थी! अनुज गाँव गया, और बड़े भाई से अपनी क्लिनिक के लिए पैसे माँगे। भाईसाहब ने उसे समझाया -

"अभी लड़कियों का विवाह करना है, कुछ समय के लिए क्लिनिक का विचार छोड़ दे, पढ़ाई पर काफी पैसा लग गया अतः अभी कुछ समय नौकरी करके ही पैसा बचाओ और लड़कियों के विवाह में मदद करने की सोचो।"

कुछ समय तो अनुज चुप रहा, पर जब दो-चार चक्कर लगाने पर भी उसको बार-बार यही उत्तर मिलता तो वह और नीना अलग-अलग अपनी परेशानी बता-बता कर पैसे की माँग करते। बड़े भाई-भाभी उसे फिर भी समझाते -

"बेटा अनुज तुम्हारी पढ़ाई ही मुश्किल से पूरी हुई है। हम सभी तुम दोनों को समर्थ और समृद्ध देखना चाहते हैं, पर अभी मजबूरी है बेटा। ज़मीन का एक टुकड़ा है पुरखों का, उसे वक़्त बेवक़्त बेटियों की शादी के लिए रखा है। अभी तुम दो चार वर्ष नौकरी करो और क्लिनिक का विचार छोड़ दो। और ये भी तो सोचो तुम्हारे ही भरोसे बेटियों का विवाह करना है। इस ज़िम्मेदारी से निबट लें, फिर तुम्हारा क्लिनिक क्या 'नर्सिंग होम' खुलवा देंगे। और सब वहीं साथ मिलकर रहेंगे।" भाईसाहब बड़ी आत्मीयता से कहते।

पर जब आत्मीयता के प्रकाश पर स्वार्थ का राहू लग गया हो तो उसकी काली परछाई तो सब पर पड़ेगी ही। अनुज या नीना ऐसा चाहते तो

नहीं थे, फिर ऐसा होने का कारण क्या है? क्या महत्वाकाँक्षा? नहीं महत्वाकाँक्षा तो एक परी है, परंतु होड़, स्पर्धा और ईर्ष्या रूपी राक्षस स्वार्थी बन कर महत्वाकाँक्षा को विकृत रूप दे रहा है। - हे प्रभु, काश! कोई ऐसी होनी हो जाए कि संवेदना पर पूर्ण ग्रहण लगे, उससे पहले ही उसका काट प्रारंभ हो जाए। पर नहीं! होड़ और आयातीत संस्कृति के राहू ने भारतीय संस्कृति की संवेदनाएँ, स्नेह, त्याग और अपनत्व को डसना प्रारंभ कर ही दिया।

अनुज का स्वार्थ भी कुलांचे भरने लगा। तुरंत कहने लगा -

"भैया पहले मुझे अपना क्लिनिक खोलना है। फिर लड़कियों की शादी में मैं आपको कोई तकलीफ नहीं होने दूँगा- या फिर मेरे हिस्से की ज़मीन मुझे दे दीजिए। मुझे भी अपना भविष्य बनाना है।"

बड़े भैया जैसे आसमान से गिर पड़े। बस इतना ही कह सके -

"यह मेरा-तेरा कहाँ से सीख गया है रे तू?" पर अनुज को तो राहू डसता ही चला गया।

ज़मीन के टुकड़े हुए, दिलों के टुकड़े हुए। पैसे लेकर अनुज शहर चला आया। अपना छोटा सा क्लिनिक खोला। और उसमें व्यस्त होते-होते भूल गया वह दुलार, वह प्यार, वह त्याग, जिसके कारण अनुज को यह कभी महसूस ही नहीं हुआ कि मातृ-पितृ विहीन वह कभी अकेला, अनाथ था, याद रहा तो बस यह कि उसके ऊपर अब अपने परिवार की ज़िम्मेदारी सौंप रहे हैं परिवार के लोग।

कुछ थोड़ी सी महत्वाकाँक्षा पाल कर अनुज और नीना शहर आए थे। और अपने अंतर्मन से ना चाहते हुए भी परिवार से टूटते चले गए। उनके पास कोई आता तो काम और समय की माँग ही ऐसी होती कि न उनको समय दे पाते ना कोई मदद कर पाते। उनके लिए अब अपने नर्सिंग होम की तैयारी ही सर्वोपरि थी। गाँव में बेटियों के विवाह की बात भी आई तो अनुज और नीना ने अपनी असमर्थता ही दिखाई। शहर के खर्चे, ऊंचा रहन-सहन, बच्चों की पढ़ाई, अपनी आवश्यकताएँ ही पूरी नहीं होतीं। बस यही बहाने रह गए अनुज और नीना के पास। पर सच पूछें तो ये बहाने नहीं हैं, मजबूरियाँ हैं, समय की माँग है। स्नेह, संवेदना, निःस्वार्थता, अपनापन सब समाप्त हो कर एक भौतिकतावादी महत्वाकाँक्षा पल रही है। जाने कितने अनुज आज के समाज में केवल अपना ही अपना सोच पैसा इकट्ठा करने में लगे हैं।

पर अपना भी कहाँ सोच रहे थे वे! कितना अकेला पड़ गया आज अनुज, जब उम्र के केवल पैंतालीस बसंत देखने के बाद उसे लगा कि अचानक पड़ा दिल का दौरा उसको खड़ा नहीं होने देगा, जान ही लेकर जाएगा।

आज अनुज को अपनी माँ याद आ रहीं थीं, जिन्होंने उसका हाथ बड़े भाईसाहब के हाथ में सौंप कर कितनी शांति औरं सुकून से अपने प्राण त्यागे थे। वह सोच रहा था कि क्या वह शांति और निःस्वार्थता की परवरिश अपने बच्चों के लिए उस पैसे से खरीद सकता है, जिस पैसे

को कमाने और ख्वाहिशों को पूरा करने के लिए सब अपनों से उसके संबंध अनायास ही टूटते चले गए थे। कितना मूर्ख हूँ मैं! सब कुछ अर्जित करके भी अपनी संतान को, अपनी पत्नी को स्वयं ही अकेला और अनाथ बना कर जा रहा हूँ।

और अब अस्वस्थ होते हुए भी अनुज को जल्दी थी कि बच्चे अपने पैरों पर खड़े हो जाएँ। और वो चैन से अंतिम यात्रा कर सके। क्षोभ और पश्चात्ताप उसको अंदर से साल रहा था। अब सब के घोंसले अलग अलग हो गए थे, इतने छोटे, इतने संकीर्ण कि उसमें अन्य किसी के लिए भी कोई स्थान ही नहीं था। प्रगति के साथ ये कैसी मजबूरी है।

पर फिर भी ईश्वर ने उसको इतनी क्षमता और समय तो दे दिया कि वह बच्चों को आत्मनिर्भर बना सका। पर वाह री तकदीर! वाह री विडंबना! आज वह स्वयं कितना अकेला, अनाथ और मजबूर अनुभव कर रहा था जितना वह छोटी सी उम्र में मातृ-पितृ विहीन होकर भी नहीं हुआ था। पत्नी अपने बेटों के पास और बेटे अपने-अपने घोंसलों में। पूरा परिवार होते हुए भी वह अकेला है, एकदम अकेला! इस हद तक कि यदि ईश्वर ने न बुला लिया तो, अनाथाश्रम तो नहीं गया था, पर अब वृद्धाश्रम जाने की नौबत अवश्य आ जाएगी।

एक अनुज की कहानी नहीं है यह! न जाने कितने अनुज और उसके परिवार भारत की ग्रहण लगती संस्कृति की अल्ट्रावायलेट किरणों के दुष्प्रभाव से प्रभावित हो रहे हैं, जिसकी डायमंड रिंग फिर कभी

चमकेगी भी या नहीं। क्योंकि यह ईश्वर प्रदत्त सूर्य ग्रहण नहीं है, बल्कि मानवकृत संस्कृति का ग्रहण है।

कैसा अजब अनोखा दुनिया का मेला है, आबादी बढ़ती जाती पर आदमी अकेला है। जिनके झमेलों को सुलझाता रहा उम्र भर, उन्होंने ही कह दिया यह बुड्ढा तो जान का झमेला है। प्यार, त्याग, संतोष और अपनेपन को लग गया ग्रहण, अपने भी नहीं रहे अपने, औरों का क्या कहना है। आबादी और जीवन स्तर तो बढ़ता जाता पर आदमी अकेला है, आदमी अकेला है।

⸺●●●⸺

चौथाई की पूर्णता

फ्लैट्स में पल रही है आज की सभ्यता और संस्कृति। महानगरों में तो था ही, अब छोटे शहरों में भी एक के ऊपर एक कई मंजिल चढ़ा देते हैं, और उन में बने फ्लैट्स में बसा दिए जाते हैं कई परिवार। जितने परिवारों को मिला कर पहले एक गाँव बसा करता था, उतने परिवार तो अब किसी भी सात मंज़िला इमारत में जुट जाते हैं।

मैं ऐसी ही एक सात मंज़िला इमारत के प्रथम तल पर रहती थी। प्रत्येक मंजिल पर चार फ्लैट्स थे। इस प्रकार पूरी इमारत में हम अट्ठाईस परिवार रहते थे। सुख हो या दुख, पल में ही सब इकट्ठे हो जाते थे। किसी अन्य की आवश्यकता ही नहीं थी। तीज-त्योहारों पर बिना प्रयत्न के ही स्नेह-मिलन हो जाता था। होली, दीपावली सब मिलजुल कर ही मनाते थे। करवाचौथ, अष्टमी की पूजा, कथा मिलकर ही करते थे। प्रायः रोज़ ही किसी न किसी बहाने छोटा बड़ा आयोजन हो ही जाता था। इस वर्ष भी दीपावली की प्रतीक्षा हो रही थी। हर घर में, हर बैठक में यही चर्चा रहती कि इस महँगाई में दीपावली कैसे मनाई जाए? फिर भी उत्साह में कोई कमी नहीं थी। सबके बीच चादर से अधिक पैर फैलाने की प्रतिस्पर्धा सी पनप रही थी।

ऐसे ही चल रहे दिनों में 19-20 अक्टूबर को उत्तरकाशी में आया भीषण भूकंप चर्चा का विषय बन गया। प्रकृति के प्रकोप में ग्रसे गए व्यक्तियों के दुर्भाग्य पर तरस भी खा लिया और अफसोस भी कर लिया। प्राकृतिक आपदा में हम क्या कर सकते हैं? सोच लिया और समझ लिया, और हो गई कर्तव्य की इतिश्री। सब फिर अपनी दीपावली की तैयारी में व्यस्त हो गए।

ऐसे ही एक दिन प्रातः दस बजे मेरे दरवाज़े की घंटी बजी। कौन हो सकता है? सोचते हुए दरवाज़ा खोला। देखा बीस-इक्कीस वर्ष का पढ़ा-लिखा एक संभ्रांत परिवार का लड़का खड़ा है। मेरी प्रश्नसूचक दृष्टि पड़ने के साथ ही उसने बताया कि वह किसी व्यावसायिक कॉलेज का छात्र है और मुझसे कुछ बात करना चाहता है। उसने अपना परिचय-पत्र भी दिखाया। मैंने उस से अंदर आकर बैठने के लिए कहा। गैस बंद करके मैं भी आकार बैठ गई और पूछा- "कहिए, क्या बात है?"

उसने प्रश्न के जवाब में तुरंत प्रश्न किया- "दीवाली निकट है, इस वर्ष आप दीपावली पर कुल कितना व्यय करेंगी?"

इस अप्रत्याशित प्रश्न को सुन कर मुझे जैसे करंट लग गया हो –

"तुमसे मतलब?" 'आप' से 'तुम' पर उतर आई थी मैं। तल्खी भरी आवाज़ में मैंने प्रश्न पर फिर प्रश्न ही दागा - "कितना भी खर्च करूँ, तुमसे मतलब! किस अधिकार से पूछ रहे हो तुम!"

वह तुरंत ही बोला,-"नहीं, नहीं गलत मत समझिए। मेरा अर्थ था कि दीपावली पर आप जितना भी खर्च कर रही हों, उसका मात्र चौथाई हमें दे दें।"

मेरे मुँह से बिना कुछ सोचे उसी तल्खी से निकल गया, "क्यों? क्या अनाथालय से आए हो या अंध-आश्रम से?"

मेरी बात काटता सा वह बोला - "नहीं, नहीं! पर वैसे तो वहाँ के लिए भी सहायता माँगना कोई पाप नहीं है। पर अभी आप मेरे पूरी बात तो सुनिए।"

मैंने प्रश्नसूचक और जिज्ञासा भरी दृष्टि उसकी ओर उठायी।

वह कहने लगा - "आपने अभी कुछ दिन पूर्व उत्तरकाशी में आए भयंकर भूकंप के विषय में तो सुना ही होगा। उत्तरकाशी में विनाश ही विनाश हो गया। मनुष्य, पेड़, पशु, जंगल, रास्ते, बस्ती, पुल सभी कुछ भूकंप की चपेट में आ गया। उसी की सहायतार्थ हम पन्द्रह-बीस छात्रों ने एक स्वयंसेवी टीम बनाई है। यही सोचा है कि दीपावली से पूर्व आठ दिन के अंदर-अंदर अधिक से अधिक परिवारों से संपर्क कर, दीपावली के शुभ अवसर पर खर्च होने वाली राशि में से मात्र चौथाई अंश की सहायता देने की अपील करेंगें।"

मेरी प्रथम प्रतिक्रिया तर्क के रूप में ही हुई -

"जहाँ करोड़ों रुपयों की ज़रूरत है, वहाँ तुम लोगों ने चौथाई-चौथाई इकट्ठे भी कर लिए तो इससे क्या उद्धार होने वाला है? फिर प्रशासन

और प्रधानमंत्री राहतकोश से करोड़ों रुपये सहायतार्थ भेजे जा रहें हैं। तुम पढ़ो, इन कामों में अपना समय व्यर्थ मत करो। तुम डेढ़ दो हजार भेज भी दोगे वहाँ क्या भला होने वाला है!"

पर युवक कृत-संकल्प था। और अपनी योजना से स्वयं सहमत भी था। बिना एक भी पल की देर किए बोला -

"अच्छा बताइए, आप क्या-क्या करेंगी, और कितना करेंगी इस दीवाली पर?"

मैंने कुछ क्षण शांति रखी। फिर सोचा अच्छा देखें और कितना हौसला है और क्या योजना है। अतः कुछ रुक कर बोली -

"करना क्या है, घर सजाएँगे, साफ करेंगे, सबके नए कपड़े खरीदेंगे, और लक्ष्मी पूजा है, तो गृह- लक्ष्मी के लिए भी कुछ न कुछ ज़ेवर तो खरीद ही लूँगी। कम से कम चार मिठाई और दो नमकीन और कुछ मेवा की तो घर में तैयारी रखूंगी ही। पटाखों के बिना तो क्या दीवाली। और हम सब नौकरी वाले, मध्यवर्गीय परिवार वाले और अधिक क्या कर सकते हैं? पर हाँ वर्ष का एक इतना बड़ा पर्व है, बच्चों को किसी बात के लिए मायूस नहीं करेंगे।"

जल्दी से वह आगंतुक लड़का बोल उठा- "और बर्तन नहीं खरीदेंगी क्या धनतेरस के दिन?" मुझे हँसी आ गई। हँसते-हँसते कहने लगी -

"लो! अभी तो तुम मुझसे चौथाई मांग रहे थे, बचाने को कह रहे थे, और अब मेरा खर्च बढ़वा रहे हो। ज़रूर खरीदूँगी एक नया बर्तन। शगुन है यह तो, समृद्धि की कामना का प्रतीक।"

मैं कहती तो जा रही थी पर स्पष्ट देख रही थी कि विद्यार्थी के चेहरे पर कुछ दयनीय दर्द के भाव उभर रहे थे। मैं चुप हो गई और प्रश्नसूचक दृष्टि से उसकी ओर देखने लगी। कुछ देर चुप रह कर वह धीरे-धीरे कहने लगा -

"आंटी, उन लोगों की भी तो सोचिए, जिन पर वर्ष में एक बार आने वाले पावन और समृद्धि के पर्व से पन्द्रह दिन पूर्व ही यह प्राकृतिक आपदा आ पड़ी। उनका दोष यही था कि वे वहाँ बसते थे, और हम नहीं। प्राकृतिक विपदा कब, कहाँ और किस रूप में आ जाए इसका कोई भरोसा नहीं। इसलिए उसको किसी न किसी रूप में भोगने और झेलने की ज़िम्मेदारी हम सबकी है। है न आंटी? मैं कुछ गलत तो नहीं कह रहा?"

इतना कह कर वो मेरे उत्तर की अपेक्षा करता हुआ मेरी ओर देखने लगा। उस की बातों से मैं निश्चित रूप से प्रभावित हुई थी। मेरा लहज़ा भी अब बदल गया था। प्रशंसात्मक स्वर में मैंने कहा- "हाँ बेटा, कह तो तुम बिल्कुल ठीक रहे हो। परंतु हम नियमित आय वाले किस तरह तुम्हारे इस अभियान में मददगार हो सकते हैं?"

मेरी आवाज़ में सहानुभूति देख उसका हौसला बढ़ा शायद। किलकिलाती सी आवाज़ में कुछ उचकता हुआ सा कहने लगा -

"आंटी, जो दीवाली पर पाँच खर्च करता है वो एक बचा भी सकता है। जो दीवाली पर पाँच सौ खर्च करना चाहता है वो सौ बचा भी सकता है।" वह धाराप्रवाह बोलता ही गया -

"अब आप ही देखिए, आप धनतेरस पर ढाई-तीन सौ का बर्तन खरीदने को कह रहीं हैं, पर निश्चय ही उस नए बर्तन के बिना भी आपका काम तो चल ही रहा है न! परंतु शगुन के लिए त्योहार के नेग के लिए आप बर्तन अवश्य खरीदिए, पर उत्तरकाशी के पीड़ितों को ध्यान में रख कर पूजा के लिए कोई छोटा सा बर्तन ले लीजिए न इस बार और बाकी राशि सहायता कोश के लिए दे दीजिए।"

वह बोलता गया और में एक-टक मुग्ध सी नई पीढ़ी की सोच को देखती रही। केवल एक क्षण के विराम के बाद उसने फिर से कमान संभाली और मेरी तरफ आश्वस्त भाव से देखता हुआ बोला -

"आंटी, इसी प्रकार आप चार मिठाई की जगह दो मिठाई बना लीजिए। आंटी, बस ज़रा अपने कोमल हृदय से और मानवता के प्रति हमारी ज़िम्मेदारी को ध्यान में रख कर सोचिए। इस वर्ष आप सफाई तो भरपूर कीजिए, पर सजावट के लिए बिजली की चार की जगह दो ही लड़ लगा लीजिए। चार पैकेट मोमबत्ती की जगह दो ही पैकेट ले लीजिए, और उनसे बचे बिजली के बल्ब और मोमबत्ती के पैकेट के पैसे अंधेरे से जूझ रहे हमारे भाइयों के घरों में उजाला करने की लिए पर्याप्त है। आंटी, बूंद-बूंद से ही घड़ा भरता है और बूंद-बूंद से ही रीत भी जाता है।"

उस कच्ची उम्र में उसका उत्साह सुन-देख कर मैं प्रभावित हुए बिना न रह सकी। मैं अभी उसकी बातों के प्रवाह में बह ही रही थी कि वह उठ खड़ा हुआ, और नमस्ते करते हुए बस इतना ही कहा -

"बस आंटी अब और कुछ नहीं कहूँगा, आपकी इच्छा है - पर एक बात है, प्रशासन का राहतकोश भरा रहेगा तभी हम विपदाओं में उस से सहायता प्राप्त करने के अधिकारी हो सकते हैं।"

उसके साथ ही मैं भी खड़ी हो गई। और उसकी पीठ थपथपाते हुए कहा - "अब तुम जाओ।" मैंने स्पष्ट उसकी आँखों में निराशा भरती हुए देखी। कुछ मुस्कुराते हुए तुरंत कहा मैंने –

"निराश न हो बेटे! अब तुम जाओ अपनी पढ़ाई पर ध्यान दो, या जहाँ कहीं प्रधानमंत्री राहतकोश के लिए तुमको जाना हो जाओ। एक हफ्ते बाद मुझसे आकर पैसे ले जाना। अब इस बिल्डिंग की ज़िम्मेदारी मेरी। कोशिश करूँगी कि आस-पास की बिल्डिंग से भी इकट्ठा कर सकूँ।"

कुछ आश्वस्त-सा हो वह तो चला गया। और मैं जड़वत-सी वहीं सोफ़े पर बैठे गई। सोचने लगी क्यों छात्रवर्ग पर, युवावर्ग पर समाज संदेह करता है? आवश्यकता तो बस उन पर विश्वास करने की, उचित मार्ग दर्शन करने की और उनके उत्साहवर्धन की है। मेरे विचारों और शक्ति को भी जैसे पंख लग गए। तुरंत गृहस्थी का जरूरी काम निबटा कर मैं बिल्डिंग में रहने वाले प्रत्येक परिवार के साथ यही प्रश्न ले कर गई - "आप दीपावली पर कितना खर्च करेंगे।?"

और सच मानिए उच्च वर्ग और बिजनेस वालों की तो क्या कहूँ, मध्यवर्गीय सर्विस वालों ने भी महँगाई का रोना रोते हुए भी लगभग तीन-चार हजार का खर्च तो लगा ही रखा था। फ्लैट के सभी परिवारों

में दो हजार से पाँच हजार तक खर्च करने वाले, सभी तरह की मानसिकता और हैसियत वाले परिवार थे।

समय और धीरज तो लगाना पड़ा पर पढे-लिखे समाज को यह समझाने में सफलता पा ही ली कि प्रशासन भी आपातकाल में तभी मदद कर सकता है जब हम उसकी मदद करें। इस समय देश के एक भाग को पूर्णरूप से पुनर्स्थापन की आवश्यकता है तो यह हम सब का कर्तव्य हो जाता है कि कुछ न कुछ सहायता करके, मानवता और देशवासी होने के नाते, उत्तरकाशी के निवासियों के दुर्भाग्य से कुछ तो अपना संबंध, अपनी सहानुभूति दिखाएँ और उनकी सहायता के लिए आगे आयें।

और सच ही बिना किसी हुज्जत के अपनी-अपनी सामर्थ्य और बजट के अनुसार सभी परिवारों ने चौथाई तो दिया ही, कहीं-कहीं तो आधा या अधिक भी दे दिया। आस-पास की बिल्डिंग से भी लोग स्वेच्छा से चन्दा देने आए।

सबसे अधिक प्रसन्नता तो उस समय हुई जब बिल्डिंग के बच्चों ने भी, जिन्होंने सामूहिक आतिशबाजी के लिए प्रत्येक घर से पैसे इकट्ठे किए थे, सारे पैसे राहतकोष के लिए दे दिए। इस प्रकार आशा से अधिक धन इकट्ठा हो गया। सब परिवार प्रसन्न थे और उस विद्यार्थी के आने की प्रतीक्षा कर रहे थे। सबके चेहरे पर संतुष्टि थी। और उस समय तो मन गदगद हो गया जब सोसाइटी में काम करने वाले चौकीदारों, मालियों, और बाइयों ने भी आ कर प्रसन्नता से कहा- "मेमसाहब, इस वर्ष दीपावली पर मिलने वाली हमारी बख्शीश का चौथाई भी इसी में मिला दीजिए।"

सच ही 'बूँद-बूँद से सागर भरता है' कहावत को मैं प्रत्यक्ष चरितार्थ होते देख रही थी। और सोच रही थी कि एक दो बिल्डिंग से चौथाई-चौथाई करके जमा की गई यह राशि, दीवाली के तेल में, पटाखों में और मिठाई में पड़ कर, अपनी उतनी महत्ता सिद्ध नहीं कर पाती, जितनी प्रधानमंत्री राहतकोश के माध्यम से, प्राकृतिक संकट में पड़े हमारे देशवासी भाइयों को राहत पहुंचाने से महत्वपूर्ण हो गई।

और दीपावली के दिन हमें, किसी को भी, दीपावली के आयोजन में कहीं कोई कोताही नहीं लगी। सबने दीपावली का पर्व पूरे उत्साह और सात्विकता से मनाया। दीपक कम थे पर उनका प्रकाश दुगुना लग रहा था। मिठाई में मिठास भी कुछ अधिक लग रही थी। और कान फोड़ने वाले पटाखे जितने भी थे सुरीले लग रहे थे। शायद सब आश्वस्त थे, निश्चिंत थे कि कभी कोई प्राकृतिक आपदा या प्रकोप आने पर कोई भी अकेला नहीं है। हमारी चिंता करने वाले भी होंगे।

और दीपावली पर? दीपावली पर तो ऐसा लग रहा था कि त्योहार के व्यय में से हम कुछ और बचा लेते तो पर्व कुछ और अधिक पूजनीय और वंदनीय हो जाता। दीपावली कुछ और सात्विक हो जाती।

दीपावली पर की गई चौथाई बचत ने अपनी पूर्णता प्राप्त कर ली थी।

जीवन का वह मोहक रंग

मन में बहुत उत्साह था। खिंची चली जा रही थी मैं सविता के घर की ओर। आखिर बीस वर्षों का अंतराल आ गया था हम मुँह बोली सखियों के बीच। इन्टर से एम.ए. तक साथ ही पढ़े थे। पता नहीं साथ मिल कर क्या-क्या बातें और क्या-क्या घातें करते होंगे - सविता की प्रत्येक बात याद आ रही थी मुझे! पढ़ने में जितनी प्रखर बुद्धि थी उतनी ही अन्य बातों में भी! अपने हाउस या विभाग की ओर से वाद-विवाद हो, नाटक हो, कोई भी कार्यक्रम हो सविता का योगदान अवश्य होता। अंताक्षरी के लिए बैठते तो शायद ही किसी अक्षर पर रुकती हो वह और खेलकूद में हिरनी सी दौड़ती थी। हर समय एक स्मित रहती चेहरे पर, मिलनसारिता से भरपूर। बात-बात पर ठहाके लगाती, चुटकुला सुनाती, मौके का शेर सुनाती या मजेदार फब्ती ही कस देती। पसंद भी गजब की थी उसकी - चटख रंग पर अवसर के अनुकूल पहनावा, सबका शौक रखता और फैशन में भी समय के साथ चलती।

आखिर आ ही गया उसका घर, बीस पच्चीस साल बाद मिल रहे थे हम दोनों। घंटी बजाते ही दरवाज़ा खुला तो सविता को सामने ही बैठे देखा। मुझे देखते ही एकदम उठी और गले लगा लिया। पर उसमें

वह हिरनी सी चुस्ती नहीं दिखी। हम दोनों ने खूब बातें कीं। यादें ताज़ा कीं। पर मेरे मन में कुछ उधेड़-बुन सी चलती रही। सोच चल रही थी कि सविता है तो बिल्कुल वैसी ही गरिमामय, आकर्षक और चुस्त पर वह बात अब क्यों नहीं, जैसी पहले की सविता में थी? आखिर पूछ ही लिया, "अरे, इतनी देर हो गई तेरे पास आकर पर तेरी ठहाकेदार हंसी, एक भी चुटकुला, एक भी शेर, कविता की पंक्ति या किसी पर कोई फब्ती ही नहीं सुनी अभी तक? तेरी पसंद के चटख रंग, फैशन और अल्हड़ता कहाँ गईं? मैं कब से तुझ में वह कॉलेज वाली सविता ढूँढ रही हूँ।"

"गलती कर रही है तू। तब छात्र-जीवन का रंग था। अब एक गृहणी और दाम्पत्य का रंग है। जीवन के इन रंगों में अपने को समयानुसार रंग लेना ही प्रसन्न रहने का मंत्र है। आज एक पत्नी, बहू और माँ होकर अगर मैं कामना करूँ कि मैं कॉलेज के दिनों की तरह ही रहूँ, दिखूँ और सोचूँ तो क्या यह रंगों की विसंगति नहीं होगी और साथ ही होगा असंतुलित व्यक्तित्व! जब अन्य कलात्मक कार्य करते हुए रंगों को कलावस्तु और सामान के अनुरूप ही चुनते हैं तब वह रचना आकर्षित करती है, इसी तरह जीवन आकर्षक बनाने के लिए, समय, स्थिति, उम्र और अवसर के अनुसार ही रंग चुनना अति आवश्यक है। यही बात व्यक्तित्व को गरिमा, आकर्षण और संतुलन प्रदान करती है।"

पुनः एक नया गर्व हो आया अपनी सहेली पर। लोहा मान गई सविता का! वही प्रखर बुद्धि, वही काव्यात्मक रुचि, वही जीवन जीने की इच्छा - पर कितने परिष्कृत और परिमार्जित विचार। शायद इसीलिए नहीं रुकी वह जीवन-रूपी अंताक्षरी के किसी भी अक्षर पर!

<hr>

डकैती

कोई कानून नहीं, कोई नियम, अधिनियम नहीं। तभी तो इस तरह की डकैती आज खुले आम चल रही है। मज़ा यह कि इसकी कहीं सुनवाई भी नहीं और कोई सजा भी नहीं। जी हाँ! यह चोरी धन-दौलत, सोना-चांदी, गहने-कपड़ों, बर्तनों और गाड़ियों की नहीं। नहीं जनाब! ये चोर दिल के चोर भी नहीं और दिल के काले भी नहीं! इस वर्ग में हम, आप और वे, सभी चोर हैं। नीचे, ऊँचे, अमीर-गरीब, छोटे-बड़े सभी अनजाने ही इसके चोर होने की श्रेणी में आ ही जाते हैं। इस चोरी का कहीं कोई दंड भी नहीं! बस दंड है तो पश्चात्ताप। जिसकी चोरी होती है वह तो हाथ मलता ही है, कभी-कभी चोरी करने वाला भी हाथ मलता रह जाता है। एक विशेष बात और है, कि इस डकैती में चोरी हुआ माल किसी भी कीमत पर वापस नहीं किया जा सकता।

जी हाँ! वह डकैती है अनमोल संपत्ति 'समय' की। यदि प्रतिदिन हम दो मिनट के लिए भी सोचें कि यह निधि कितनी हमारी चुराई गई और कितनी हमने दूसरों की चुराई तो वास्तव में पश्चात्ताप होगा, रुपए की कीमत के साथ समय की कीमत भी घट रही है। कई व्यवस्थाएँ ऐसी हैं जिनमें समय रूपी संपत्ति पर डकैती पड़ ही जाती है। आवागमन के साधनों पर कहीं कोई समय की पाबंदी नहीं है। कब कहाँ सवारी

खड़ी हो जाएगी या कितनी देर में आपको मिलेगी, उसके लिए अपनी समय रूपी संपत्ति के खर्च का कोई हिसाब आप अपनी जेब में नहीं रख सकते।

अनेक आवश्यक कार्यों के लिए दफ्तरों के चक्कर काटना, राशन की लाइन में खड़े होकर खाली हाथ वापस आ जाना, जगह-जगह लाइन में समय लगना समय की लूट ही है। यूँ तो घर में ही अनेक छोटी-बड़ी बातें ऐसी होती हैं जिसमें थोड़ी सी सावधानी से काम होने पर प्रत्येक सदस्य का समय बच सकता है, पर यह तो एक परिवार का आपसी मामला है। पर बाहरी व्यवहार में, समाज में हमारा-आपका सब का दायित्व हो जाता है कि न तो समय रूपी संपत्ति पर डाका डालें और ना ही डाका पड़ने दें।

अब देखिए 'क' साहब ने श्री 'ख' से पाँच बजे मिलने का कार्यक्रम पक्का किया था। अब श्री 'ख' पाँच बजे अपना काम बंद करके प्रतीक्षा कर रहे हैं, पाँच मिनट, दस मिनट कहते-कहते तीस मिनट व्यतीत हो गए, तब पधारे श्रीमान 'क'। अब लुट गया न श्री 'ख' का आधा घंटा इधर और आधा घंटा उधर। जहाँ श्री 'क' छः बजे वापस चले जाते अब साढ़े छः बजे जाएँगे। किसी काम को करने का मन जो खत्म हुआ वह अलग। पड़ गया न डाका!

और लीजिए अगले ही दिन श्री 'ख' ने नाई को हुक्म दिया था सवेरे नौ बजे आने का। नाई बेचारा पहुँच गया समय पर। पर श्री 'ख' नाश्ता करके आराम से तीस पैंतीस मिनट बाद ही बाहर आए। इस

आधा घंटे में तो बेचारा नाई बीस रुपये और कमा लेता। श्री 'ख' हो गए ना चोर उस गरीब के। चलिए माना श्री 'ख' नाई को प्रतीक्षा के पैसे दे देंगे, पर उनका क्या होगा जो नाई की दुकान पर बैठे केवल नाई की प्रतीक्षा में ही समय लुटवा रहे हैं। और अगली बार अवसर पड़ने पर नाई ही चुरा लेगा किसी का समय। पाठ ही ऐसा पढ़ा दिया श्री 'ख' ने। उसके लिए तो समय ही पैसा है।

देखिए न कैसा समाज है, कैसा मज़ाक है कि दौलतमंद फिर भी पैसा खर्च करके किसी सीमा तक समय रूपी निधि बचा लेता है, पर जिस गरीब के पास केवल समय की ही संपत्ति है, वह समय खर्च करके भी पैसा कमा लेगा, यह कहीं निश्चित नहीं है।

कई बार ऐसा भी हो जाता है कि एक या दो विशिष्ट व्यक्ति ही पूरे समूह का समय चुराने के लिए उत्तरदायी हो जाते हैं। किसी पिकनिक की तैयारी है, किसी सभा का आयोजन है, या किसी छोटे से स्नेह-मिलन का निमंत्रण है, इसके लिए आवश्यक है कि सभी सदस्य एक ही समय पर एकत्रित हो तो भरपूर उत्साह और मनोरंजक ढंग से कार्यक्रम आरंभ हो। परंतु प्रायः देखा गया है कि कुछ लोग तो समय की चिंता करते हुए सही समय पर पहुँच जाते हैं, पर कुछ लोग पाँच-दस-पंद्रह या तीस मिनट बाद तक पहुँचते हैं, और उनके आने पर कार्यक्रम शुरू हो तो कहते हैं 'सही समय पर आए!' उनको यह एहसास ही नहीं होता, कि उन्होंने कितने लोगों की समय रूपी राशि पर डाका डाला है। इसमें उनका साथ देने में संयोजक भी भागी होते

हैं। पर कभी-कभी संयोजक भी मजबूर होता है। समय व्यक्ति की निजी संपत्ति है और ईश्वर ने सभी को बराबर वितरित की है। अब चाहे व्यक्ति स्वयं इसका उपयोग करे या दुरुपयोग वह उसकी इच्छा, पर जब यह संपत्ति अनचाहे खर्च करनी पड़ती है या कोई जबरन झपट लेता है तब उसके लिए कोई सुरक्षा व्यवस्था नहीं है। किसी शायर ने फरमाया है –

"लुत्फ-ए-इंतजार का कोई पैमाना नहीं, किस कदर आता है, जब कोई न आए बार-बार"

यह तो ठीक है कि प्रतीक्षा का आनंद नापा नहीं जा सकता, पर तब शायद शायर ने राशन की लाइन के इंतजार के लिए नहीं सोचा था। और न ये सोचा था कि बस के इंतजार में कई शाम बितानी पड़ेंगी। इस तरह का अनुभव शायर को होता तो लुत्फ के स्थान पर लूट ही दिखाई देती।

यदि मेरा समय फुरसत का है, तो किसी और के समय पर चोट करने से पहले यह जानना, समझना और सोचना आवश्यक हो जाता है कि क्या दूसरा भी फुरसत का समय निकाल पाएगा। बहुत से महानुभाव तो घर से निकलते ही इसलिए हैं कि ज़रा समय पार कर आयें। पर ऐसे समय सोच लें कि कहीं आप डाका डालने तो नहीं जा रहे।

यदि आप किसी कारणवश समय पर नहीं निकल पा रहे हैं, तो अपनी प्रतीक्षा में बैठे व्यक्ति को सूचित करने की चेष्टा

कीजिए। अन्यथा दस मिनट की प्रतीक्षा भी बीस मिनट की प्रतीत होती है।

आज इस तीव्र गति से दौड़ने वाली दुनिया में समय की कमी ही सब को अनुभव होती है। पर यदि एक दूसरे की सुविधा-असुविधा का ध्यान रख कर काम किया जाए तो मिलने-बैठने, मनोरंजन और काम का आनंद दोगुना हो जाएगा। और जब एक घंटा आपका और एक घंटा मेरा मिल जाएगा तो आनंद भी दो घंटे का हो जाएगा। 'हर्र लगे ना फिटकरी और रंग चोखा हो जाए।'

आइए, संकल्प लें कि समय रूपी निधि की डकैती न करेंगे न होने देंगे।

⸺◦◦◦⸺

थोड़ा सा स्नेह-जल

देखते ही देखते कितना सूना हो गया चौराहा। चुपचाप स्थिर मुनि की सी मुद्रा में एक ही स्थान पर खड़ा था वह पेड़। जाने कब से देखती रही थी उसे। अपने शाखा रूपी हाथ चारों ओर फैलाए हुए, सबको समेटने के लिए आतुर। कुछ देने को व्याकुल, प्रातः और सायंकाल चिड़ियों के चहकने से गूँजता पेड़, छोटे-छोटे घोंसलों का रखवाला पेड़, हर आने-जाने वाले को कुछ न कुछ देता ही रहा। चिड़ियों के बच्चे सक्षम होते उड़ जाते, चिड़ियों को न उस पेड़ से मोह रह जाता, न घोंसले से, और वह भी उस पेड़ को छोड़ उड़ जातीं नए बसेरे की ओर, और सूना कर जातीं उस पेड़ को।

दोपहर में थके-माँदे यात्री उसकी छाया में विश्राम करते, बैठते, बतियाते। पेड़ को साक्षी बना अपना दुख-दर्द कहते, दूसरों का सुनते, बच्चे पेड़ के नीचे खेलते, लड़कियाँ कूदतीं, झूला झूलतीं, गीत गातीं। पेड़ यह सब देख कर खुश होता, झूमता, फलता-फूलता। बस यही चाहता था कि उसके चारों ओर यह रौनक बनी ही रहे, सब उसके पास बने रहें। आवश्यकता होते हुए भी पेड़ माँगता नहीं था कभी किसी से कुछ - सब उसे छोड़ अपनी राह ले लेते।

पर कब तक पेड़ अपनी शक्ति पर भरोसा रखता। कब तक उसकी लंबी जड़ें उसे जीवन-रस देतीं। कौन सींचे उसे अब अपने

स्नेह-जल से? वह सूखने लगा, क्षीण होने लगा, सबने उसके पास आना छोड़ दिया, क्योंकि अब वह केवल देता नहीं था, अपने लिए कुछ चाहता भी था। थोड़ी सी अतिरिक्त देखभाल की अपेक्षा करता था। पर अब उसके लिए किसी के पास समय नहीं था! कोई आता भी था तो केवल सूखी लकड़ियाँ चुन के ले जाने के लिए। चिड़ियाँ भी अब अपना घोंसला वहाँ नहीं बनाती थीं, केवल सूखे तिनके चुनने आतीं और किसी और मजबूत सुरक्षित पेड़ पर चलीं जातीं। धीरे-धीरे पेड़ बिल्कुल सूख गया, ठूँठ सा रह गया। लकड़ियों को काट लिया गया और एक दिन इतने पुराने बड़े पेड़ का दाह-संस्कार भी कर दिया गया - बिना सोचे।

अचानक मुझे लगा पड़ोस में रहने वाले दादाजी भी पेड़ से कितने मिलते हैं। सदा प्रतीक्षा में रहते हैं, कि उनके घोंसले से उड़े बच्चे उनके पास आते रहेंगे। उनके आँगन में किलकारियाँ करेंगे, उनकी अशक्त बाहों को सहारा दे स्नेह-जल से सिंचित करेंगे। पर नहीं! इतना अवकाश ही नहीं किसी के पास! और इस तरह वे जल्दी ही सूखे, ठूँठ पेड़ से होते जा रहे हैं।

पेड़ और दादाजी को ठूँठ बनने से हमें रोकना होगा - इसके लिए अधिक कुछ नहीं बस थोड़ा सा स्नेह-जल चाहिए। वे हमारे जीवन-दाता हैं। इनकी अवहेलना कर जीवन की सुखद निरन्तरता का आशीर्वाद हम नहीं पा सकते।

⊰∘∘∘⊱

नई दिशा

सुबह के दस बजे थे। ममता के सभी कार्य समाप्त हो चुके थे। देवेन्द्र भी ऑफिस जा चुके थे। आधा-पौना घंटे में एक बार पूरे घर में घूम कर सब कुछ ठीक कर लिया। देवेन्द्र जब यहाँ होते हैं तब तो फिर भी कम से कम ग्यारह बजे तक का समय तो निकल जाता है। वैसे महीने में दस-बारह दिन देवेन्द्र जी टूर पर ही रहते हैं। उस समय पहाड़ जैसा दिन काटे नहीं कटता। बेटी सीमा का विवाह हो चुका था, अभी छः महीने पहले ही। और अंशु इंजीनियरिंग करने रुड़की चला गया था। प्रारंभ से ममता को कभी ऐसा नहीं लगा, अपने घर और बच्चों को संभालना ही उसका उद्देश्य था। अपने परिवार को कुछ इस ढंग से पाला था उसने कि ज़रूरत की किसी चीज की कमी कभी अनुभव ही नहीं हुई। हाँ, बढ़ती महँगायी को देखते हुए गैरजरूरी खर्चे वह नहीं करती थी। उसने कई बार नवदम्पत्तियों को यह कहते सुना था, कि आजकल एक व्यक्ति की कमाई में तो बाबा घर चलाना बहुत कठिन है। पति-पत्नी दोनों को ही घर से बाहर निकलना बहुत अनिवार्य है। पर ममता यही सोचती थी कि यदि दोनों घर से बाहर निकल कर नौकरी करने लगे तो घर कहाँ रह जाएगा। वह तो होटल या छात्रावास सा ही होगा न?

पर अब धीरे-धीरे समय बदल रहा था। समय के साथ विचार भी बदल रहे थे। अब वह घर की ज़िम्मेदारियों से काफ़ी हद तक मुक्त हो चुकी

थी। अब अपनी सभी पुरानी योग्यताएँ उसे याद आने लगीं थीं। वह घर से बाहर निकल कर कुछ करने के लिए आतुर हो उठी। समस्या यह थी कि अब चालीस-पैतालीस की उम्र में नौकरी मिलना भी तो कठिन था। पर फिर भी प्रतिदिन किसी न किसी आशा से अख़बार में रिक्त स्थान वाला कॉलम देखती ज़रूर थी। पैसा कमाना न उसका उद्देश्य था और न ज़रूरत। समय बिताना चाहती थी किसी सार्थकता के साथ बस। महिला बैठकों में, चिटफंड में, पपलू पार्टी आदि में उसकी बस इतनी ही रुचि थी जितनी दाल में नमक। अधिक पार्टी बाज़ी और दिखावा वह कर ही नहीं पाती थी।

आज फिर अख़बार लेकर सोफ़े पर अधलेटी सी हो गई। आज रिक्त स्थान वाला कॉलम देखते ही उसकी आँखें खुशी से चमक गयीं। उठ कर बैठ गई ममता। विद्यासागर हाईस्कूल में अध्यापक/अध्यापिका की आवश्यकता थी, अभी केवल दो वर्ष के लिए। किसी के लंबी छुट्टी जाने के कारण यह स्थान खाली हुआ था। ममता को तो जीवन भर की कोई इच्छा भी नहीं थी। विद्यासागर हाई स्कूल शहर का पुराना जाना-माना विद्यालय था। उसके दोनों बच्चे भी वहीं पढे थे। स्कूल कमेटी ने स्कूल को दसवीं कक्षा से आगे नहीं बढ़ाया परंतु दसवीं कक्षा तक का शिक्षा का स्तर और अनुशासन सभी बहुत अच्छा था।

इस विज्ञापन को देखते ही ममता को समय बिताने की समस्या का समाधान अपनी रुचि के अनुसार मिलता दिखाई दिया। स्कूल की कमेटी को भी उसको नियुक्त करने में कोई आपत्ति नहीं होगी, ऐसा

उसे ज्ञान और विश्वास था। वह और उसके पति दोनों ही स्कूल कमेटी के लिए परिचित थे।

ममता ने तुरंत आवश्यकतानुसार सादे कागज़ पर प्रार्थनापत्र बनाया और तुरंत ही डाक में डलवा दिया। चार दिन बाद इंटरव्यू कॉल भी आ गई। ममता निश्चित तिथि और समय पर स्कूल पहुँच गई। अधिक लोग नहीं थे वहाँ। बस पाँच-छः उम्मीदवार होंगे। सब बेचारे से, ज़रूरतों की मार से मारे हुए से लग रहे थे। उन पर एक दृष्टि डाली ममता ने। स्वाभाविक था ममता में आत्मविश्वास अधिक दिखाई दे रहा था।

ममता के पहुँचते ही थोड़ी देर में स्कूल-ऑफिस के चपरासी ने ममता को एक कागज़ दिया और ममता ऑफिस के अंदर पहुँच गई।

कमेटी के सदस्यों और प्रधानाचार्य ने उसे बैठने के लिए कहा और ममता को बताया –

"श्रीमती ममता आपकी नियुक्ति निश्चित है। यह साक्षात्कार तो हमें कुछ नियमों की पूर्ति के लिए करना ही पड़ता है। आपकी योग्यता और उम्र के अनुभव पर विद्यालय को विश्वास है। आप पहली तारीख से विद्यालय में कार्यभार संभाल लें।"

ममता खुशी-खुशी घर लौटी, अपने पतिदेव को भी अपनी नियुक्ति की बात बताई। भाग्य से स्कूल का समय भी इतना सुविधाजनक था कि ममता को कोई असुविधा नहीं होने वाली थी।

स्कूल जॉइन करने की तारीख से एक दिन पहले शाम के चार बजे ममता के घर के दरवाज़े की घंटी बज उठी। खोलने पर देखा एक सभ्य, पढ़ा-लिखा, लगभग तीस वर्ष की आयु वाला युवक दरवाज़े पर खड़ा है। ममता के दरवाज़ा खोलते ही नमस्ते करते हुए वह कहने लगा, "मेरा नाम प्रकाशचंद है। विद्यासागर स्कूल में अध्यापक के पद की नियुक्ति के संबंध में आपसे कुछ बात करना चाहता हूँ, यदि आप आज्ञा दें तो।"

ममता को एकदम ही याद आ गया कि हाँ! उस दिन स्कूल ऑफिस के बाहर बैठे चार-पाँच प्रत्याशियों में यह चेहरा भी था। विह्वल सा, आतुर सा। किसी अचानक पड़े बोझ से दबा हुआ सा था उसका व्यक्तित्व। आज भी प्रकाशचंद वैसा ही बोझिल दिखाई दे रहा था। कुछ सोच कर ममता ने उसे अंदर आकर बैठने के लिए कहा। अंदर से एक गिलास पानी ला कर दिया, फिर बैठते हुए बोली -

"बताइए प्रकाशचंद जी, क्या काम है? मैं आपकी क्या मदद कर सकती हूँ? "

प्रकाशचंद लगभग हाथ जोड़ते हुए, पर एकदम सपाट और स्पष्ट शब्दों में बोला –

"मैडम, क्या आप स्कूल के इस पद को मेरे लिए छोड़ सकती हैं?"

चौंक गई ममता! एकदम ही बोल पड़ी कुछ झुंझलाहट मिश्रित आश्चर्य के साथ -

"क्यों?"

प्रकाशचंद बोला -

"मेरे लिए, मेरे परिवार के लिए! मेरा परिवार, जिसमें मेरी पत्नी, एक तीन वर्ष की बच्ची और असमय ही बूढ़ी लगने वाली मेरी माँ है। मेरे पिता का देहांत अभी छः महीने पहले ही हृदयघात से हो गया।"

बिना रुके द्रवित शब्दों में बोले जा रहा था वह –

"पिता के अचानक देहावसान से परिवार पर वज्र सा टूट पड़ा। बस और कोई बात नहीं। इसीलिए चाहिए मुझे ये नौकरी। मैं लॉ पढ़ रहा हूँ। एम.ए.एम.एड. भी किया हुआ है। अभी तक नौकरी इसीलिए नहीं की थी कि पढ़ाई पूरी कर लूँ। लॉ जॉइन करने से पहले कुछ दिन पढ़ाने का अनुभव भी रहा है। पिताजी की मृत्यु से उत्तरदायित्व आ गया। दो वर्ष में मेरी पढ़ाई भी पूरी हो जाएगी। और परिवार भी कुछ संभल जाएगा। पिताजी क्लर्क ही थे। कितना जमा कर सकते थे? दो कमरे का घर बन गया था, यही सहारा सिर पर बहुत है।"

कुछ रुक कर दो घूँट पानी पिया प्रकाशचंद ने। ममता को चुप देख कर फिर कहने लगा-

"आशा है अब आप समझ गयीं होंगी कि मुझे यह नौकरी क्यों चाहिए। ईश्वर न करे कि आपकी भी मेरे जैसी कोई मजबूरी हो।"

द्रवित हो गई ममता। सोचने लगी - हमको केवल समय बिताना है, इसलिए येन-केन-प्रकारेण नौकरी पा ही जाते हैं। और एक ज़रूरतमंद,

जिसके ऊपर पूरे परिवार का दायित्व है, नौकरी से वंचित रह जाता है। पर फिर भी अपने मनोभावों को दबा कर ममता ने पूछा -

"इसकी क्या गारंटी कि मेरे जॉइन ना करने पर यह पद तुमको ही मिल जाएगा?"

प्रकाशचंद प्रश्न समाप्त होने से पहले ही बोल उठा –

"निश्चितता न होती तो आपके पास आता ही क्यों? मैंने सब पता लगा लिया है। यदि आप जॉइन नहीं करेंगी तो मेरी नियुक्ति निश्चित ही है।"

दोनों कुछ देर कुछ सोचते से चुपचाप बैठे रहे। फिर प्रकाशचंद ने ही मौन तोड़ा और जाने की आज्ञा मांगते हुए कहने लगा -

"अब आपका अधिक समय नहीं लूँगा। मैं अब चलता हूँ। इतना अवश्य कहता जाऊँगा कि भीख नहीं माँग रहा मैं। अपने परिवार के भरण-पोषण के लिए अपना हक़ माँग रहा हूँ। आपको तो केवल समय ही बिताना है न! आगे आपकी इच्छा। अच्छा नमस्ते।" कहता हुआ प्रकाशचंद चला गया।

ममता बैठी रह गई ठगी सी, अपने विचारों में उलझी सी। सोचती रही, हक़ तो वाकई उसी लड़के का है। पूरे परिवार की ज़िम्मेदारी उठानी है उसे और योग्यता भी पूरी है! परिवार के साथ-साथ अपने सपने भी पूरे करने हैं, पढ़ाई पूरी करनी है। बच्ची को बड़ा करना है, पढ़ाना है। सच ही, क्या मैं और मेरे जैसे कितने ही संभ्रांत परिवारों के सदस्य घर

से बाहर निकल कर कहीं न कहीं केवल इसीलिए नौकरी नहीं कर रहे कि उन्हें शौक़ है या समय बिताना है? ज़रूरतमंद परिवारों के अवसर सीमित कर रहें हैं। और फिर जितनी आमदनी उतने खर्चे!

यह सब सोचते-सोचते ममता को राशन की दुकान के एक दुकानदार की बात याद आ गई। उसका कहना था कि आजकल घरों में अन्न की खपत तो कम हो गई है, और दिखावट की चीजों के खर्चे बढ़ गए हैं। सच ही तो है। ठीक ही कह रहा था वह। पति-पत्नी दोनों के कमाने पर भी घर के खर्च पूरे नहीं पड़ते। लालसाएँ रह ही जाती हैं। पर जिस घर के एक सदस्य को भी नौकरी न मिले, वहाँ क्या होगा! मेरे जैसे कहीं ज़रूरतमंद परिवारों का हक़ तो नहीं छीन रहे? ममता की विचारधारा अबाध चल रही थी। क्या हक़ है हमें कि हम दूसरों का हक़ अपने आनंद और सुविधा के लिए, ना कि ज़रूरत के लिए, छीन कर बैठें।

इस विचार के साथ ही एक नया निर्णय ले लिया ममता ने। और सोने चली गई। सुबह उठी तो बहुत हलकापन महसूस कर रही थी। सब काम से निवृत हो साढ़े दस बजे स्कूल के लिए चल पड़ी। ग्यारह बजे से स्कूल था। स्कूल पहुँचते ही गेट पर खड़े युवक पर दृष्टि पड़ी। युवक आशा भरी नज़रों से ममता को ही देख रहा था। ममता को आते देख प्रकाशचंद के चेहरे पर निराशा के भाव आने लगे।

ममता प्रकाशचंद के पास पहुंची और उसे अपने साथ ऑफिस तक चलने के लिए कहा। आशा-निराशा के सागर में गोते लगाता

प्रकाशचंद्र साथ हो लिया। ममता अपना नियुक्ति पत्र लेकर ऑफिस में दाखिल हो गई। थोड़ी देर बाद जब बाहर आई तो उसके हाथों में प्रकाशचंद्र के नाम का नियुक्तिपत्र था। स्नेह से प्रकाशचंद की पीठ थपथपाते हुए बोली -

"लो भई प्रकाशचंद, तुम्हारा हक़ तुमको सौंप रही हूँ। इसे अच्छी तरह निबाहना। कभी कोई आवश्यकता हो तो चले आना। संकोच न करना।"

प्रकाश ने प्रसन्नता भरी आँखों से ही ममता का धन्यवाद किया। मुख से बोल ही नहीं निकले आभार प्रदर्शन को।

ममता संतोष भरी चाल से औटोरिक्शा की तरफ जा रही थी। सोच रही थी कि खाली समय बिताने का कितना सरल रास्ता चुन लिया था उसने। समाज में प्रतिष्ठा और पति के उच्चपदाधिकारी होने का प्रभाव जमा लिया था उसने। पर अब उसकी समझ में आ गया था कि उसके लिए तो अन्य अनेक मार्ग खुले हैं। उनको अपनाकर ममता को कहीं अधिक मानसिक संतोष मिलेगा। थोड़े से प्रयत्न से ऐसा काम किया जा सकता है जिससे उसे स्वयं तो संतोष और प्रसन्नता मिलेगी ही, साथ ही वह दो-तीन ज़रूरतमंद महिलाओं को भी काम करने के अवसर दे सकती है। बस थोड़ी सी लगन, मेहनत और हिम्मत की आवश्यकता है।

और अब ममता जब तक घर पहुँची वह बहुत कुछ सोच चुकी थी। अपने उद्योगों के बारे में सोच कर वह कहीं अधिक प्रसन्न और संतुष्ट

थी क्योंकि अब वह अपने परिश्रम से अपना काम प्रारंभ करने का पक्का इरादा कर चुकी थी। विद्यासागर स्कूल में उसने नौकरी तो नहीं की, पर इस घटना से ममता को एक नई दिशा अवश्य मिल गई थी।

बदलते ढंग-जीवन के संग

मैं इस्पात नगरी के ऑफिसर्स हॉस्टल की बालकनी में खड़ी थी। उस हॉस्टल में नए ऑफिसर बने लड़के-लड़कियाँ और नए ट्रेनी ऑफिसर्स परिवार सहित रहते थे। मैं प्रायः प्रतिदिन ऑफिस जाने के समय और लोगों के वापस लौटने के समय दृश्यावलोकन के लिए बालकनी में आ ही जाती थी। वहाँ मैं अपने बेटी के पास गई थी। वह भी वहाँ अभी नयी-नयी ऑफिसर बनी थी। अतः उस हॉस्टल में अनेक नए रंग और नए आयाम देखने को मिलते।

सच कहूँ तो सबसे अधिक प्रभावित करने वाला रंग होता था आजकल की लड़कियों का। पढ़ी-लिखी आत्मनिर्भर एवं आत्मविश्वास से ओतप्रोत आजकल की बालाएँ। पति-पत्नी बराबर एक सा ही श्रम कर रहे हैं मध्यवर्गीय परिवार की गाड़ी चलाने में। लड़कियाँ सब काम प्रसन्नता से या मजबूरी से करती हों पर बदलता परिवेश और उसके रंग स्पष्ट दिखाई देते थे। अब छोटी उम्र में पति की यदि शिफ्ट ड्यूटी है तो वह तो छः बजे घर से चला ही गया और निश्चय ही उसे ऑफिस भेजने के लिए चार या पाँच बजे उठी होगी उस घर की गृहस्वामिनी। पर भेजने के बाद स्वयं फिर से सो नहीं गई होगी क्योंकि----, क्योंकि उसकी भी ड्यूटी शुरू ही थी! और मैंने

देखा था कि घर के सब काम करके साढ़े सात बजे स्कूटर निकाल कर, उस पर बच्चे को बैठा कर स्कूल छोड़ने चल दी थी। भारी भरकम स्कूटर को जब उसे ठेलते देखा तो मुझे ध्यान आया कि अब आज के संदर्भ में कहाँ पूरा उतरता है यह लोकगीत, जब गोरी बहुत इतरा कर कहती थी -

"....श्याम तोरा पनिया हमसे न भरा जाए रे, हमरी पतली सी कमरिया रे, ये ऊंची नीची सीढ़ियाँ हमसे ना चढ़ी जाएँ रे...."

और अब इतना भारी स्कूटर बिना किसी शिकवे के! शिकवा करें भी तो किस से? अभी यह सब सोच ही रही थी कि वह कर्मठ लौटती हुई दिखाई दी। हाथ में थे ब्रेड और सब्जी के थैले। अब जब तक जीवन है पकाने-खाने का काम तो करना ही होगा, चाहे गोरी पकाती हो या गोरी का श्याम। और ये लो! दो घंटे बाद पुनः हेलमेट लगा अपना स्कूटर उठा और फुर्र....।

इत्तफाक से उस दिन मैं भी स्टील प्लांट देखने पहुँची थी। सब जगह मुझे तो स्टील का दहकता लावा ही नज़र आ रहा था और उस जगह भी काम पर डटीं हुईं थीं हमारी वीरांगनाएँ। ये वही हैं जिनके गोरे गाल और नाजुक हथेलियाँ चूल्हे की गर्मी से झुलस जाते थे, वे बड़ी-बड़ी दहकती भट्टियों और इंजनों के पास काम कर रहीं थीं। अब कैसे कहेंगी बेचारी उलाहने वाले शब्द –

"चाहे राजा मारो, चाहे फटकारो, हमसे न पोई जाए फुलकिया, हमरी तो जल जायेगी अंगुरिया रे.."

शाम का नजारा तो और भी दिलचस्प होता था - अब ये कोई जरूरी तो नहीं कि दरवाज़े पर पलक बिछाए अर्धांगिनी ही पति की बाट जोहे। कई कमरों के सामने अपने डेढ़ दो साल के बच्चे को गोदी में लिए पति महोदय बेताबी से बच्चे की माँ की प्रतीक्षा करते दिखाई दे जाते थे। स्कूटर की आवाज़ सुन, किलक भरी आवाज़ सुनाई देती - "लो बेटा आ गयीं ममी। अब चलो सब साथ चाय पियेंगे।"

मैं नहीं कह सकती कि उन दम्पत्तियों के मन आँगन में क्या लहक रहा होगा, पर मैं एक अद्भुत आह्लाद से भर उठती, विजयी सी।

जहाँ सौ परिवारों के लिए हॉस्टल हो वहाँ रंगों की कमी नहीं। यदि किसी कमरे के सामने अंदर-बाहर करते आप किसी युवक को देखें तो समझ जाइए उसकी गृहलक्ष्मी अभी ऑफिस से नहीं आई है, आती ही होगी, पर उसे डर है कि चाय के लिए तैयार किया सब सामान ठंडा न हो जाए। और साथ ही यह भी कि दस बजे उसे भी तो अपनी नाइट-ड्यूटी पर जाना है। ये शाम के दो ढाई घंटे ही तो साथ बिताने को मिलते हैं - दिन रात की मेहनत का फल।

इस बदलते ढंग में जीवन-रंग भी बहुत समझदारी से बदल लिए नयी पीढ़ी ने। यह समझौता, यह समय का बंटवारा, यह भागमभाग, सच क्या यही रंग पाने को ललक रहा है आज का युवामन? दोनों अपने-अपने काम में दिन व्यतीत कर थक-हार कर सो गए, शायद

कई रंगों को बिना देखे, बिना पहचाने - क्योंकि यही तय नहीं है कि किसने सोने कि थाली में भोजन लगाया और चांदी के गिलास में पानी सजाया। कौन झूले पर बैठा और किसने झुलाया। कौन रूठा और किसने मनाया। सब में साझा है।

अभी नयी पीढ़ी के रंग-ढंग में उलझ ही रही थी कि बराबर के कमरे में रहने वाली दम्पत्ति घूमने चल दी। मुझे देख लड़की मुझसे बात करने लगी। उनकी शादी को अभी बस दो महीने ही हुए थे। दोनों वहीं ऑफिस में काम करते थे।

मैं अपने ढंग में ही कह गई, "बेटी दो महीने ही तो शादी को हुए हैं पर तुमने तो बिल्कुल कॉलेज के से कपड़े पहन रखे हैं, न जेवर, न ज़रीदार साड़ी।"

लड़की हँसती हुई बोली, "आंटी, अगर छः बजे ऑफिस से आने के बाद वह सब पहनने और सजने लगी तो दस बज जाएँगे और ये नाइट शिफ्ट में चले जाएँगे और मैं सजने में ही थक जाऊँगी। कहाँ समय है आंटी अब उस सब का - बस चाट खा कर अभी आए।"

सच ही उसकी बातों में सौन्दर्य फूट रहा था। समय भाग रहा है अब कहाँ फुरसत कि सज-सँवर कर वह कह सके और कोई सुन सके –

"जड़ी मेरी साड़ी सलमे सितारे जड़ी...." या *"आगरे का घागरा मँगवा दे मोर बलमा...."*

भूतकाल के रंगों को पीस कर वर्तमान के रंगों के साथ घोल कर भविष्य की तस्वीर में कौन से नए रंग भरने जा रही है नयी पीढ़ी? निश्चय ही अपेक्षा और पूर्णता के नए रंग, नए ढंग।

बसंत फिर भी आता है

चिड़ियों की चहचहाहट का संगीत तो हवा में दिन-भर गूँजता रहता है, हवा भी आम के बौर और सरसों की मिली-जुली गंध से बौराई सी दिन-भर पेड़-पत्तों को झूला झुलाती, घर-आँगन में डोलती ही रहती। लग तो रहा था कि किसी विशिष्ट अतिथि का आगमन प्रकृति के आँगन में हो गया है, पर जीवन के भौतिक धरातल की भागमभाग में, प्रकृति के आँगन में क्या हो रहा है यह झाँकने-देखने की फुरसत किसी को रही नहीं। पर प्रकृति तो अपने उपहार सभी जीवों में बाँटना कभी भूलती ही नहीं!

घर के छोटे से बगीचे में भी स्वतः ही एक या दो सरसों के फूल पीली आभा लिए देखने को मिल ही जाएंगे और भरा-भरा गेंदा तो ऐसा है जैसे दो महीने के लिए फूलों ने अपना राजा बदल लिया हो। नजर गुलाब से हट कर गेंदे पर टिके बिना नहीं रहती। बड़ा पेड़ तो बड़ा पेड़, छोटे-छोटे आम और नीम के पेड़ भी बौरा रहे थे। चहचहाट भरी दिनचर्या में भी मन ललकता, कहीं बाग में घूमा जाए, पिकनिक पर चला जाए; अर्थात प्रकृति के घर जा कर देखा जाए कि उसके आँगन में कौन आया है जो वह इतनी भरी-भरी, खिली-खिली और हलद चढ़ी लाड़ो सी इतरा रही है, लुभा रही है, रिझा रही है और भरमा रही है। तभी कानों में एक शुभचिंतक सहेली की कोयल सी कूकती आवाज़

रस घोल गई, "बसंत को भूल गयीं क्या रेखा??" और सच में ही मलाल हो आया अपनी चिंतनशीलता पर!

पर जब मित्र ऐसे हों जो तनाव में भी बसंत का अनुभव करा दें, तब कोई कैसे भूल सकता है बसंत का आगमन। प्रकृति के बसंत का भी तो यही मधुर संदेश है, 'बाँट सको तो सुख बाँटो' और सच ही तीन मिनट बात कर के लगा कि बसंत ने थपथपाहट दी है मन के द्वार पर। याद आने लगा जब बचपन में बसंत पंचमी के दिन माँ की वॉइल की साड़ी फाड़ी जाती, और हल्दी को पानी में घोल कर, भाइयों के पीले रुमाल और हम बहनों के पीले दुपट्टे रंगे जाते। हल्दी से बढ़िया बदलते मौसम के लिए दूसरा ऐन्टिसेप्टिक भला और क्या होगा! पीले-पीले रुमाल और दुपट्टे लहराते स्कूल जाते और सर्वत्र पीला बसंती रंग ही दिखायी देता। जिस बच्चे के पास पीले रंग का कपड़ा ना होता, उसे हम अपने साथ लाए पीले रूमालों में से दे देते। यहाँ तक कि कभी-कभी हम बच्चे आधा-आधा रुमाल या दुपट्टा भी फाड़ लेते।

बसंत के माध्यम से कितना कुछ बाँटती है प्रकृति। शिशिर में ठंड से सिकुड़ी धरती अंगड़ाई ले जैसे जाग उठी हो, और हम सब को भी साथ मिल कर रहने का संदेश देती हो--पीले चावल जब सब के खाने के डिब्बे में से निकलते तो बच्चे भूल ही जाते कि कौनसा किसका डिब्बा है।

बसंत के स्वागत के लिए संक्रांति, लोहड़ी और पोंगल जैसे स्वागत द्वार सजते हैं तब ऋतुराज बसंत पधारते हैं। सब के मन को बसंत इस

हद तक उत्साहित, हुलसित और रंगमय कर जाते हैं कि फाग में जी भर रंगों की होली खेलकर, तैयार पकी फसल को घर में लाकर ही ग्रीष्म में शांति से घर पर बैठने को तत्पर होता है मानस मन।

प्रकृति के आँगन से आए संदेश को सुनें - गेहूँ की हरी-भरी बालियाँ संतोष देतीं हैं तो सरसों के फूल स्निग्धता। बसंत तो आ ही जाता है, उल्लासित कर ही जाता है, शुभ सुखद बसंती रंग बिखेर ही जाता है, पर हम भी ऐसा मानस बनाएँ कि प्रकृति के इस शृंगारिक अतिथि के स्वागत के लिए आने वाली पीढ़ी से यह न कहना पड़े, 'बसंत को भूल गए क्या?' सुख-दुख की दो पाटी के बीच चलते जीवन में ऐसा संगीत गुंजायमान हो कि प्रत्येक हृदय को लगे –

"गेहूँ की बाली और सरसों का सन्देश, जनमानस में हो जीवन्त,
बर्फ सी नीरवता, एकाकीपन, आतंकवाद का हो बस अंत,
तो सच ही हर आँगन में आना भला कैसे भूल सकता है बसंत ॥"

बहने लगी जलधारा की अश्रुधारा

'आसमान से उतरी जल की धारा, तपती धरती पर झुलसा उसका तन सारा,

धरती पर देख विनाशोन्मुख विकास, बह निकली जलधारा की अश्रुधारा।'

इठलाती, कल-कल कलरव करती प्रतीक्षित जलधारा पूरे आठ माह बाद अपने प्रियजनों से मिलने पूरे हर्षोल्लास से धरती पर उतरी। पर यह क्या! वह तो झुलस गई। और बुझे मन से अश्रुधारा बहाती हुई सागर में ही समा गई।

आते हुए उसने सोचा था ऊँचे-ऊँचे पर्वतों पर उतरेगी, उनकी गहराई तक जाएगी, पेड़ों की लंबी जड़ों का झूला बना के झूलेगी, उनकी बाहों में खेलेगी, पर कुछ भी तो नहीं मिला उसे। उसे मिलीं सीधी सपाट चट्टानें, जिन पर पहुँचते ही जलधारा का पहला उत्साह तो वहीं झुलस कर वापस लौट गया। ना तो उसे घनी जड़ों का झूला मिला और ना उसकी गुदगुदाती मिट्टी का आँगन।

सीधी-सपाट चट्टानों पर से अपने को बचाते संभालते मैदान में आ खड़ी हुई। साथ में आ गई ढेरों मिट्टी। वह मिट्टी, जिसे वह अपने पेड़ों कि

जड़ों को सौगात के रूप में नम करके छोड़ना चाहती थी। पेड़ भी तो उसकी ओर बस लालायित नज़रों से देखते रह गए। कई तो जलधारा का यह तेज बहाव देख कर घबरा कर गिर ही पड़े। अकेले-दुकेले बिना मिट्टी के पेड़ों के बीच भला कैसे रुक सकती थी जलधारा?

सोचा था, चलो मैदान में कुछ राहत मिलेगी, और वहाँ पहुँच कर आसमान से उतरी दूसरी जल की बूंदों की भी कुछ खैरियत पता चलेगी। सुना है मैदानों में आदमी ने बहुत विकास कर लिया है। पर ऐसा भी क्या विकास! जल की धारा का वह कच्चा आँगन कहाँ गया? वह तुलसी का चौरा? कहाँ गई वह मिट्टी, जिसके अंतरतम में समाती वह पृथ्वी के गर्भ तक पहुँच कर एक बार फिर ऊपर उठने की शक्ति पृथ्वी के गर्भ में पड़े बीजों को दे पाती?

सब जगह कंक्रीट ही कंक्रीट! पक्की काली-काली साँप सी लहराती सड़कें, जिन पर पड़ते ही जलधारा का अंग-अंग जल उठा। उसके मन में ही रह गया कि उसकी प्रतीक्षा में व्याकुल राही के पैरों में ठंडक पहुँचाए। गीली मिट्टी की मदमस्त महक से अंतर तक सराबोर कर ठंडक की महक फैला दे, पर उस पहली जलधारा का स्वागत किसी ने न किया। सब यही कह उठे, "उफ्फ़! कितनी उमस, बूंदे पड़ते ही भाप में जल उठे।" गलती तो मानव की ही है न! जलधारा का क्या दोष? जब पूरी ज़मीन को, मकान की दीवारों को, छतों को लोहे के तवे सा पाट दिया है मानव ने तो वह ठंडक, वह राहत कहाँ से लाऊँ मैं? मैं जलधारा तो स्वयं ही जलकर 'आह' हुई जा रही हूँ।

कैसे रुक सकती हूँ अब मैं माँ धरती के आँचल में? सोचा था तालाबों को, पोखरों को, कुओं को भर दूँगी अपने स्नेह-जल से। पर सारे रास्ते ही अवरुद्ध दिखायी दिए। अभेद्य दीवार सी खड़ी थी कहीं कहीं। पारदर्शी तो थी पर न टूटती थी ना समाप्त होती थी। बस जमती जा रही थी। कैसा कूड़ा था वह! लोग उसे प्लास्टिक, पॉलिथीन या कैरीबेग जाने क्या क्या नाम दे रहे थे। तालाब, पोखर, झील, ज़मीन, पहाड़ हो या मैदान, सब स्थान उसी से अटे पड़े हैं। और बस यही मेरी मजबूरी 'कालाजार' बन कर लोगों को डसने लगती। मेरे गतिशील रहने पर ही मानव जाति और प्रकृति का हित है। काश! इस ओर ध्यान दें मेरे धरतीवासी। मैं तो सबका जीवन सुखमय करने के लिए आसमान की गोद से धरती पर आई थी।

उफ्फ़! कैसा विनाशोन्मुख विकास है यह? हवा भी जगह नहीं ढूँढ़ पाती है। गर्म दीवारों पर सिर पटक कर उच्छ्वास सा छोड़ती है। मेरी नमी भी हवा तक पहुंचे कैसे? मैं ढूंढती हूँ पेड़ों की गहराती जड़ें, जिनके सहारे मैं अपनी क्षीण काया लेकर ही सही, पत्तों तक पहुँच सकूँ और हवा को ठंडा कर सकूँ। पर बहुत कठिन लग रहा है।

कहीं गाँव हैं, आँगन हैं, कच्चे कुएँ हैं, पगडंडी भी है, खेत भी हैं पर उनके आस-पास चारों ओर कहीं सीमेंट की, कहीं कोयले की तो कहीं बिजली की इतनी फैक्ट्री बन गयीं हैं, इतनी खदाने खुद गयीं हैं, इतना औद्योगीकरण हो गया है कि मेरा रास्ता ही गुम हो गया है। भटक गई

मैं! देखना पड़ा उस क्षेत्र को सूखाग्रस्त होते हुए या मेरी भटकन से बाढ़ग्रस्त होते हुए।

आकाश से उतरती हुई जलधारा उन बच्चों को ढूँढ़ती फिर रही है जिनके बदन को वो भिगोना चाहती है, और उनके किलकते कंठ स्वर सुनना चाहती है, 'बरसो राम धड़ाके से, कौआ मर गया फाके से' पर कहीं कोई नहीं दिखायी देता। ऐसा क्यों? लो आसमान से उतरी इस अमृत रूपी जलधारा का तो कोई स्वागत ही नहीं करता पर आकाश में तैरते उपग्रहों के माध्यम से उतरते ज़हर को सब जाने किस आस में अपने-अपने दिल और दिमाग में उतार रहे हैं बंद कमरों में बैठे-बैठे।

बस अब और नहीं देखा जाता है। सांस्कृतिक, व्यावहारिक और प्राकृतिक सभी तरह का प्रदूषण लीलता जा रहा है मेरी प्यारी धरती को। बेचारी जलधारा अपनी क्षीण, मलिन काया को समेटती जैसे-तैसे सागर की गोद में समा गई। सागर ने, जैसी भी थी वह, उसे गले से लगाया और साथ लायी पृथ्वी की गंदगी को भी अपने तल में छिपाया। ऐसा करने में सागर को अपने कितने ही जीव-जंतुओं की बलि चढ़ानी पड़ी, और ऐसा करते-करते बह निकली दोनों की अश्रुधारा।

कहीं ऐसा न हो कि प्रकृति के इतने विनाश को देख कर जलधारा तो सूख जाए और रह जाए बस अश्रुधारा, और वह भी अपनी आह में कितनों को सुखा दे या अपने अनियंत्रित बहाव में किसे-किसे लील जाए।

'प्रकृति-रूपी द्रौपदी का करके चीरहरण,
हम दे रहे अपने विनाश को आमंत्रण।
बस भूकंप, हिमपात, बाढ़ और प्रदूषण,
याद दिलाएगा द्रौपदी के खुले केशों वाला प्रण।
बचाने को प्रकृति का चीर हरण,
बनना ही होगा हम सबको स्वयं श्री कृष्ण।'

❖❖❖

बालमन के अनुकरणीय रंग

नाम था उसका संध्या। यथा नाम तथा गुण को सार्थक करती थी कक्षा सात में पढ़ने वाली वह छोटी सी लड़की संध्या। संध्या की सी शांति के साथ, दिनभर के क्लांत मन को विश्रांति देने की क्षमता रखती थी वह। मेरे घर से दो घर छोड़ कर ही रहती थी वह। संध्या पूरी कॉलोनी की चहेती लड़की थी। कोई बच्चा या बड़ा किसी घर में बीमार हो और संध्या उसके साथ लूडो न खेल आए या उसको कोई किताब न दे आए, ऐसा असंभव था। विशेष बात यह थी कि बंगलों के पीछे बने सेवक निवासों के बच्चों के साथ भी उसके व्यवहार में कोई अंतर नहीं था। प्रभावित थी मैं उसके व्यवहार से। यही संध्या जब बैलगाड़ी में जुते बैल या समुन्द्र किनारे मरियल से ऊँट को जबरन दौड़ते देखती तो कहती "माँ मना करो न गाड़ीवान को!"

पर एक घटना ऐसी हुई कि उसकी अलौकिक बालसुलभ बुद्धि और चिंतन के आगे मैं नतमस्तक हो गई और ईश्वर से प्रार्थना के रूप में यही भाव मन में आए कि 'हे प्रभु! ऐसे सुंदर रंगों से ही तुम संसार को रंग दो तो सब झंझट ही समाप्त हो जाएँ।'

हुआ यूँ कि एक दिन शाम जब संध्या की मम्मी से मिलने मैं उसके घर गई तो देखा संध्या बहुत तन्मयता से एक कॉपी से देखकर दूसरी

कॉपी में कुछ उतार रही है। यूँ ही पूछ लिया मैंने - "अरे बेटे, शाम को खेलने के समय ये क्या पढ़ाई कर रही हो?"

"कक्षा कार्य उतार रही हूँ आंटी। असल में आंटी, आज तो हम सभी बच्चे यह काम ही कर रहे हैं।"

मुझे उत्तर कुछ अटपटा सा, घूमा हुआ सा लगा। उत्सुकतावश उसके पास जा कर देखा तो पाया कि अपनी ही कॉपी से किसी दूसरे बच्चे की कॉपी में कुछ उतार रही है। मैंने पूछ लिया कि क्या वह इस विषय की नई कॉपी बना रही है, या रफ से फेयर कॉपी में उतार रही है। संध्या ने मेरी तरफ देखा और मुस्कुरा कर अपने काम में लग गई। मैंने कुछ ज़ोर देते हुए कहा "संध्या, बेटे ठीक से बताओ ना!"

काम रोक कर उसने जो बताया वह इस प्रकार था, "आंटी पिछले महीने से मैं क्लास की मॉनीटर हूँ। मैंने सब के साथ मिल कर एक नियम बनाया है, कि जिस बच्चे को किसी कारणवश कक्षा से अनुपस्थित होना पड़ता है, जैसे परिवार के साथ बाहर जाना पड़ जाता है या वह बीमार पड़ जाता है, या अन्य कार्यवश वह स्कूल नहीं आ पाता तो उसकी सब विषयों की कॉपी हम आपस में बाँट लेते हैं और कक्षा में करवाया कार्य साथ-साथ उसकी कॉपी में भी लिखते जाते हैं। तो जब दस बारह दिन बाद वह बच्चा वापस आता है तो वह पूरी कक्षा के साथ होता है। ऐसा करने से न तो वह पिछड़ता है और न एकदम ढेर सा काम उसे अकेले करना पड़ता है। इसलिए मैं अपनी कॉपी से उसकी कॉपी में उतार रही हूँ। हमारी टीचर ने हम सबको बहुत शाबाशी दी इस योजना के लिए।"

मैं मुग्ध सुनती रही और कुछ देर शब्द नहीं मिले प्रतिक्रिया के लिए।

"शाबाश बेटे शाबाश! तुम्हारी भावना को शाबाश" कहते हुए सोचने लगी, कि बालमन में इतने पवित्र, सुंदर रंगों की कहीं कमी नहीं है। शायद बड़ों की सोच की परत चढ़ने से वे फीके पड़ जाते हैं!

ऐसा ही एक रंग और देखने को मिला बालपन का – एक स्कूल के हॉस्टल का अस्पताल था। कक्षा चार से कक्षा छः तक के बच्चों का विभाग था वह। मैं वहाँ पहुंची तो देखा एक बीमार परंतु प्रसन्न बच्चा, अस्पताल के बिस्तर पर सफेद कुर्ते पाजामे में बैठा है। नाम है उसका बीरेन। उसके पास रखे स्टूल पर किताब कॉपियों के साथ, स्कूल यूनिफॉर्म में बीरेन की ही कक्षा का छात्र बीरेन को कुछ समझा रहा है। पूछने पर पता चला कि संदीप नाम है उसका। मैंने पूछा, "बेटे तुम कक्षा से सीधे ही अस्पताल आ गए? फ्री टाइम लेने नहीं गए? बीरेन तुम्हारा पक्का दोस्त है?"

संदीप ने उत्तर में जो कुछ बताया उसे सुन कर मन गदगद् हो गया। वह बोला, "आंटी, यह दोस्त है मेरा। पिछले एक हफ्ते से बीमार है। अगले हफ्ते से परीक्षा हैं। हम दोनों को कक्षा में एक साथ बहुत मज़ा आता है। मेरा और इसका काम्पिटिशन बहुत ज़ोरदार है। कभी यह फर्स्ट और कभी मैं फर्स्ट, कभी इसका एक नंबर ज्यादा कभी मेरा।" हँसते हुए बोलता रहा, "कभी इसने मुझको पटका कभी मैंने इसको।"

सुनते ही तुरंत एक प्रतिक्रिया मेरे मुँह से निकल ही पड़ी, "तब तो बेटे खुश होंगे तुम, बीरेन के बीमार होने से काम्पिटिशन खत्म, तुम्हारा रास्ता साफ! अभी कैसे बैठे हो यहाँ?"

मेरे ये कहते ही मैंने साफ देखा, संदीप के चेहरे के बदलते भावों को और मेरे विचार पर उसकी आँखों में उभरते आश्चर्य को।

एकदम बोल उठा, "यह क्या कह रहीं हैं आंटी, दोस्त है बीरेन मेरा! इसीलिए मैं यहाँ बैठा हूँ, इसे आज का कक्षा कार्य देने। मैं रोज़ ही इसको पूरा काम दे जाता हूँ। जिस से यह पीछे न रहे और हम दोनों अच्छी तरह परीक्षा दे सकें।"

मुझे स्वयं के विचार पर घृणा हो आई। लगने लगा कि निष्कपट, निःस्वार्थ भावनाओं और स्वस्थ मानसिकता और प्रतियोगिता पर स्वार्थी और कपटी भावनाओं के रंग चढ़ाने के उत्तरदायी हम ही हैं। इसीलिए अब ऐसे समाचार सुनने और पढ़ने को मिल जाते हैं कि एक प्रतियोगी ने अपने से बेहतर प्रतियोगी को हानि पहुंचा दी या हत्या ही कर दी। चाहे वह प्रतियोगिता विद्यालय में हो, खेल के मैदान में हो, मंच पर हो या राजनीति के अखाड़े में हो।

काश! जिस कूची ने जिस रंग से बालमन को रंगा है वे रंग और कूची इतनी बड़ी हो जाए कि सम्पूर्ण विश्व को बालमन के इन्हीं अनुकरणीय रंगों में लपेट ले।

<hr>

बेटे का खुला पत्र

मम्मी, आप तो हमेशा कहती थीं कि आपने बेटे-बेटी में, लड़के-लड़की में कभी अंतर नहीं माना और वाकई हमें कभी भी नहीं लगा कि आपने हम भाई-बहन के पालन-पोषण में कोई फ़र्क किया हो। जया दीदी को भी आपने सदैव मेरे बराबर ही स्वतंत्रता दी, खूब पढ़ाया और अच्छी नौकरी करने की इजाज़त भी दी।

कार-स्कूटर सब चला लेती हैं दीदी एवं हर खेल में हिस्सा लेती थीं। आप हमेशा दीदी से यही कहती रहीं कि आत्मनिर्भर बनो, अपने सब काम, घर के और बाहर के, अपने आप करो और वे करने लगीं। ससुराल में, जीजाजी के घर भी दीदी सब का आदर करने और सभी मर्यादाएँ निबाहने के साथ-साथ अपने मन की मालिक हैं। जब मन करता है अकेली आ जाती हैं और अकेली वापस चली भी जाती हैं। अपने किसी काम के लिए किसी पर निर्भर नहीं हैं।

और मम्मी, आपने मेरे लिए बहू भी ऐसी ही चुनी। नानू भी दीदी जैसी ही आत्मनिर्भर, सक्षम, योग्य है। आज के सभी माता-पिता लड़कियों को हर तरह से आत्मनिर्भर बनाने की कोशिश करते हैं। उसके माता पिता ने भी उसे आधुनिक वातावरण दिया।

पर मम्मी आज मैं यह कहना चाहता हूँ कि आप लोग फ़र्क समझते हैं बेटे और बेटी में। आपकी बहू या जया दीदी किसी काम के लिए

किसी पर या हम पर निर्भर नहीं हैं। जो बहुत ही अच्छा है। शॉपिंग, बैंक, यात्रा, बच्चों की पढ़ाई, स्कूल सब काम वे अच्छी तरह कर लेती हैं। इसके लिए हमें गर्व भी है और वह प्रशंसनीय भी हैं।

दीदी और मीनू आत्मनिर्भर हो गए हैं माँ, पर बेटियों के साथ हम बेटों को क्यों नहीं बनाया आपने घर के क्षेत्र में आत्मनिर्भर? आपकी बहु मायके गई है और मैं प्रतीक्षा में हूँ कि बस कब वह आएगी और कब घर, घर जैसा लगेगा। ऐसा क्या है जो लगता है, 'उनसे ही घर, घर कहलाया।'

माँ मैं कहना चाहता हूँ कि आपने भी पुरुषोचित कार्यों को ही महत्व का दर्जा दिया और स्त्रियोचित कार्यों को नगण्य समझा। बेटों को उनसे दूर रखा! जहाँ बेटियों को बेटों के पारंपरिक कार्य सिखाए, वहाँ समानता के लिए बेटों को स्त्री के पारंपरिक कार्यों से दूर क्यों रखा? यहाँ अंतर हो गया ना बेटे-बेटी की एक समान परवरिश में? बस यही कारण है कि डगमगा रही है गृहस्थ जीवन की गाड़ी। हमसे क्यों नहीं लगता घर, घर सा माँ? कोई पिता या पति के लिए क्यों नहीं कहता कि, 'तुमसे ही घर-घर कहलाया।'

बस यही कहना था माँ। आगे की पीढ़ी को, अर्थात हमें इस बात का ध्यान रखना होगा, अपने बच्चों के संदर्भ में, कि गृहस्थी की गाड़ी के सभी पहिये प्रत्येक क्षेत्र में, हर तरह से सम हों, बराबर हों।

❧

बेलगाम

रंग-बिरंगी, छोटी-बड़ी विभिन्न आकारों वाली पतंगें नीले आसमान की पृष्ठभूमि में ठुमके लगा रहीं थीं। बेफिक्र थीं इस बात से कि हवा का झौंका उन्हें किधर उड़ा लिए जा रहा है, डोर जो थी उनकी किसी के हाथ में। इन अलमस्त पतंगों को देखते देखते यह देखने की इच्छा हुई कि किस पतंग की डोर किस हाथ में है। देखा, नीचे बनी बस्तियों की छतों से, खुले मैदान से और गलियों से भी पतंग उड़ रहीं हैं - नंगे पैर, न धूप की चिंता, न धूल की परवाह, बहुत ज़िम्मेदारी से डोर थामे थे वो हाथ! एक लड़का चरखी पकड़े था बाकी सब उनके साथ शोर मचा रहे थे और सब की एकटक नजर पतंगों पर ही जमी थी। किसी की पतंग कटती तो भी शोर उठता और कोई काटता तो उधर से भी एक ही सी आवाज़ें आतीं - हर्षोन्माद और उल्लास की।

अचानक एक अलग सी, बड़ी सी और बहुत ही कलात्मक पतंग हवा से उखड़ती आसमान में उठी। पतंग की डोर के साथ नजरें फिसलायीं तो मैंने देखा कि एक बड़े से बंगले की छत से बच्चों से उड़वाई जा रही थी पतंग। शायद कोई स्नेह मिलन रहा होगा। बड़े छोटे सभी छत पर इकट्ठे थे। रंग-बिरंगी सुंदर पोशाकें पहने, आँखों पर चश्मा और सिर पर कैप, निश्चय ही धूप से बचने के लिए था - धूल से बचने के लिए जूते मोज़े पहनाए गए थे। माँझे से हाथ न कट जाए

इसके लिए दस्ताने पहनाने की सतर्कता भी ली गई थी। बंगला मेरे घर के बहुत करीब था। चिल्लाती आवाज़ कुछ स्पष्ट कुछ अस्पष्ट कानों में पड़ती जाती थी -

"अंकल पतंग संभालिए, उधर से बढ़ती आ रही है हमारी बढ़िया पतंग काटने को"

"डरो मत, नहीं कटेगी, हमारा तो माँझा है, उनकी तो पूरी सद्दी है कमज़ोर सी, सद्दी पर माँझा डाल कर काट देंगें।"

"काट कर दिखाइए बड़ा मज़ा आएगा।"

और ये लो बस्ती से उड़ती पतंग कट गई, डोर पकड़ने वाले हाथों से निकल गई, हवा में लहरें लेती उड़ चली वह हवा के रुख के साथ। पूरा का पूरा झुंड हर्षोल्लास के साथ भाग रहा था लूटने - जो लुटा सकता है, शायद, लूटने का भी हक रखता है।

अब बंगले की पतंग और आवाजों का हौसला बढ़ा। माइका की बनी चरखी पकड़ने के लिए लड़ाई करते बच्चों के हाथ से माँझा फिसलता गया और आठ से दस वर्ष के बच्चों की सी आवाज़ें गूंजने लगीं -

"आओ कौन आता है!"

"हमारी बढ़िया पतंग के पीछे पड़े हैं"

"कहीं कट ही ना जाए,"

"नहीं कटेगी बेटा उनसे।"

और तभी एक छोटी सी पतंग आई और काट ले गई उस बड़ी पतंग को, और फिर बस्ती से वही शोर। पतंग को पता ही नहीं किसकी पतंग किसके हाथ। बस खेल है, मस्ती है।

पर यह क्या!!!! बंगले की छत पर तो सन्नाटा छा गया था, देखा कि बच्चों को तरह-तरह से मनाया जा रहा था -

"कट जाने दो बेटे,"

"और ला देंगें,"

"ले लेने दो उन्हें, दूसरी दिलवा देंगे -- तुम्हें कोई कमी है क्या।"

पर राज दुलारे संभल ही नहीं पा रहे थे और मैं यह सोचने पर मजबूर, कि कहीं बातों-बातों में, खेल-खेल में शायद कट कर दूर जाती पतंग के साथ जोड़ दिया गया था राज दुलारों का बेलगाम उड़ता अहम्!!!!!

<hr>

भर लो बसंत जीवन में

सरसों के पीले हँसते मुस्कुराते फूल, बदलता मौसम, नई पत्तियां, अनाज से भरे-पूरे गोदाम और मंद-मंद बहती बयार, जिसमें कोयल की कूक और बौराए गए आम की महक घूम रही हो, बसंत के आगमन का परिचायक हैं। वातावरण में इनके लक्षित होते ही अनुभव होता है कि कामदेव का दुलारा बसंत आ गया। क्यों न हम ये प्रयत्न करें कि अपने व्यक्तित्व में बसंत के इन रंगों और गुणों को रचा बसा कर प्रेम की वर्षा करें। अपने साथ-साथ अपने आसपास के परिसर को भी आजीवन बसंतमय बना कर रखें। कठिन या असंभव कुछ भी नहीं है बस आवश्यकता है दृढ़ संकल्प की! बसंत ऋतु में जिस तरह प्रकृति उल्लासमय हो गुनगुनाती है, ऐसे ही अपने जीवन में हमें जोड़ना है खिलते फूलों की मुस्कुराहट और कोयल की कूक-सी आवाज़ की मधुरता।

'मन चंगा, तो कठौती में गंगा' कहावत के पीछे एक ठोस आधार है। यह उचित भी है कि मौसम के अनुसार मन हो जाता है, पर उस से भी अधिक सत्य यह है, कि मन के अनुसार ही मौसम प्रतीत होने लगता है। करके तो देखिए मन-परिवर्तन! बहुत अधिक गुस्से वाली स्थिति में भी बस होंठों पर मुस्कान की मुद्रा सजा लीजिए। आप देखेंगे कि ये नकली मुद्रा भी असली मुस्कान के फूल खिला गई, गुस्से का

गुबार छँट गया और स्वतः ही आवाज़ में घुल गई कोयल के स्वर की मिठास!!

उम्र के किसी बसंत पर प्रतीत होता है कि बस आ गया 'पतझड़'!! यहीं आवश्यकता है आशा के बौर सजाने की। सजाने हैं कुछ सपनों के महल और उगानी है होंठों पर मुस्कान की सरसों, फिर पतझड़ में भी बसंत भरमाता है मन को।

बसंत, शिशिर, शरद, ग्रीष्म और वर्षा ये केवल प्रकृति के ही मौसम नहीं हैं, बल्कि ईश्वर की सबसे सुंदर कृति मनुष्य की प्रकृति के भी द्योतक हैं। अपने जीवन के किसी न किसी पड़ाव पर इन सभी ऋतुओं को हम अनुभव करते हैं और सीखने एवं परखने का प्रकृतिदत्त सन्देश यह है कि प्रकृति के मौसम की तरह जीवन के मौसम भी परिवर्तनशील हैं। तो क्यों ना थोड़ा-सा प्रयत्न करके हर मौसम को अनन्त स्नेह एवं मुस्कान की बसंती बयार की महक से सजाकर आनंदित हों और परिवेश को आनंदित करें - और फैला दें सारे समाज में बसंत का अमरत्व - सच ही है,

'बाँटता मुस्कान है जो, वह कभी मरता नहीं।'

माध्यम

विवाह का शोरगुल धीरे-धीरे कम होता जा रहा था। मेहमान भी विदा हो रहे थे। घर अपनी सामान्य स्थिति में आता जा रहा था। करुणा को भी इस घर में बहू के रूप में आए लगभग एक सप्ताह हो चुका था। आज रस्म के अनुसार उसके भाई पग फेरे के लिए लेने आए थे। टैक्सी दरवाज़े पर खड़ी थी। जैसे ही वह टैक्सी में बैठने लगी कि एक हाँफती सी मीठी आवाज़ कानों से टकरायी -

"दीदी-दीदी, ठहरो"।

सबकी नजरें उधर ही घूम गयीं। देखा, दस वर्ष की मुन्नी, हाथों में दो गुलाब के फूल लिए दौड़ी चली आ रही है। दौड़ तो रही है पर अटक-अटक रास्ता ढूँढ़ती सी। माँजी बोल उठीं - "जैसे-तैसे सब जगह पहुँच ही जाएगी। आँखें नहीं है तब तो यह हाल है, होतीं तो जाने पंख लगा कर उड़ती क्या?"

करूणा ने धीरे से मुन्नी की ओर बढ़कर उसे पकड़ लिया। मुन्नी ने रुँधे कंठ से कहा - "दीदी जल्दी आना। मेरे फूल तुम्हारा इंतजार करेंगे।" और जल्दी से फूल थमा यह जा और वह जा।

करूणा यह सोचती ही रह गई कि आँखें न होते हुए भी किस अनजानी शक्ति से मुन्नी ने जान लिया, कि अभी सात दिन पहले ही इस घर

में आई, करुणा के हाथ में ही वह फूल थमा रही है। द्रवित हो उठी करुणा।

करुणा जिस दिन से इस घर में आई थी, इस नेत्रविहीना ने उसके दिल-दिमाग को छू लिया था। प्रतिदिन नियम से सुबह नौ बजे और शाम छः बजे वह करुणा के कमरे के बाहर खड़ी ही रहती - और इतने विश्वास से कहती –

"दीदी, आज बेला का गजरा है, आज मोतिया की कलियों का गजरा है, दीदी आज ये लाल गुलाब ही लगा लो।"

करुणा समझ ही नहीं पाती कि कौन-सी इंद्रिय शक्ति से वह इतने फूलों का नाम जान सकी, और याद कर सकी। बस गजरा दे हिरनी-सी भाग जाती।

विवाह के कुछ दिन बाद करुणा को पता चला कि मुन्नी घर के बगीचे में काम करने वाले माली बाबा की सबसे छोटी मातृ-विहीना, नेत्र-विहीना संतान है। घर के पीछे ही रहती है। माँजी का उस पर विशेष स्नेह है, या कह लीजिए कृपा है। घर में बेरोक-टोक, किसी भी समय उसे आने की इजाज़त है। वैसे हर समय अपने बाबा के साथ ही बगीचे में लगी रहती है। शायद हर समय हर पौधे को छू कर, सूँघकर, उन्हीं के बीच रमने से उसे इतना ज्ञान हो गया है। अब एक दिन माँजी ही बता रहीं थीं कि पिछले दो साल से मुन्नी ही चुन-चुन कर ढेर फूल माँजी की पूजा के लिए माँजी के पास ला कर रखती

है। एक दिन माँजी ने उसे सुई में धागा डाल कर हाथ पकड़ कर फूल पिरोना सिखा दिया, तब से बस सुई में धागा डाल कर देना माँजी का काम और सुंदर माला बनाना मुन्नी का काम।

प्रारंभ में करुणा ने समझा मुन्नी पर तरस खा कर ही कोई उसे कुछ नहीं कहता। पर धीरे-धीरे करुणा ने देखा कि कोई उस पर तरस खाए इस बात को तो मुन्नी बर्दाश्त ही नहीं करती। ईश्वर ने मुन्नी को नेत्र ही नहीं दिए बस, बाकी सारा चातुर्य, सारी लावण्यता, चेहरे की स्निग्धता उसको प्रदान कर दी थी।

और लगभग बीस दिन बाद जब करुणा मायके से वापस आई तो अपना कमरा देख-देख कर हैरान थी। जगह जगह पर फूल सजे थे। ड्रेसिंग टेबल पर वेणी रखी थी और मुन्नी की किलकती आवाज़ बाहर बगीचे से ही सुनाई दे रही थी -

"हमारी दीदी आ गयीं, जल्दी से गुलाब ले कर हम उन्हें देखने जाएँगे।"

'देखने जाएँगे' शब्द पर करुणा थोड़ा मुस्कुरायी। पर तब तक मुन्नी उसके कमरे में पहुँच गई थी - हाथों में गुलाब लिए।

अब मुन्नी का रोज़ का नियम था करुणा का कमरा साफ करना, उसके कपड़े संभालना आदि। छाया सी करुणा के पीछे लगी रहती मुन्नी। करुणा भी कभी मुन्नी को कहानी सुना देती, कभी कुछ समझा देती। समय अपनी रफ्तार से, अपने नियम से बीतता गया। अब करुणा एक नन्ही गुड़िया की माँ थी। गुड़िया ने आते ही मुन्नी की दुनिया भी बदल

दी। करुणा को ऐसा लगता कि शायद मुन्नी के बिना तो गुड़िया का काम नेत्र वाली करुणा के लिए भी कठिन ही होता। बिना घड़ी देखे मुन्नी को पता होता कि कब गुड़िया का दूध का समय हो गया है, कब सोने का। दोपहर को करुणा को पता भी नहीं चलता कि कब मुन्नी आकर गुड़िया के गीले कपड़े बदल देती थी।

समय बीतने के साथ एक परिवर्तन करुणा मुन्नी में देखती थी कि मुन्नी कभी-कभी गुड़िया का चेहरा हाथों में ले अनायास बहुत उदास सी दिखायी देने लगती है। ऐसा लगता जैसे वह केवल मुन्नी को छूने से ही तृप्त नहीं है। प्रायः मुन्नी कहती –

"बस भगवान एक बार गुड़िया को देखने भर को आँखें दे दें मुझे, फिर चाहे वापस ले लें।"

करुणा उसे ढाढ़स देती और सोचती कि कौन से जन्म के रिश्ते हैं ये! और ऐसे ही दिन, महीने और साल-दर-साल सामान्य रूप से बीतते चले गए।

अचानक एक दिन जैसे ठहरे पानी में पत्थर फेंक दिया हो किसी ने। शहर के अस्पताल से फोन आया – 'गुड़िया का रिक्शा स्कूल से लौटते हुए एक ट्रक से टकरा गया है, तुरंत अस्पताल आयें।'

बदहवास से सब अस्पताल भागे। गुड़िया गंभीर रूप से घायल हो चुकी थी। डॉक्टर ने उसकी गंभीर स्थिति के विषय में बताया। वह ठीक हो सकेगी, इस की शंका भी सभी के मन में घर कर चुकी थी। पर डॉक्टर

समझ ही नहीं पा रहे थे कि किस आस पर गुड़िया की साँस अटकी हुई है। आज तीसरा दिन हो गया है। सभी डॉक्टर अपनी-सी कोशिश में लगे हुए हैं। पर गुड़िया की स्थिति में कोई सुधार ही नहीं था। करुणा का रोते-रोते बुरा हाल था। अचानक माली बाबा के साथ मुन्नी ने कमरे में प्रवेश किया। दो दिन में एक दम दयनीय हो गई थी मुन्नी की दशा। करुणा से लिपटते हुए बोली –

"ये क्या दीदी, तुम खुद यहाँ बैठी हो, गुड़िया के पास। क्या तुमने एक बार भी नहीं सोचा कि मैंने भी इसे पाला है। में भी इसे देखने के लिए तड़प रहीं होऊँगी। एक बार इसे छूना चाहती हूँ।"

फिर गुड़िया के पलंग पर बैठते हुए उसके पट्टी बंधे शरीर पर हाथ फेरने लगी। मुन्नी की आँखों के गड्ढों में से पानी बहता ही जा रहा था। रोते-रोते बोली –

"मेरी गुड़िया रानी, आँखें खोलो बेटा, कुछ बोलो, देखो मैं आई हूँ। तुम आँखें नहीं खोलोगी तो मेरी आँखें कैसे खुलेंगी? गुड़िया, तुमको याद है न तुम्हारी आँखों से हमने साथ-साथ दुनिया देखने के सपने सँजोये थे। तुम ही तो कहती थीं कि तुम्हारी आँखें मेरी भी आँखें हैं।"

ऐसी कातर आवाज़ ने चौंका दिया करुणा को। एक बिजली सी कौंध गई उसके मस्तिष्क में, शरीर में। गुड़िया की आँखों पर झुक कर करुणा ने एक चुंबन लिया और मुन्नी के सिर पर स्नेह सिंचित हाथ फेरा। इतनी ही देर में एक नई दृढ़ता और निश्चय से चमक उठा आँसुओं से गीला करुणा का चेहरा।

करुणा ने अपने पति के साथ अस्पताल के डॉक्टर को अपना निर्णय सुनाया। वह मृत्यु उपरांत गुड़िया की आँखें मुन्नी को लगवाना चाहती है। डॉक्टर ने प्रशंसात्मक दृष्टि करुणा पर डाली और उनसे कहा,

"आप दोनों बच्ची के पास चलिए। हम फॉर्म आदि लेकर वहीं आते हैं।"

आधा घंटे में ही सभी औपचारिकताएँ पूरी हो गयीं। गुड़िया की मृत्यु के पश्चात मुन्नी और गुड़िया दोनों के ऑपरेशन की तैयारी हो गई।

करुणा के इस निश्चय पर अलग-अलग प्रतिक्रियाएं लोगों में थीं। किसी का कहना था - यथा नाम तथा गुण - अपने नाम को सार्थक किया करुणा ने। किसी का कहना था - आँख का अंधा नाम नयनसुख - कहाँ करुणा है इसके हृदय में, पत्थर है! पत्थर। बेटी की आँखें दे दीं।

पर करुणा दृढ़ थी। वह स्पष्ट देख रही थी कि जाने कैसे इस निश्चय के बाद से ही मौत से जूझती उसकी बेटी के होंठों पर एक दैवी स्मित झलक रही थी। और उसी संतुष्ट सी मुस्कुराहट के साथ तीन दिन से अटका रहे उसके प्राण पखेरू भी स्वच्छंद हो गए।

आज जब तीन दिन बाद मुन्नी की आँखों की पट्टी खुली और उसने अपनी आँखें खोलीं तो सामने करुणा ही खड़ी थी। बिना किसी परिचय के ही मुन्नी के मुख से निकला -

"दीदी - मैं आपको देख रही हूँ।"

करुणा ने दौड़ कर मुन्नी का चेहरा अपने हाथों में ले लिया। उसे लगा गुड़िया की आँखें बोल रही हैं - "माँ, मैं तुम्हारे पास हूँ।"

करुणा को अपने, मुन्नी के और गुड़िया के अगले-पिछले सब रिश्ते समझ में आने लगे।

"क्या ईश्वर ने अपनी भूल सुधारने का माध्यम गुड़िया को बनाया? क्या ईश्वर ने मुन्नी के लिए आँखें ले कर ही गुड़िया को इस दुनिया में भेजा था?"

सच ही कहा है,

> *"कोई इंसान किसी इंसान के लिए क्या करता है,*
> *आदमी तो बहाना है, खुदा करता है।"*

❈

माल्यार्पण

लगभग एक सप्ताह बाद आज उस सड़क पर प्रातः भ्रमण के लिए निकला था। प्रातःकाल की ताज़ी, ठंडी, स्वच्छ बयार तन-मन दोनों को पुलकित कर रही थी। जानी-पहचानी सड़क थी और जाना-पहचाना ही परिवेश था। पर यह क्या! चलते-चलते ठिठक गया मैं। यह इतनी शीघ्र परिवर्तन कैसा? दाहिने हाथ की ओर लाल मोरम पड़ी हुई सड़क कब और किसलिए तैयार हुई? अभी चार दिन पूर्व तो इधर आया था। प्रतिदिन देखता था बस एक कच्ची पगडंडी थी जो राहगीरों को चलने में अपनी पूरी सहायता देती थी, पर आज तो उस पगडंडी का स्थान नई बनी पक्की मोरम की सड़क ने ले लिया था जिस पर गाड़ियाँ भी भाग सी रहीं थी।

आज जिज्ञासावश मैं भी उस सड़क पर चल दिया। जैसे-जैसे आगे बढ़ता गया उस सड़क की सजावट भी बढ़ती जाती। स्थान-स्थान पर, सजावट के विचार से ही सड़क के दोनों ओर चूने की सीधी सफेद रेखा खींची गयी थी। इससे पूर्व कॉलोनी के निवासियों ने कई बार इस मार्ग के जीर्णोद्धार के लिए प्रार्थना पत्र भेजे थे परंतु शायद किसी भी प्रार्थना पत्र को विचार के योग्य नहीं समझा गया था। मुझे आश्चर्य और उत्सुकता इस बात की थी कि एक ही सप्ताह में यह कायापलट कैसे हो

गई? सड़क के लिए स्वीकृति मिल भी गई तो इतनी शीघ्र यह बन कैसे गई? अनेक अनुमान लगाता में आगे बढ़ता जा रहा था, पुरानी पगडंडी को ढूँढता-सा, याद करता-सा जा रहा था, परंतु उसका तो अस्तित्व ही समाप्त हो चुका था।

कुछ और आगे बढ़ते ही धीरे-धीरे सब कुछ स्पष्ट सा होने लगा। लाल-हरी पतंगी कागज़ की झंडियाँ सजी हुई थीं। शामियाना भी तना हुआ था। शहर के सम्मानित प्रतिष्ठित जनों की गाड़ियाँ भी व्यस्त सी इधर से उधर दौड़ रहीं थीं, और गाड़ियों के मालिक भी व्यस्त-सा दिखाई देने का प्रयत्न-सा कर रहे थे। तभी मेरी दृष्टि एक नए बने साइन-बोर्ड पर गई। उस पर सुंदर शब्दों में अंकित था – 'पंडित जवाहरलाल नेहरू अनुसंधान केंद्र।' ओह! तो ये केंद्र बनने की तैयारी है। लगता है यह खुला मैदान अनुसंधान केंद्र को मिल गया। शहर के कीर्तिमान में एक और योगदान। प्रसन्नता हुई दूरदर्शिता देख कर।

जिज्ञासावश पूछताछ की तो ज्ञात हुआ कि अभी एक घंटे पश्चात उद्घाटन समारोह होगा। बाहर से माननीय मुख्य अतिथि पधार रहे हैं। उनके करकमल द्वारा अनावरण होगा और केंद्र की महत्ता के संबंध में भाषण होंगें। मैंने सोचा, हाँ भई यह तो बहुत आवश्यक और उत्तम कार्य है। केंद्र खुलेगा, देश को शक्ति मिलेगी और देशवासियों को व्यवसाय और रोज़गार!

मैं भी शामियाने के अंदर जा कर बैठ गया। आधा घंटे में ही मुख्य अतिथि के पधारने का समय होने वाला था। क्या भव्य प्रबंध था।

अंदर ऊबड़-खाबड़ दिखने वाली समस्त धरती को दरी से ढक दिया गया था। समस्त पंडाल में अतिथियों और जनता के लिए कुर्सियों का उत्तम प्रबंध था। देश में कुर्सियों का ही बोलबाला है तो पूरे पंडाल में आगे से पीछे तक कुर्सियाँ ही कुर्सियाँ पड़ीं थीं। भले ही उनके उपभोक्ता थे या नहीं। प्रतिदिन एक नई समस्या से जूझने वाला आम आदमी इन आयोजनों के लिए कहाँ से धीरज और समय लाए।

शामियाने में एक ओर प्रेस वाले पूरे साज-सामान के साथ प्रतिष्ठा से विद्यमान थे। उनकी सुविधा का विशेष ध्यान रखा गया था। शामियाने में दूसरी ओर कुछ जलपान का भी प्रबंध किया गया था। मुख्य एवं विशिष्ट अतिथियों को पुष्पगुच्छ और पुष्पहार देने के लिए सजी-सँवरीं कन्याएँ खड़ीं थीं, और स्वयं को महत्वपूर्ण समझ रहीं थीं। पूरा मंच रुचि-पूर्ण सजा हुआ, व्यवस्थित था। अत्यंत विशाल मंच, अच्छी सुंदर कुर्सियों के साथ लंबी मेज़, सफेद चादर से सजी हुई, उसके साथ सबकी नामपट्टिकाओं के साथ फूलों का गुलदस्ता रखा हुआ था। मैं प्रबंध की मन ही मन सराहना कर रहा था और सोच रहा था, कितनी निपुणता, सुंदरता और सावधानी से प्रबंध किया गया है। कुछ भी नहीं छोड़ा। क्षमता तो है कार्याधिकारियों में! देखिए आवश्यकता पड़ी तो आनन-फानन में स्थान की काया ही पलट दी। अब बिना आवश्यकता जनता चिल्लाती रहे तो क्या सड़क ही बनवाते और सफाई करवाते रहेंगे? यही काम थोड़े ही रह गया है। आवश्यकता पड़ी तो सब काम हो ही गया न?

पर यह अब मंच पर कोने में चार आदमी एक कुर्सी क्यों रख गए? दौड़ कर भागे-भागे गए, और एक सफेद चादर भी ले आए और जल्दी से कुर्सी पर डाल दी। कहीं से आवाज़ आई – "अरे भई जल्दी करो, गाड़ी आती ही होगी श्रीमान जी की।"

उत्सुकता बनी ही रही कि अब मंच पर क्या करना रह गया है। तभी दो आदमियों को दौड़ते-दौड़ते आते देखा, हाथ में एक फोटो का फ्रेम सा था। जल्दी-जल्दी मंच पर चढ़े और सफेद चादर से ढकी कुर्सी पर तस्वीर जमाने की चेष्टा करने लगे। ओ हो! यह तो शीशे के फ्रेम में मढ़ा पंडित नेहरू का चित्र है। मन गद्गद् हो उठा, क्या सुंदर विचार है। अब जब केंद्र का नाम पंडित जी के नाम पर है तो कार्यक्रम में उनका चित्र भी होना आवश्यक ही है। चलो देर आए दुरुस्त आए। पर यह क्या! अपने निकट बैठे सज्जन के हाथ में पकड़े निमंत्रण पत्र पर दृष्टि पड़ी तो समझ में आया कि यह तो पूर्व निर्धारित कार्यक्रम है। निमंत्रण पत्र में लिखा दिखायी दे रहा था - पंडित नेहरू के चित्र पर माल्यार्पण किया जाएगा। फिर इस अंतिम समय में इसका प्रबंध? दृष्टि ऊपर उठी तो देखा कि गंच पर चार के स्थान पर छः व्यक्ति आ चुके थे। और सब जूझ रहे थे पंडित जी के चित्र से। पर तस्वीर थी कि फिसली जा रही थी कुर्सी से। कुर्सी पर टिकने को ही तैयार नहीं थी, वह भी सफेद कफन की सी चादर से ढकी कुर्सी पर। दो आदमी और चढ़े मंच पर, अपनी सी चेष्टा करने, पर तस्वीर थी कि कुर्सी पर रुकती ही नहीं थी, और इस बात को पूर्णतया सिद्ध कर रही थी कि जब पंडित नेहरू को ही शायद कुर्सी का मोह नहीं था तो भला कुर्सी पर चित्र कैसे टिक जाता।

अब तक प्रयास इतना बढ़ गया था कि पंडाल में एकत्रित प्रत्येक व्यक्ति की दृष्टि मंच पर ही टिकी हुई थी। आखिर आभास सा हुआ कि मुख्य अतिथि की गाड़ी पहुँच गई है, और वे पंडाल में प्रवेश कर रहे हैं। कुछ उपाय न देख कार्यकर्ताओं ने एक छोटे बच्चे को शीघ्र बुलाया और तस्वीर के पीछे तस्वीर पकड़ कर बैठा दिया, समझा दिया - "बेटा, कस कर पकड़े बैठे रहना, गिरने न पाए।"

मंच पर एक महत्वपूर्ण काम पा कर बच्चा भी महत्वपूर्ण बन गया। बस इतना ही कर पाए थे कि मुख्य अतिथि पंडाल में प्रवेश कर गए। पुष्पगुच्छ, पुष्पहार और कैमरों की चमक से उनका स्वागत किया गया और नेहरूजी के चित्र पर माल्यार्पण करने का अनुरोध किया गया।

मुख्य अतिथि आदर की भाव-भंगिमा के साथ, सफेद चादर से ढकी, कुर्सी की ओर चले। प्रणाम करके तस्वीर को माला अर्पित करने ही वाले थे कि ठिठक गए। कार्यकर्ता भी सहम गए। मुख्य अतिथि की दृष्टि पीछे बैठे बच्चे पर पड़ ही गई। उन्होंने चारों ओर देखा, बड़े-बड़े अधिकारियों को देखा, प्रेस रेपोर्टरों को देखा, अपने आगे-पीछे खड़े बुद्धिजीवियों को देखा, ऊंचे तने पंडाल को देखा और फिर फोटो पकड़े सहमे से बैठे बच्चे के गले में माला पहना दी। सब स्तब्ध थे!

माइक को हाथ में ले कर मुख्य-अतिथि ने बस इतना ही कहा - "अब हम सच ही कुछ आशाएँ रख सकते हैं तो केवल हमारी आने वाली

पीढ़ी से, इन बच्चों से। हमारे हाथ से तो सच ही भारत की सुनहली तस्वीर फिसलती जा रही है। इसे संभालना है देश के नौनिहालों को। अब वे ही संभाल सकते हैं गिरती तस्वीर को। इतना बड़ा आयोजन, इतना बड़ा दिखावा इस तस्वीर को, इस धरोहर को गिरने से नहीं बचा सका, इसके लिए चाहिए एक दृढ़ उद्देश्य लिए मजबूत पकड़ कि मुझे बस इस तस्वीर को संभालना है, गिरने से बचाना है।"

ये कैसा डर

मेरी मित्र 'दिव्या'। बहुत सुशील, मृदु और कर्तव्यपरायण। शादी के बाद नौकरी के स्थान पर ही मित्रता हुई थी उससे। अपने घर और पति के कामों में पूरी तरह से बंधी रहती थी, दिव्या। हम लोग लगभग 10 वर्षों तक एक ही स्थान पर साथ-साथ रहे। इन दस वर्षों में मैंने कभी नहीं देखा था कि वह गर्मियों की छुट्टियों में या तीज-त्योहारों पर कभी भी पति को छोड़ कर अपने मायके या ससुराल गई हो। हमेशा तभी जाती जब उसके पति को सुविधा होती। दोनों साथ ही जाते थे, साथ ही वापस आ जाते थे। उसके पास आई हुई माँ-बहिन प्रायः बातों-बातों में उलाहना देतीं थीं कि ऐसी बंध गई दिव्या घर से और पति से कि अपनी अन्य रिश्तेदारी भूल गई। खैर, दस वर्ष बाद हमारा स्थानांतरण हो गया और हम अलग-अलग हो गए।

अरसा बीत गया था उसको मिले हुए। सेवानिवृत्त होकर हम अब नागपुर आ गए थे। नागपुर आने पर पता चला कि दिव्या का बेटा भी नागपुर ही है और उसकी शादी भी हो चुकी है। पति बेंगलुरू पोस्टेड थे और वे बस दो महीने में सेवानिवृत होने वाले थे। दिव्या ने भी नागपुर में ही घर बनवाया था और सेवानिवृत होने के बाद यहीं बेटे-बहू के साथ रहने का उनका इरादा था।

आजकल भी दिव्या बेटे के पास रह रही थी। अब तो हम प्रायः मिलते ही रहते थे। एक बार दिव्या के पति भी आए हुए थे, तो मैंने बातों-बातों में पूछ लिया - "दिव्या सास बन कर भी तुम वैसी ही हो पर भाईसाहब काफी कमज़ोर लग रहे हैं। क्या बात है? तू तो उनका बहुत ध्यान रखती थी।"

"हाँ, इधर डेढ़ दो साल से वे नौकरी पर अकेले रह रहे हैं। मैं यहाँ बहू-बेटे के साथ हूँ। इसी से इनकी सेहत बिगड़ गई," दिव्या ने कहा।

मैं चौंक गई -- "अकेले! अकेले क्यों? यहाँ पर तो बहू है ही, फिर तूने भाईसाहब को अकेले कैसे छोड़ा, वो भी तूने!" मैंने अचंभे से छेड़ते हुए कहा।

इधर-उधर देखते हुए दिव्या बोली, - "अरे, यहाँ भी बहुत दूरदर्शी नीति है। अब हमें रहना तो बेटे-बहू के साथ ही है। अगर एक बार बहू-बेटे को अकेले छोड़ दिया और उनको अकेले रहने की आदत पड़ गई, बहू गृहस्वामिनी बन बैठी तो हम तो भार ही हो जाएँगे बाद में दोनों के लिए। इसलिए सोचा बेटे-बहू को आरंभ से ही अकेले रहने की आदत ना पड़ने दें।"

दिव्या के मुँह से यह सब सुन कर मेरा मुँह खुला का खुला ही रह गया और मुझे समझ ही नहीं आया कि क्या कहूँ।

भविष्य के प्रति ये कैसा डर है जो कर्तव्य-परायण को कर्तव्य-विमुख कर, दूसरों को कर्तव्य सिखा कर, स्वयं के लिए अधिकार जुटाने की चेष्टा कर रहा है?

━━◈◈◈━━

रिश्तों की मिठास

मेरी एक बहुत अंतरंग सखी है, प्रभा। उसके बेटे के विवाह के अवसर पर चाहते हुए भी किसी कारणवश हम नहीं पहुँच सके थे। एक महीने बाद ऐसा मौका आया कि प्रभा के पत्र से मुझे पता चला कि उनकी बहू उनके पास कुछ दिनों के लिए आई हुई है। मैं भी उत्सुक तो थी ही, तुरंत दो दिन का प्रोग्राम बना कर पहुँच गई। बहू से मिल कर मन बहुत प्रसन्न हुआ। प्रभा को सास बनने की बधाई दी और बहू की प्रशंसा करते हुए कहा बहुत सुशील और सुसंस्कृत लड़की है।

हम सब देर रात तक साथ बैठे बातें करते रहे। मैंने बीच-बीच में कहा भी, "बहू तुम सो जाओ, दिन भर काम में निकल जाता है।" पर मेरी मिल, प्रभा, शायद बहुत जल्दी ज़िम्मेदारी देने के लिए उतावली थी या सोचती थी कि शुरू से ही काबू में रखने का शायद यही तरीका है।

हर बार कहती - "अरे अभी सारा घर जाग रहा है, अभी इसकी नन्द पढ़ रही है, और फिर तुम, इसकी मौसी आई हुई हो, यह कैसे सो जाएगी। सबके बीच बैठेगी बात करेगी तब ही तो जानेगी, पहचानेगी।" और फिर उस उनींदी बहू से तुरंत कहती, "बहू ज़रा चार कप कॉफी तो बना देना। और एक कप अपनी नन्द को भी दे देना। शादी में बेचारी की पढ़ाई का बहुत नुकसान हो गया।" कॉफी बनाते, लाते, पीते बारह

तो बज ही गए थे। मुझे अच्छा लगा जब प्रभा की बेटी ने अपनी भाभी को आवाज़ दी, "भाभी आ जाओ यहाँ सोएँगे, पढ़ चुकी मैं।" एक बज गया होगा उस समय तक!

सुबह आदतानुसार मैं पाँच बजे उठ गई, और मेरे साथ ही प्रभा भी। उठते ही प्रभा बोली, "बहू को आवाज़ दो चाय बना देगी।" मैंने कहा – "अरे सोने दो, बच्ची है अभी, हम खुद ही बना लेंगे चाय, अभी से उठ कर वह बेचारी क्या करेगी।" प्रभा नहीं मानी, बोली - "अरे नहीं ऐसे ही तो आदत नहीं खराब करनी मुझे उसकी," और वह बहू को आवाज़ देते-देते बेटी के कमरे में ही पहुँच गई -

"उठो बहू, सारा घर उठ गया, मेहमान भी उठ गए, अब उठकर चाय बनाओ।" भाभी के साथ साथ प्रभा की बेटी भी आँख मलते-मलते उठ आई तो प्रभा बोली -"अरे बेटी, तू सोई रह, देर रात तक पढ़ाई की है, फिर भाभी से गप्पें की होगी, नींद पूरी कर ले अपनी। पर भाभी को तो घर देखना ही है न।"

मैं प्रभा की बेटी को दुलार भरे नेत्रों से देखती रही, जब वह बहुत संयत स्वर में बोली, "माँ, अभी महीने भर पहले ही भाभी भी मेरे जैसी ही थीं, वे भी कल रात मेरे साथ ही जागी हैं, तो जब वे उठ सकती हैं तो मैं भी उठ सकती हूँ। मेरी आदत क्यों खराब कर रही हो? तुम ही तो कहती हो मुझे भी ससुराल जाना है। अगर मेरी नींद की परवाह है तो भाभी की नींद की क्यों नहीं? अब हम दोनों ही मिल कर चाय बनाएँगे।"

मैं सोचती रह गई कि ऐसी नन्द के लिए क्या कभी भाभी ऐसे गा सकती है - 'मेरी नन्द मेरी जनम की बैरिन....,' वह तो गाएगी - 'ननदी में देखी बहना की सूरत.... ।'

अगली सुबह मैंने देखा कि प्रभा की बहू, नन्द के कमरे से चुपचाप निकल आई थी, और सबके लिए चाय का पानी चढ़ा चुकी थी - अपनत्व पाकर आश्वस्त थी वह।

रेडीमेड संस्कृति

बहुत पुरानी परंतु प्रसिद्ध एक कहानी थी, 'अलादीन का चिराग और उसका जिन्न' जिसके पास भी वह चिराग होता, चिराग का जिन्न उसका गुलाम होता था। और चिराग का मालिक बैठे ही बैठे जिस चीज का भी हुक्म करता, जिन्न उस चीज को तुरंत मालिक के सामने हाज़िर कर देता था। ऐसा प्रतीत होता है कि उस चिराग के मालिक बनने की और जिन्न को अपना गुलाम बना कर तैयार मनचाही चीज प्राप्त करने की लालसा आदमी के मन में घर कर गई। अब वह बस अलादीन के चिराग को पाने के लिए ही मेहनत करता है। बाकी सब तैयार माल चाहिए। और आज 'पैसा' बन गया है 'अलादीन का चिराग और जिन्न।'

आज की संस्कृति रेडीमेड वस्तुओं की हो गई है। एक-एक छोर से देखें तो मनुष्य की मूलभूत आवश्यकताऐं हैं रोटी, कपड़ा और मकान, और मज़ा देखिए तीनों के ही रेडीमेड मार्केट उपलब्ध हैं।

रोटी को ही लीजिए। तैयार आटा, बेसन, मसाले ही नहीं, ऐसा तैयार माल कि रसोईघर को टाटा बाय-बाय किया जा सकता है। बचपन से देखा था कि अचार आदि का काम लंबा और मेहनत वाला होता है, पर अब हर तरह का स्वादिष्ट अचार बाजार में उपलब्ध है।

बढ़िया सीलबंद पैकेट में मसाले, नमकीन, अचार सब रेडीमेड उपलब्ध हैं। बस अपने अलादीन के चिराग 'पैसे' को हुक्म भर देना है। और देखिए जीवन की प्रथम मूलभूत आवश्यकता 'रोटी' कैसे 'डबल रोटी' पर आकर टिक गई। चाहे वह फिर 'पाव' बने 'पीज़ा' बने या 'तंदूरी रोटी' और 'नान' बने।

जहाँ तक कपड़े का प्रश्न है स्वयं दर्जी भी रेडीमेड में ही विश्वास करने लगे हैं। रेडीमेड से बाजार के बाजार भरे पड़े हैं। एक दिन में ही आप अपनी पूरी वारड्रोब बदल सकते हैं। बच्चे के नैपकिन से लेकर दूल्हे की पोशाक तक सब रेडीमेड उपलब्ध है। साथ ही बारातियों की सजधज भी तैयार मिल जाएगी। प्रत्येक फैशन की, प्रत्येक नाप की, प्रत्येक की जेब की ताकत के अनुसार और ज़रूरत के अनुसार, पसंद के अनुसार, मनुष्य रेडीमेड कपड़ों से जीवन की मूलभूत आवश्यकता 'कपड़े' की पूर्ति कर सकता है। बस ज़रूरत है एक अदद अलादीन के चिराग के जिन्न -'पैसे' की।

तीसरी मूलभूत आवश्यकता है 'मकान' की। तो कुछ सरकारी विकास प्राधिकरण और कुछ निजी, सभी रेडीमेड माल सप्लाइ करने का ठेका रखते हैं। आप तो बस जिन्न को संभाले रहें। मकान बनवाने में होने वाली परेशानियों, खर्च होने वाले समय और द्रुतगति से भागने वाली उम्र से बचने के लिए बस रेडीमेड मकान लेना ही सहज और सरल-सुगम हो गया है। और केवल मकान ही नहीं, दुकान भी और दोनों की सजावट भी, सब आपके अलादीन के चिराग के जिन्न की ताकत पर निर्भर करता है।

यह तो रही जीवन की मूलभूत मौलिक आवश्यकता की बात, पर अब संवेदनाएँ, शुभकामनाएँ, विचार, उद्गार सब आप रेडीमेड प्राप्त कर प्रेषित भी कर सकते हैं। जब छोटे थे तब बस शादी विवाह के कार्ड देखे थे, या फिर पोस्टकार्ड था, पर उस पर लिखना तो स्वयं ही पड़ता था। फिर समय आया नववर्ष के कार्ड का। क्रिसमस, दीवाली, जन्मदिन के कार्ड। पर अब आपकी कुछ भी छोटी सी भावना हो, संदेश हो, रूठे को मनाना हो, बड़ों को आदर देना हो, माफी माँगनी हो या गुस्सा दिखाना हो, मित्र के लिए, बहन के लिए, चचेरे, फुफेरे, सभी रिश्तों के लिए सजी सजाई रेडीमेड भावनाएँ तैयार हैं। किसी भी कार्ड की दुकान पर जाइए ऐसा लगता है जैसे गूंगे को वाणी मिल गई और लूले को लेखनी मिल गई हो। सफलता पर, असफलता पर, जन्म पर, मृत्यु पर, शादी पर, तलाक पर, सुख में, दुख में, भूलने पर, याद आने पर, प्रत्येक कोमल संवेदनाएँ सुंदर कार्ड के रूप में सजे-सजाए उपलब्ध हैं बाज़ार में।

एक-एक फूल गूँथ कर, उसमें अपनी भक्ति की, प्रेम की, सत्कार की भावना पिरोकर माला और गुलदस्ता बनाया जाता था। प्रत्येक माला का फूल अलग, रूप अलग और भाव अलग होता था। एक अब बस अलादीन के चिराग के जिन्न यानि 'पैसा' को हुक्म दिया और तैयार मालाएँ और गुलदस्ते हाजिर हो गए। और किस-किस की कहें, कंप्युटर और केलकुलेटर के रूप में दिमाग भी अब रेडीमेड रख सकते हैं अपने पास। बड़ी-बड़ी पांडुलिपियों को भी अब लिपि की आवश्यकता नहीं। टी.वी., केबिल, मेट्रो, नेटवर्क चैनल आने से तैयार

मनोरंजन उपलब्ध है। पहले मनोरंजन के लिए चौपाल होती थी। बच्चे-बड़े एक स्थान पर इकट्ठे होते थे, खेल होते थे, परस्पर अंताक्षरी और पहेलियों का दौर चला करता था। दादी-नानी के किस्से-कहानी होते थे। पर अब अगर चिराग का जिन्न पास में है तो वो सब साधन रेडीमेड प्राप्य हैं। चुनाव आपका ही होगा, रोने वाले चुनिये, हँसने वाले, या चाहे ज्ञानवर्धक।

यह सब तो ठीक है, रोटी, कपड़ा और मकान तो रेडीमेड हो गए पर अब विडम्बना यह है कि अब नंबर आ गया रेडीमेड संतान का। यदि आप सक्षम नहीं हैं तो कहीं और तैयार हो रही है आपकी संतान। गोद में आने के लिए ही नहीं, कोख में भी, रेडीमेड, जैसी चाहे संतान हासिल कर सकते हैं। परखनली में शिशु तैयार हो जाते हैं, और मनचाही संतान के लिए डिम्ब और शुक्राणु भी मिल जाते हैं। पर यह संभव तभी है जब अलादीन के चिराग का जिन्न पूरी तरह से आपकी मुट्ठी मे हो।

रेडीमेड बच्चा मिलने के साथ ही अब अपने बच्चे पर रेडीमेड संस्कार भी थोपना चाहते हैं हम। देखते हैं कि किस प्लेस्कूल में डालें कि बच्चा अच्छा बोलना सीखे, किस हेल्थ-क्लब में डालें कि बच्चा स्वस्थ व्यक्तित्व वाला बने। किस सेंटर में भेजें जहां से अपनी लोक-संस्कृति को भूलकर बातचीत के तरीके सीखे, मुस्कुराना सीखे, चलना सीखे। दूसरों को प्रभावित करने वाले तरीके सीखे। मार्केट कि लेटस्ट स्टाइल उसे सिखाना चाहते हैं। बस आवश्यकता है तो अलादीन के जिन्न की।

सर्वत्र रेडीमेड का बोलबाला है। हर चीज रेडीमेड उपलब्ध है, फिर भी हर बच्चा, हर स्त्री-पुरुष व्यस्त है। समय नहीं है उसके पास, भाग रहा है, बस भाग रहा है। किसके लिए? जी हाँ, रेडीमेड का ग्लैमर इतना बड़ा है कि इन्हीं को पाने की होड़ में बस भाग रहा है। भाग रहा है अलादीन के चिराग के जिन्न के लिए और आज के युग में वह है पैसा। और इस जिन्न को पाने के लिए वह कुछ भी, किसी भी समय, किसी भी तरह से कर लेता है और कर सकता है।

रेत के महल

गीता और गीतेश के घर से लौटते हुए रमा के कदम बोझिल हो रहे थे। जैसे-तैसे घर पहुँच कर रमा यूँ ही विचारों में खोई अनमनी-सी बैठ गई। कुछ ही महीने पहले की बात है कितनी चमक थी गीता की आँखों में! अधगीले कपड़ों में नन्हे रवि को गोदी में लिए गीता कह रही थी -

"मेरा बेटा ज़रूर इंग्लिश चैनल पार करेगा। देख लेना! अभी से तैरने का इतना शौक है। बाथटब से निकलता ही नहीं। जब देखो तब टब में घुस जाता है।"

बस एक साल और बड़ा हो जाए तो गीता का इरादा उसे शहर के स्विमिंग पूल का मेम्बर बनाने का था और बेटे के चॅम्पियन होने का सपना तो वह तभी से देख ही रही थी। परंतु एक साल बीता ही नहीं, और उसके ढाई साल के बेटे रवि की जीवन नैया एक अनहोने हादसे में पार लग गई।

गीता बहुत व्यस्त थी उस दिन। उसे पता ही नहीं लगा कब उसका नन्हा तैराक बाथटब में जा घुसा और जब काम से होश आने पर गीता ने रवि को ढूँढना शुरू किया, तब तक बहुत देर हो चुकी थी। रवि का निर्जीव शरीर बाथटब में तैरता पाया। आज वही गीता ज़ोर-ज़ोर से रो-रो कर कह रही थी,

"क्यों जाने दिया उसे मैंने, क्यों उसके बाथटब के शौक को प्रोत्साहन दिया, क्यों इस भयावह अनहोनी को पहले से नहीं सोचा, क्यों, क्यों???"

रमा के विचारों की श्रृंखला तब टूटी जब पड़ोस की कमला अपने बेटे को गोद में लिए आ पहुँची। बेटे के मुँह पर पट्टी लगी देख रमा ने पूछ ही लिया, 'यह चोट कैसे लगी?' कमला की बात सुन कर रमा को अपने पति के कहकहे याद आने लगे जो प्रायः रोज ही उनके घर में गूँजते हैं। शेव करते समय रमा के पति अपने बेटे अंकित की अपने गालों पर साबुन लगाने की अदा देख कर हँसते नहीं थकते। कमला बहन के बेटे का रेजर से कटा गाल देखकर रमा की आँखों में अंकित के हाथ में साबुन के ब्रश की जगह रेजर घूम गया, और आज इस मनोहारी लगने वाली अदा का भयानक परिणाम सोचकर उसका अंतर्मन कांप उठा। मन ही मन संकल्प किया कि वह अंकित के बचपन में उसकी युवावस्था को नहीं देखेगी।

कमला बहन को विदा कर रमा विचारों को मोड़ देने के लिए समाचार पत्र ले कर पलंग पर लेट गई। पर आज तो जैसे इन्हीं घटनाओं से उसका सामना होना था। पहली ही नजर एक सुर्ख समाचार पर अटक गई, 'खेल-खेल में मृत्यु' और रमा एक ही साँस में पूरा समाचार पढ़ गई। बच्चे को बहुत बड़ा डॉक्टर बनाने की महत्त्वाकाँक्षारखने वाली दम्पत्ति शायद यह सोच भी नहीं सकी होगी

कि उनके सपनों का महल यूँ ढह जाएगा। खेल-खेल में बच्चों का डॉक्टर बन कर दवा देना, सुई लगाना देख कर वो यही समझते रहे होंगे कि यह उनके बच्चे का भविष्य बोल रहा है। और इसी शौक में एक दिन पाँच वर्ष के बेटे को कहीं से पुरानी ज़ंग लगी सुई मिली - घुसा ही तो दी उसने वह सुई अपने तीन वर्ष के छोटे भाई की बाँह में। टिटेनस हो गया और नन्हे डॉक्टर को यह समझ ही नहीं आया कि उससे गलती कहाँ हुई है।

अखबार एक तरफ रख कर रमा सोचती रही कि कितना गलत है यह सोचना कि यदि चार साल का बच्चा कार में बैठ कर कार की चाबी घुमा रहा है, गियर बदल रहा है तो वह कोई बहुत बड़ा इंजीनियर या कार-रेसर बनेगा। छोटे-छोटे हाथों से घर-घर के खेल में खाना पकाती गुड़िया को देख कर यह सोचना कि वह इस क्षेत्र में नाम कमाएगी। यदि यूँ ही उम्र से पूर्व काम करने में आत्मनिर्भरता आती होती तो ईश्वर नन्हे-मुन्ने को माँ की गोद में न डालकर सीधे सड़क पर ही खड़ा करते। खुले आकाश में स्वच्छंद घूमने वाले पक्षी भी घोंसला बनाते हुए आत्मरक्षा का ख्याल करते हैं। समय आने पर ही बच्चों को घोंसले से बाहर उड़ने देते हैं।

यही सब सोचते-सोचते रमा की आँख लग गई, खुली तब जब उसके कानों में अपने पति की चहकती आवाज़ पड़ी, "देखो रमा, हमारा अंकित अवश्य ही इलेक्ट्रिकल इंजीनियर बनेगा, देखो कैसे बिजली के तारों और प्लग से खेल रहा है।"

और रमा हड़बड़ा कर दौड़ पड़ी, अंकित को गोद में उठा कर चीख ही पड़ी,

"नहीं-नहीं, हमें नहीं रखनी बहते पानी पर बुनियाद-ए-मकाँ, हमें नहीं खड़े करने रेत के महल।"

लेने के देने

"बेटे घर ले जाने को तो किताब नहीं देंगे, यहीं बैठ कर पढ़ लो।"

बहुत हिम्मत करके और बहुत उधेड़ बुन के बाद उस दिन हमारी मम्मी ने पड़ोस में रहती श्रीमती वर्मा के बेटे से कह ही दिया।

हमारी मम्मी को किताबें पढ़ने का, खरीदने का और सबसे ज्यादा उन्हें रखने का शौक़ था। यहाँ तक कि हम बहन-भाइयों की बचपन की किताबें भी उनके पास सुरक्षित थीं। पापा के सेवानिवृत होने पर अपने घर में आने के बाद मम्मी ने एक छोटे कमरे को लाइब्रेरी का रूप दे दिया था। आसपास के सब बच्चे उस से लाभान्वित होते थे। बहुत अच्छा लगता था जब घर के काम में मदद करने वाली बाई और पास के दुकानदारों के बच्चे भी नियम से आते और एक घंटे पढ़ कर चले जाते थे।

एक दिन मम्मी ने बताया कि पड़ोस में श्री वर्मा का नया परिवार आया है। वैसे तो ठीक ही हैं, पर अखबार से ले कर हर किताब, मेगज़ीन माँग लेते हैं और वापस कभी नहीं करते। वापस माँगने पर मिलती तो है पर एकदम खस्ता हालत में। बुरा सा मुँह बनाएँगे सो अलग। अतः इस बार हम दोनों ने मिल कर सोचा कि अब मांगने आएँगे तो यही

कहेंगे। सोचा कोई कितनी बार और कितनी देर तक दूसरे के घर बैठ सकता है। और आज कह ही दिया, "बेटे घर ले जाने को तो किताब नहीं देंगे, यहीं बैठ कर पढ़ लो।"

पर हमारा सोचना तो गलत ही निकला – बबलू गया और झट से अपनी मम्मी को बता कर वापस आ गया। बड़े इत्मीनान से अलमारी की हर किताब को छूना, पलटना शुरू कर दिया। कभी बाथरूम जाता, कभी पानी माँगता, कभी किसी का अर्थ पूछता। दो दिन बाद श्रीमती वर्मा भी आती दिखायीं दीं। सोचा, शायद बेटे को ले जाएँगी, पर वो तो यह कहने आयीं थीं कि "अच्छा किया यहीं बैठकर पढ़ने के लिए कहा, घर पर बहुत शोर करता है, सारी दोपहर सोना भी मुश्किल कर देता था, अब आराम है। अब आज ज़रा पार्टी में जा रही हूँ। आपके पास इसे बहुत अच्छा लगता है। शाम को ज़रा दूध बिस्किट भी दे दीजिएगा। घर की ही तो बात है।"

उसके बाद मैं और मम्मी देख रहे थे कि श्रीमती वर्मा के घर रोज चार बजे ताला लगा होता और अब तो उनका बड़ा बेटा भी पढ़ने ही घर आने लगा था [illegible], "आंटी मैं ... यहीं बैठ कर पढ़ लूँगा। घर तो आप ले जाने नहीं देतीं।" और अब धीरे-धीरे हमारे नाश्ते का समय और उसके आने का समय ऐसा जुड़ गया था कि एक दिन लड़के ने स्वयं ही कहा था, "आँटी आपका अपना पुस्तकालय हमारे बड़े काम का है, हमें किताबें भी मिलती हैं और नाश्ता भी।"

अब हम दोनों, मैं और मम्मी, सोच रहे थे कि किताबें घर ले जाने देना अच्छा है या यहीं बैठ कर पढ़ने देना! एक तो सहना ही पड़ेगा यदि पड़ोसी धर्म निभाना है तो! अच्छे फँसे, लेने के देने पड़ गए।

वार्तालाप

- "मम्मी ज़रा जल्दी से कुछ खाने को दे दो, नहीं तो जा रही हूँ मैं।"

- "देती हूँ बेटी, पर सुबह उठ कर अपना मूड और आवाज़ ठीक रखा करो। गुड-मॉर्निंग, राम-राम, प्रणाम कुछ तो किया करो।"

- "आपको गुडमॉर्निंग के भाषण की पड़ी है और मुझे देर हो रही है, 'पर्सनैलिटी डेवलपमेंट' की क्लास में जाने के लिए। आज वहाँ भी बात-चीत के क़ायदे पर ही लेक्चर है। पर मेरा तो घर से ही शुरू हो गया।" बुदबुदाते हुए घर से बाहर........!

शाम को:

- "अच्छा आ गयीं बेटी तुम! शाम को पापा के कुछ दोस्त आने वाले हैं, ज़रा ड्रॉइंगरूम और गेस्ट रूम ठीक कर देना।"

- "ना बाबा मुझे कहाँ समय है ममी, अभी तो 'इंटीरियर डेकोरेशन' की क्लास अटेन्ड कर के आ रही हूँ, उसके नोट्स ही फेयर करने हैं। नहीं तो सब भूल जाऊँगी।"

- "इसे तो किसी काम के लिए समय ही नहीं है। अच्छा तो एक घंटा अपना काम कर लो, फिर रसोई में मेरे साथ आ जाना। टेबल आदि लगाने और नाश्ता बनाने में मेरी मदद करना।"

- "ठीक है ममी, पर एक घंटे बाद तो चार बज जाएँगे, और चार से छः तो ममी आपने मुझे कुकिंग क्लास जॉइन करवा रखीं हैं। और बस दो दिन की ही तो क्लास है, 'पार्टी स्नैक्स' और 'टेबल लेइंग' की, भूल गयीं आप! नहीं गई तो रजिस्ट्रेशन बेकार हो जाएगा।"----

अगले दिन की शाम भी आ गई,

- "अच्छा बिटिया, कल जो तुम्हारे पापा के दोस्त आए थे उनके साथ आज हमें बाज़ार जाना है। तुम ज़रा अपने भाई को उसका इंग्लिश का होमवर्क करवा देना। उसका टैस्ट भी है, तो इंग्लिश की स्पेलिंग्स भी पूछ लेना।"

- "ममी उससे कह दीजिए अपने आप ही पढ़ लेगा। कठिनाई होगी तो रात को बता दूँगी। अभी तो मुझे 'इंग्लिश स्पीकिंग' कोर्स में जाना है।"

- "अच्छा बाबा तुमको तो कभी समय ही नहीं रहता। चलो, उधर से लौटते हुए दर्जी से कपड़े और एक ब्रेड ले आना। पेट्रोल महँगा है, दोबारा का चक्कर बचेगा।"

- "यह तो हो ही नहीं सकता ममी! क्लास समाप्त होने के बाद हमें 'एनर्जी सेविंग क्लब' में इकट्ठा होना है, और वहाँ से एनर्जी को कम खर्च करने और ऊर्जा संरक्षण के 'अवेयरनेस कैम्पेयन' पर जाना है।"

- "चल जा- कर सबकुछ। इस घर में तो बिना कुछ किए निभ जाएगी, पर अच्छा है सीख जाएगी सबकुछ। तो ससुराल में और अपने घर में तो ढंग से रहना-करना सीख जाएगी। इसीलिए सिखा रहे हैं तुझे सबकुछ।"

घर बदल गया, परिस्थितियाँ बदल गयीं, लोग बदल गए, पर वार्तालाप –

- "बहू आज रिश्ते की कुछ महिलायें आ रहीं हैं, ज़रा पुराने विचारों की हैं, उनके सामने उनके ही विचारों के अनुरूप अपना व्यवहार रखना, जिससे तुम्हारा पढ़ा-लिखा होना पता चले"

- "माँजी, मुझे आज फैशन-परेड और 'बेस्ट-पर्सनैलिटी' प्रतियोगिता में जाना है और पुरस्कार भी लेना है, अतः आज मैं वैसे तैयार नहीं हो सकती, जैसा आप चाहती हैं। समय ही नहीं है। सॉरी मम्मी जी, आप मेरी मजबूरी समझती हैं।"

*****

– "सुनो डार्लिंग, हमने सुना था तुमने इंटीरियर-डेकोरेशन का कोर्स किया है, पर ज़रा अपने घर पर भी तो कमाल दिखायी दे आपका!"

– "चाहती तो हूँ, पर बाहर के काम से ही फुरसत नहीं मिलती। मेरा सैट करवाया हुआ नर्सरी स्कूल और नया होटल देखने चलिए, वहीं देखिएगा मेरा कमाल।"

* * * * *

– "सुनो भई! शाम को कुछ दोस्त आएँगे मेरे, शादी के बाद पहली बार आ रहे हैं, खाने पीने का कुछ अच्छा प्रबंध कर लेना। तुमसे ही मिलने आ रहे हैं सब?"

– "चलिए ये अच्छा किया आपने अभी बता दिया। अब ऐसा करना कि उधर से आते समय बाज़ार से समोसे, रसगुल्ले, और केक-बिस्किट्स लेते आइएगा। तीन से पाँच बजे तक तो मेरे पास कुकिंग क्लासेस के लिए लड़कियां आतीं हैं। इसलिए कुछ भी बनाना कठिन ही होगा। चाय कॉफी बना लेंगे मिल-जुल कर। और हाँ! यदि ना पहुँच पाऊँ तो दोस्तों से माफी माँग लेना प्लीज। आज क्लब में एक स्पेशल लेक्चर है, 'मेहमानों का स्वागत कैसे करें' और 'अचानक आए मेहमानों के लिए झटपट 'पार्टी स्नैक्स'। बहुत

– अच्छा लेक्चर है, शायद सुन कर ही आऊँ।"

* * * * *

– "बहन, ज़रा अपने गुड्डू का भी कुछ ख्याल रखिए, कुछ अच्छे शब्द सिखाइए। अभी तो छोटा सा ही है, पर बहुत भद्दे शब्द बोलता है, मार-पीट भी करता है। बुरा मत मानिएगा, भले के लिए ही कह रही हूँ, कुछ-कुछ चोरी की आदत भी पड़ती जा रही है।"

– "अच्छा किया आपने बता दिया मुझे। मैं ध्यान रखूँगी। उसका क्रेच भी बदल दूँगी, और दूसरी आया देखती हूँ। अब मैं पढ़ी-लिखी हूँ, अच्छी नौकरी है, तो क्यों अपनी योग्यता को व्यर्थ जाने दूँ। इसलिए गुड्डू के लिए समय नहीं मिलता। और जो थोड़ा सा समय उसके साथ मिल पाता है, उसमें भी उसे डाँटती रहूँ, अनुशासन सिखाती रहूँ तो अच्छा नहीं लगता।"

सच स्वांतः सुखाय तो कुछ नहीं आजकल। सबकुछ बदलते समय के साथ एक समझौता है, सामंजस्य है। पता ही नहीं चलता - परांतः सुखाय है या स्वांतः सुखाय।

विधिना की जीवन डोर

निश्चय ही वह नेहा थी। पंद्रह वर्ष में परिवर्तन होना तो स्वाभाविक ही था। और फिर मेरी तो नज़र की उम्र भी पचपन पार कर गई है। पर नेहा थी ही इतनी प्यारी कि पंद्रह साल पहले जब उसे देखा था तब की छवि जस की तस छायी हुई है दिमाग में। इसका कुछ कारण यह भी था, या कहिए कि नेहा के कारण मेरी सहेली के साथ जो कुछ भी घटा था वह इतना विचित्र और त्रासद था कि कभी आश्चर्य के साथ और कभी दुख के साथ मन को सालता ही रहता था।

मैं अचंभित सी खड़ी ही रह गई और नेहा और सतीश का स्कूटर दो बच्चों के साथ सर्र से निकल गया। कल ही मैं अपनी सहेली उमा और प्रसाद के घर जा कर नेहा और सतीश के विषय में पूछूँगी - यह सोचती हुई और अपनी जिज्ञासा को दबाते हुए मैं घर पहुँची।

अपने पति के रिटायरमेंट के बाद लगभग आठ वर्ष पश्चात मैं पुनः अपने शहर रायपुर आ गई थी। अभी घर जमाने की व्यस्तता में किसी से मिलना भी नहीं हुआ था। पर आज नेहा और सतीश को साथ-साथ देखकर, वह भी बच्चों के साथ! पुरानी कई बातें याद आ गयीं।

नेहा को सबसे पहले मैंने उमा के घर ही देखा था। लगभग पंद्रह वर्ष पहले। नेहा, सतीश के साथ इंजीनियरिंग कॉलिज में ही पढ़ती थी। छुट्टियों में सतीश के साथ आई हुई थी।

उमा और प्रसाद का अपना बिजनेस था। अच्छा पैसा था और सतीश उनका इकलौता बेटा था। घर-परिवार पूर्णरूप से संस्कारिक परिवार था और सतीश तो जैसे हीरा लड़का था। उस दिन जब मैं उमा के घर गई थी, तो उमा ने नेहा का परिचय कराते हुए कहा था -

"यह नेहा है, सतीश के अनुसार हमारी होने वाली बहू।"

इतनी स्पष्टवक्ता उमा पर मुझे हँसी आ गई - पर ज़माने के बदलते रवैये को देखते हुए सब स्वीकार्य हो जाता है। सतीश और नेहा निश्चय तो कर ही चुके थे। माता-पिता की स्वीकृति लेने भी वह नेहा को साथ ही लेकर आया, तो इस दिए गए आदर को ठुकरा कर भी प्रसाद और उमा क्या करते! और क्या पाते? फिर नेहा में कोई ऐसी बात भी नहीं थी जिसके आधार पर सतीश की इच्छा को ठुकराया जाता।

[illegible]

नेहा के परिवार में बस एक बड़ी बहन और माँ थीं। बड़ी बहन अपनी छोटी बहन, नेहा की शादी के लिए ही अमरीका से आई थीं। शादी की समस्त ज़िम्मेदारी पूरी होते ही वे वापस अमरीका चली गयीं। माँ को भी अपने साथ अमरीका ले गयीं। माँ ने जाते-जाते अपनी बेटी नेहा और अपनी समधिन उमा से बस यही आग्रह किया - "नेहा और

सतीश को भी अमरीका भेज दीजिएगा। दोनों बहनें साथ रहेंगी। वहाँ तरक़्क़ी और सुविधाएँ अच्छी हैं। दोनों ही इंजीनियर हैं, आपके बिजनेस में इनकी पढ़ाई बेकार ही हो जाएगी।" पहली बार उनकी आवाज़ में झलका था कुछ ऐसा जैसे उन्होंने बेटी विदा नहीं की, बल्कि घर जमाई चाहा।

खैर, पाँच-छः महीने में ही नेहा ने सबका दिल जीत लिया। हर क़ायदा वह उमा के अनुसार ही करती। सबकी इज़्ज़त करती। उमा और प्रसाद भी उसकी योग्यता को मान्यता देते थे। नेहा को काम करने की पूरी स्वतंत्रता थी। नेहा भी खुश रहती, प्रसन्न रहती। सन्तुष्ट ही लगती अपनी दिनचर्या और नई गृहस्थी में।

पर जब-जब उसकी माँ या बहन का पत्र या फोन आते वह अनमनी सी हो जाती। कमरा बंद करके बहुत देर तक फोन पर बात करती और बेचैन सी हो जाती। धीरे-धीरे नेहा ने कभी बातों-बातों में, कभी हंसी-हँसी में यह कहना शुरू कर ही दिया -

"जब कॉलेज में पढ़ते थे तब सतीश कुछ और थे, मैं सोचती थी हम दोनों इंजीनियर हैं, सतीश के साथ अमरीका जा कर मैं भी आसमान में उड़ती घूमूँगी, सतीश तो आज्ञाकारी पुत्र ही बन कर रह गए, इंजीनियरिंग को तो भूल ही गए।"

नेहा के उलाहनों को सुनकर, जिसमें सत्यता का पुट भी होता था, प्रसाद ने सतीश से कहा- "ठीक ही तो कहती है, इतनी पढ़ाई लिखाई की है तो उसका उपयोग तो होना ही चाहिए। तुम और नेहा जहाँ

नौकरी करना चाहो कर लो या अपने क्षेत्र से संबंधित कोई कार्य कर लो, शौक तो नेहा का भी पूरा करना हमारी ज़िम्मेदारी है।" इस प्रकार दोनों को समझा-बुझा कर मुंबई भेज दिया।

एक दिन उमा के पास मुंबई से सतीश का फोन आया। और मुझे अपने घर की चाबी थमा उमा और प्रसाद तुरंत ही मुंबई चले गए। लौटे तो उमा ने बताया कि नेहा की माँ आई हुई हैं और वे नेहा और सतीश को अमरीका ले जाना चाहती हैं। पर सतीश इसके लिए तैयार नहीं है। सतीश का कहना है कि वह अपने ममी-पापा और घर को छोड़ कर नहीं जा सकता। नेहा को भी जाने क्या हो गया है कि वह किसी की बात सुन ही नहीं रही है। बड़ी मुश्किल से समझा-बुझा कर आए हैं।

इस बात को पंद्रह दिन भी नहीं गुज़रे कि अचानक सतीश आ गया - अकेला, परेशान, टूटा हुआ, दुखी। मैं इत्तफाक से उस समय उमा के पास ही बैठी थी। वह इतना लंबा-चौड़ा आत्मविश्वासी लड़का जैसे भरभरा कर गिर पड़ा और फूट-फूट कर रोते-रोते बोला – "माँ, वह चली गई, सब खत्म हो गया मौसी। उसको अमरीका ही जाना था। मुझ पर अजीब-अजीब लांछन लगा कर मेरे सामने तलाक का प्रस्ताव रखा है। मैं उसे प्यार करता हूँ। वह बहक गई है माँ, वह किसी मृगमरीचिका में फंस कर डगमगा गई है, माँ, नेहा ऐसी नहीं है, उसकी अपनी माँ ने ही उसे बहका दिया। उसकी ज़िंदगी, उसका घर सब बर्बाद हो जाएगा। उसे बचा लो माँ।"

मैं और उमा सन्नाटे में आ गए। जैसे-तैसे उसको धीरज दिया। सतीश कुछ संभला तो उसने बताया कि सब तैयारी माँ-बेटी ने पहले ही कर ली थी। और वे दोनों अब अमरीका चले गए वहीं से अब तलाक़ की कार्यवाही होगी।

धक्के को सहने में समय लगा। सतीश, उमा, प्रसाद बराबर नेहा को कभी पत्र लिख कर, कभी फोन करके समझाते रहे, पर नेहा ने तलाक़ ले ही लिया। सतीश ने भी बिना किसी हील-हुज्जत के तलाक़ को अपनी तक़दीर मान लिया। पर फोन पर उसने नेहा से सदा यही कहा -

"जब भी कुछ काम हो, परेशानी हो, मेरे पास चली आना, तुम खुश रहो, मैं अब भी तुमको प्यार करता हूँ, तुम्हारी फिक्र करता हूँ।"

फिर दिन, महीने, साल यूँ ही बीतने लगे। सुनाई दिया, नेहा ने अमरीका में ही किसी से शादी कर ली। पर सतीश ने दूसरी शादी नहीं की तो किसी तरह नहीं की! उसका कहना था कि यदि यह सुख तक़दीर में होता तो यही शादी निभ गई होती। पता नहीं कहाँ चूक हो गई मुझसे।

और ज़िंदगी यूँ ही चलती रही -

हमारा भी ट्रांसफर हो गया रायपुर से। कुछ दिन तो चिट्ठी पत्री चलती रही, पर फिर बार-बार ट्रांसफर होने से संपर्क छूट सा गया। अभी रिटायर होकर रायपुर आए बस दो ही दिन हुए थे तो अचानक नेहा और सतीश दिख गए दो छोटे बच्चों के साथ। जिज्ञासा इतनी अधिक थी कि अगले दिन ही पहुँच गई उमा के घर। बहुत अच्छा लगा हँसता-

खेलता भरा-पूरा परिवार देख कर। नेहा ने आकर पैर छूए तो स्वतः ही मुख से "सौभाग्यवती रहो" का आशीर्वाद निकल गया। दो गोरे-चिट्टे बच्चों से दादी के चरण स्पर्श करवाए। बरबस कौतूहल भरी आँखों से स्नेह बरस ही पड़ा।

उमा मेरी जिज्ञासा को समझ गई थी। सो नेहा से चाय बनाने को कह कर मुझे अपने कमरे में ले गई और जो कुछ उसने बताया उसको अगर प्रत्यक्ष न देख रही होती तो विश्वास करना असंभव सा हो जाता। उमा ने बताया –

अमरीका से छः वर्ष पूर्व नेहा वापस आ गई थी। साथ में था एक ढाई वर्ष का बेटा। आने से पहले सतीश को फोन किया था। चार साल बाद वह वापस आना चाह रही थी। सतीश ने हमसे पूछा ज़रूर पर हम समझ गए थे कि इस बार भी वह हमसे 'हाँ' सुनने के लिए ही पूछ रहा है। प्रसाद और मैंने कह दिया, "बेटे पत्नी तुम्हारी है, अतः जैसी तुम्हारी इच्छा। हमें तो तुम्हारी खुशी चाहिए।" सतीश ने हमसे बस यही कहा –

"ममी-पापा यदि आप उसे मेरी पत्नी मानते हैं, तो उसको अपनी बहू भी मानना होगा। और उसके बेटे को अपना पोता। माँ, नेहा की माँ का देहांत हो चुका है। अमेरिकन पति के साथ के सपने पूरे हो चुके हैं। उन्हें अब क्या दोहराना। सुबह का भूला अगर शाम को घर आए तो क्या हम दरवाज़ा बंद कर लेंगे। वह पछता रही है, अपनी गलती का अहसास कर रही है माँ। भटके हुए अपने खून की हम सौ गलती माफ कर देते हैं, अतः जब नेहा को आपने अपना मान ही लिया था

तो इसकी गलती को क्षमा कर आपने और पापा ने अपने बड़प्पन को सार्थक कर दिया। आप लोग हमारे पूजनीय थे और अब सदा के लिए हम दोनों के वंदनीय हो गए।"

उमा सुनाती जा रही थी और में जड़वत सुनती जा रही थी। वह कह रही थी कि बस इसके एक सप्ताह बाद ही सतीश मुंबई गया, और एयरपोर्ट से नेहा को सीधा घर ले आया। जब कोई सत्कर्म करो तो शायद ईश्वर भी शक्ति और आत्मविश्वास दे देता है। जब हमने वो तीन-चार साल कभी नहीं दोहराए तो समाज कैसे दोहराता। और ये जो छोटा दो साल का बच्चा तुम देख रही हो न, वह सतीश का ही है। उमा कहे जा रही थी - बस ऐसा लगा वक़्त की आंधी में तिनका उड़ गया था, समझदारी इसी में ही थी कि उसे पुनः लगा कर अपने घोंसले को पूरा कर लें। अपनाने से बात बनती ही है, धिक्कारने से तो शायद और बिगड़ ही जाती है। और एक लम्बा साँस ले कर उमा रुक गई।

सच मुझे ऐसा लगा कि कितने परिष्कृत विचारों वाले परिवार से मेरी मिलता है। नेहा चाय ले आई थी। उसकी नजरें झुकी हुई थीं। तभी सतीश भी आ गया। सतीश की आँखें कह रहीं थीं, 'कीचड़ में गिरे हुए पैसों को कोई फेंक नहीं देता, नेहा तो फिर भी इंसान है।' और नेहा की झुकी हुई नजरें कह रहीं थीं, 'नजरें अपनी करनी से ही नीची होती हैं। एक गलत कदम ने उम्र भर को नजरें नीची कर दीं।'

एकांत में मैंने सतीश से पूछा - "मान लो तुमने शादी कर ली होती, तब?" सतीश का सधा सा उत्तर था, "तब ममी-पापा को नेहा को बेटी

बना कर रखना होता शायद। पर जीवन-डोर इससे बंधीं थी तो मेरी शादी कैसे हो जाती। और यदि मेरी शादी हो जाती तो शायद इसके साथ ऐसा कुछ ना हुआ होता।"

कितनी अजीब पर कितनी सुलझी हुई है विधिना की ये जीवन डोर, जिसके सहारे नचाता है वह हमें चहुँ ओर!

विषवृक्ष

सेठ दीनानाथ जी की टैक्सी जैसे ही कोठी के गेट के बाहर गई, कृपाशंकर जी घर के अंदर आए और अपने कमरे के पलंग पर कटे पेड़ की तरह जा गिरे। आँखें बंद करके चुपचाप लेट गए। सोने की कोशिश करते रहे, विचारों की लड़ी ऐसी चल रही थी कि आँखों के पास नींद तक नहीं फटक रही थी। उनकी आँखों में पाँच साल पहले का दृश्य स्पष्ट घूम रहा था -

कामिनी नाम था कृपाशंकर जी की बेटी का। सुंदर और पढी-लिखी इकलौती बेटी थी। उचित समय पर बहुत शौक से, सेठ दीनानाथजी के सुपुत्र कैलाश से कामिनी का विवाह सम्पन्न किया। सेठ जी का परिवार बहुत शिक्षित और कुलीन था। दिन, महीने और साल बहुत आराम और निश्चिंतता से व्यतीत होते रहे। कामिनी के माता और पिता, कृपाशंकर जी दोनों ही अपनी सुघड़ बेटी के भाग्य से बहुत प्रसन्न और संतुष्ट थे। प्रतीक्षा करते-करते वह समय भी आ गया जब दोनों नाना-नानी बनने के शुभ संदेश की प्रतीक्षा करने लगे। आखिर संदेश आया पर शुभ नहीं, पढ़कर कृपाशंकर जी की आँखों के आगे अंधेरा छा गया - तार में लिखा था –

"कामिनी जीने पर पैर फिसल जाने से गिर गई, बहुत गंभीर हालत में अस्पताल में है, तुरंत आइए।"

दोनों बदहवास से तुरंत कामिनी की ससुराल के लिए चल पड़े। रास्ते भर कृपाशंकर जी विचारों और दुख में डूबे रहे। कभी दांत पीसते कभी माथा पीटते। ऐसे ही रोते-बिलखते दोनों कामिनी की ससुराल पहुँचे।

कामिनी के श्वसुर सेठ दीनानाथ जी लिपट गए कृपाशंकर जी से। रोते-रोते बुरा हाल था उनका। किसी तरह सुबकियाँ लेते हुए बोले -

"हमारी बेटी हमें छोड़ कर चली गई भैयाजी, एक दिन की भी मोहलत नहीं दी कि हम आपको उसकी शक्ल भी दिखा सकते।"

चुप ही रहे कृपाशंकर जी, खड़े रहे बिना किसी भावना या सहानुभूति के! फिर एकदम चेहरे पर और शब्दों में घृणा के भाव लाते हुए विष सा उगला कृपाशंकर जी ने -

"सेठ दीनानाथ, यदि ऐसा ही करना था तो मेरी बच्ची को मेरे पास ही वापस भेज दिया होता। मैं जैसे भी होता अपनी बच्ची को सीने से लगा कर रखता। ऐसा क्या कसूर था उसका जिसकी इतनी बड़ी सजा तुमने उसको और हमें दे डाली? पाप करने से पहले सोचते तो इसका परिणाम। दो-दो हत्याएँ की हैं तुमने दीनानाथ।"

दीनानाथ जी को जैसे साँप ही सूँघ गया! कुछ मुँह से ही न निकला, बस मुँह फाड़े देखते रह गए। बेटा कैलाश ही बोला - "बाबूजी, ये आप क्या कह रहे हैं।"

कृपाशंकर जी तो जैसे कुछ सुन-सोच ही नहीं रहे थे। एकदम बोले, "दूसरी शादी आराम से कर सको इसलिए निशानी आने से पहले ही

निशानी देने वाली को ही समाप्त कर दिया। धक्का दे दिया तुमने उसे, मेरे जिगर के टुकड़े को।" बिलख पड़े वे।

सेठ दीनानाथजी अब तक कुछ संभाल गए थे, हक्के-बक्के से बोले -

"ऐसा मत बोलो कृपाशंकर, मैंने उसे बेटी से ज्यादा माना था। ऐसे दुख के समय तुम क्यों मेरा दुख बढ़ा रहे हो। ये असहनीय दुख हम दोनों का साझा दुख है भाई। शायद बेटी के दुख ने तुमसे ऐसा कहलवा दिया। अपने शब्द वापस ले लो कृपाशंकर। आओ एक दूसरे के दुख में सहारा बनें, माताओं को संभालें, कैलाश को संभालें।"

कृपाशंकर जलते हुए शब्दों में तुरंत बोले –

"तुम्हें क्या दुख है दीनानाथ, गया तो हमारा ही न - तुम्हारा बेटा तो तुम्हारे पास खड़ा है। फिर किसी को पत्नी बना कर ले आएगा। तुम क्या समझो इस दुख को, तभी तो भगवान ने तुम जैसे पापी विचार वाले के घर बेटी दी ही नहीं।" एक से एक विष बुझे शब्दों के तीर कृपाशंकर छोड़ते रहे, छोड़ते रहे।

इतने ज़हर घुले शब्द सुनकर धरती पर बैठ गए सेठ दीनानाथ, बेटी के बाप के पैरों में टोपी रख दी अपनी और हिचक-हिचक कर रोते हुए बोले - "ऐसा घृणित अपराध मत थोपो कृपाशंकर। भगवान सब देखता है। सब उसके हाथ में है।" हाथ जोड़े, रोते, मुँह लटकाए बैठे रहे सेठ दीनानाथ जी।

अपने पिता को संभालता, जैसे-तैसे हिम्मत कर के बोला कैलाश -

"अब आपको क्या समझाएँ पापाजी - भगवान साक्षी है हमारे कर्मों का। पर कृपा करके इस समय ऐसी बातें करना आपको शोभा नहीं देता। जिस परिवार को पढ़ा-लिखा संभ्रांत समझ कर, देखभाल कर ही आपने अपनी बेटी दी थी, संबंध जोड़ा था, तीन वर्ष तक कभी आपने अपनी बेटी को दुखी नहीं देखा इस परिवार में, पापयुक्त कोई कर्म नहीं देखा-सुना इस परिवार में आपने - उस परिवार के लिए आपके विचार एकदम इतने निंदनीय कैसे हो गए! दुख में इतना अंधे न हों पापाजी। ये आप नहीं बोल रहे, आज के समाज की परछाई बुलवा रही है आपसे। एक गंदी मछली से सारा तालाब ही गंदा हो गया, सारे रिश्ते समाप्त हो गए, सारी भावनाएँ समाप्त हो गयीं? अभी आप उत्तेजना में हैं, दुख में हैं, चलिए आराम कीजिए। कुछ शांत हृदय से, ठंडे मन से सोचिए-समझिए।"

"आराम करो तुम, चैन की बंसी बजाओ। मैं अब यहाँ एक पल भी नहीं ठहरूँगा और तुम्हारी करनी का फल अच्छी तरह तुम्हें और तुम्हारे हत्यारे परिवार को चखाऊँगा। देखें! अब कौन देता है तुम्हें अपनी बेटी।" उबल पड़े थे कृपाशंकर।

ऐसे तिरस्कार करते हुए शब्द बोल कर उस दिन कृपाशंकर और उनकी पत्नी वापस आ गए थे। तब से चार-पाँच वर्ष बीत गए। कोई बात ही नहीं हुई। हाँ सेठ दीनानाथ जी के परिवार को बदनाम करने और मुकदमे बाज़ी करने में कोई कसर नहीं छोड़ी कृपाशंकर जी ने।

इसी बीच कृपाशंकर जी के बेटे की शादी भी हुई। बहू घर में आई तो बेटी का दुख कुछ कम हुआ। बहुत प्यार-दुलार से रखा बहू को उन्होंने। उनको बस यही दिखायी देता जैसे वही एक हैं जो बहू को इतने लाड़-प्यार से रख सकते हैं। इसलिए छोटे-बड़े किसी भी कार्यक्रम की सूचना दीनानाथ जी तक ज़रूर पहुंचा देते। इस कटु सत्य को भूल ही बैठे थे कि होनी किसने देखी है - किसी के ऊपर कभी भी आ सकती है।

और ये लो! आँखें फटी की फटी ही रह गयीं उस दिन कृपाशंकर जी के परिवार की....

बेटा बाहर दौरे पर गया हुआ था पिछले एक हफ्ते से। एक दिन जब सुबह बहुत देर तक भी बहू कमरे से बाहर नहीं आई तो कृपाशंकर जी की पत्नी ने कमरे में देखना चाहा। खुशकिस्मती थी कि कमरा अंदर से बंद नहीं था। वे धीरे से दरवाज़ा खोल कर अंदर गयीं और पलंग के पास जा कर बहू को आवाज़ दी –

"उठ बेटी, क्या आज जी अच्छा नहीं?" पर वहाँ तो स्पंदन ही नहीं। चीख पड़ीं वे! सब दौड़ पड़े, पता चला नींद की गोली अधिक खा लीं रात को।

कारण कुछ भी रहा हो - चाहे नई पीढ़ी की मनमानी या विधाता का प्रकोप - वे लाख अपनी सफाई देते रहें, पर लोग यही लांछन लगाते रहे कि बेटे की गैर-हाजिरी में मार दिया बहू को क्योंकि अभी तक पोता नहीं दे सकी थी बहू। जितने मुँह, उतनी ही बातें। कृपाशंकर जी मुँह

नीचा किए रोए जा रहे थे। इस दुख की घड़ी में अचानक अपने पुराने समधी सेठ दीनानाथ जी को आता देख वे डर गए कि अब न जाने क्या-क्या सुनने को मिलेगा।

पर ये क्या - दीनानाथ जी तो प्यार और सहानुभूति से द्रवित हो उनसे लिपट गए और बहुत ही सांत्वना भरे शब्दों में बोले -

"धीरज रखो कृपाशंकर, तकदीर के आगे किस का वशा चलता है। मैं समझता हूँ और विश्वास भी करता हूँ तुम पर। तुम जैसे लोग ऐसे कार्य कभी कर ही नहीं सकते। पराए घर से आई बेटी को इस घर की बेटी ही बनाया तुमने।"

तभी वहाँ उपस्थित भीड़ में से आवाज़ आई - "अजी बेटी माना होता तो क्या बेटे के पीछे यूँ ही मार देते।"

"चुप रहो" लगभग चीख पड़े सेठ दीनानाथ जी, "क्या कुछ अनचाही घटनाओं का किस्सा सुन-सुन कर सभी की सभ्यता संस्कृति भ्रष्ट हो गई? क्या कोई बेटी कभी बाप के घर नहीं मरी? पर उलटे किस्सों को हवा दे दे कर ससुराल को, सास-ससुर को एक हौवा बना दिया समाज ने! हमें और आपको चाहिए कि इस विचारधारा को सही दिशा की तरफ मोड़ दें। भाग्य से मिले इस संबंध को कलंकित न करें, मैं हाथ जोड़ता हूँ। बेटियों का विवाह तो आप सब करेंगे ही न? और बेटों का भी! इसलिए ससुराल के प्रति ममता और आदर का भाव फैलाएँ। घृणा करना न सिखाएँ। आपकी इन बातों से ऐसा विषवृक्ष तैयार हो रहा है जिसके कारण संबंधों में संदेह के फल ही लगेंगे।"

समाज में चुप्पी व्याप्त गई थी। शायद विषवृक्ष में कुछ अमृत की बूंदें पड़ गयीं थीं। सब स्तब्ध थे, कृपाशंकर भी। "तुम चिंता न करो कृपाशंकर, इस दुख की घड़ी में मैं तुम्हारे साथ हूँ। इस दर्द को मैं भली-भांति अनुभव कर सकता हूँ। और ये समाज के लोग - जैसे कभी बेटी ब्याहेंगे ही नहीं या बहू नहीं लाएँगे। क्या विचार ले कर बहू लाएँगे और किन विचारों की गांठ बाँध कर बेटी विदा करेंगे?" दीनानाथ ने कृपाशंकर को सहारा दिया।

सिर झुकाए समाज के ठेकेदार चले गए। सेठ दीनानाथ भी आश्वासन दे, ढाढ़स बंधा टैक्सी में बैठ कर चले गए। और अब कृपाशंकर के हृदय में अपने दुख से कई गुना अधिक, पाँच साल पहले का सेठ दीनानाथ जी का दुख कसक रहा था।

❦

शुभ का विस्तार

रेखा ही नाम था उसका भी। मैं उसके घर पेइंग गेस्ट के रूप में रहती थी। मेरा उस घर से ऐसा ही संबंध हो गया था जैसा रेखा का था - बेटी का! मुझे उस घर की भारतीय परंपराएँ बहुत अच्छी लगतीं थीं। उनमें एक अर्थ, एक सजीवता, एक निकटता और अनेक संवेदनाएँ एक साथ ही दिखाई दे जाती थीं।

मैं हमेशा देखती कि जब भी रेखा या उसकी बहनें आतीं, विदा के समय माँ बड़े प्यार के साथ सबको साथ बैठा कर रोली-चावल से टीका लगा उपहार देतीं, मिठाई देती और देतीं ढेर सारा प्यार और आशीर्वाद।

मैं उस दिन सारा दिन यही सोचती रही, कितनी अच्छी परंपरा है, माथे पर तिलक, बिंदी लगा सब खुशी मन से शुभ और सौभाग्य लेकर विदा होते। वैसे भी प्रायः दिखाई दे ही जाता है कि तीज त्योहारों या शादी-ब्याह के दिनों में लोगों के माथे पर रोली-चावल का टीका लगा ही रहता है। टीका लगा माथा देख कर एक सुखद अनुभूति हो ही जाती है। यात्रा की कठिनाई भी एक पल के लिए विस्मृत हो जाती है। ऐसा ही अर्थ भरा हुआ है छोटी-छोटी भारतीय परम्पराओं में।

समय के साथ एक समय ऐसा आया जब मुझे लगा कि अब जब भी रेखा अपने मायके आएगी तो उसकी माँ उसको रोली चावल का टीका लगा कर विदा न कर सकेंगी। रेखा आई, अत्यंत दुखी रेखा अपने बच्चों के साथ अपनी माँ के घर पहुँची। सूना माथा, सूनी कलाई और सूनी-सूनी आँखें। चहल-पहल की जगह सन्नाटे ने ले रखी थी। लगता ही नहीं था कि यह पहले जैसा घर है। पर समय तो बीतता ही है ना।

आखिर विदा का दिन भी आ गया। मेरा कलेजा मुँह को आ रहा था। घरवालों की तो क्या दशा होगी! कैसी होगी सूनी-सूनी विदाई।

पर यह होती है माँ! जिसकी परिभाषा कभी बदलती नहीं। मैंने देखा - माँ रोली-चवाल और मिठाई सजा कर थाली लायीं, बच्चों के माथे पर टीका लगाया, उपहार और आशीर्वाद दिए, फिर रेखा की ओर बढ़ीं - रेखा ने आँसू भरी आँखें माँ की ओर उठायी और माथा पीछे को हटाती हुई रुँधे कंठ से बोली - "ममी, अब मुझे क्यों?" और माँ ने वात्सल्यपूर्ण हाथ बेटी के सिर पर फेरा - थाली से रोली-चावल ले बेटी के माथे पर लगाया, मिठाई बेटी के मुँह में डाली, उपहार दिया और हिम्मत बाँध कर दृढ़ शब्दों में कहा - "बेटी जो हो गया उसमें मेरा तुम्हारा क्या, प्रभु की मर्जी है। शायद उनके लिए प्रभु ने यही अच्छा सोचा। पर टीका तो पहले भी तुम्हारे और तुम्हारे परिवार के शुभ के लिए लगाते थे और अब भी तुमको और बच्चों को आशीर्वाद और शुभकामनाओं का प्रतीक स्वरूप ही है ये

टीका," यह सब कहते हुए अश्रूपूरित आँखों से रेखा को गले लगा लिया।

मैं वहीं खड़ी हुई उस माँ को देख रही थी। जन्म देने वाली माँ ने 'शुभ' को विस्तार देकर रेखा को पुनर्जन्म दे दिया जैसे। उसके बाद रेखा जब भी आई या जब भी उसे देखा तो सभी शुभचिन्हों के साथ आत्मविश्वास लिए हुए देखा।

बस यही है माँ की परिभाषा, ममता का विस्तार यही है। ईश्वर के पश्चात हम सर्वाधिक ऋणी 'माँ' के हैं। प्रथम तो जीवन देने के लिए, तत्पश्चात जीवन जीने योग्य बनाने के लिए।

❦

शुभकामना

"दीवाली मुबारक हो, अरे भई, कहाँ हो अपनी नई नवेली के साथ।" शोर मचाते हुए श्री वर्मा घर में घुसे।

सुधाकर और सुनीति भी समझ गए कि यह तो वर्मा जी की आवाज़ है। जल्दी-जल्दी दोनों बाहर आए। वर्मा जी अपने पूरे परिवार के साथ, पत्नी और बच्चों के साथ, दीवाली की बधाई देने आए थे। बहुत स्नेह से सब मिले और मिठाई की फरमाइश की, और तारीफ करते हुए बोले,

"भई मान गए सुधाकर, क्या खूब शौक से दीवाली मनाई है। पूरी कॉलोनी में तुम्हारा ही घर जगमगा रहा है। हाँ भई पहली-पहली दीवाली है, शौक तो होना ही चाहिए।"

इतने में सुनीति एक ट्रे में प्लेटों में मिठाई सजा कर ले आई, और श्रीमती वर्मा के सामने की। उन्होंने एकदम ही हाथ रोक दिया, और बोलीं -

"भई, मिठाई तो दीवाली पर खाने को तो क्या देखने को भी दिल नहीं करता।"

सुनीति ने आदर पूर्वक आग्रह किया, "थोड़ी तो चखिए, सब मैंने स्वयं ही बनाई है।" श्रीमती वर्मा ने काजू की बर्फी का कोना तोड़ा, और मुँह

में डाल कर ऐसा मुँह बनाया जैसे बर्फ़ी मीठी न होकर नमकीन हो। और श्री वर्मा जी तो अपने उसी बेतकल्लुफ़ अंदाज में जुट गए,

"भई, सब तुम्हारी बनाई हुई हैं, तब तो हम सभी में से चखेंगें।"

और वर्मा जी ने काजू, नारियल, पिस्ता, बेसन सभी में से चौथाई-चौथाई तोड़ कर खाया। लड्डू भी खाया ज़रूर पर आधा। श्रीमती वर्मा के पीकू ने जैसे ही गुँजिया प्लेट में तोड़ी, श्रीमती वर्मा ने रोक दिया,

"पीकू यही उल्टा सीधा खा कर पेट खराब करना है क्या! फल ले लो।" बस फिर किसी बच्चे ने आधा केला खाया, आधा फेंका, तो किसी ने सेव की एक फाँक के लिए पूरा सेव कटवाया।

खैर, जैसे-तैसे सुनीति खिला-पिला कर प्लेटें रखने अंदर गई तो सुधाकर के ऑफिस के निगम साहब की आवाज़ सुनाई दी,

"अरे वाह! आज तो तुम्हारी ही दीवाली है। नई-नई बीवी के साथ त्योहार का मज़ा ही कुछ और है। हमें भी नई मिठाइयाँ खाने को मिलेंगी। हम तो इसीलिए आए हैं नए-जोड़े को पहले त्योहार की बधाई देने और मुँह मीठा करने। वर्मा साहब तो लगता है तृप्त हो चुके।"

सुनीति रसोईघर से बाहर आई। श्रीमती और श्री निगम से मिली, उनके दोनों बच्चों को फुलझड़ी दी और अंदर फिर प्लेटें सजाने चली गई। अब उन टूटे-टूटे मिठाई के टुकड़ों को तो बाहर लाया नहीं जा सकता था, सब डिब्बे खोल कर सलीके से मिठाई, नमकीन और फलों को ट्रे में सजाया और बाहर की ओर ले चली, उसे स्वयं भी उत्साह

और शौक़ था। पिछले पूरे सप्ताह लगकर उसने दीवाली की तैयारी की थी। शादी के बाद की पहली दीवाली थी। वह सुधाकर पर, उसके मित्रों पर और अपनी कॉलोनी में अपना प्रभाव जमाना चाहती थी। और फिर शौक तो शौक ही है। शाम से जाने कितनी बार प्लेटों के आधे-आधे टुकड़े वह डब्बे में वापस डाल चुकी थी और नए सुंदर-सुंदर सजा कर बाहर ला चुकी थी। हाँ! एक बात वह ज़रूर नहीं समझ पा रही थी कि मिठाई माँगते सभी थे पर ऐसा मुँह बनाकर एहसान से कोना-कोना तोड़ कर मुँह में डालते जैसे मिठाई न हो कोई दवाई हो। कभी वह सोचती क्या कुछ भी अच्छा नहीं बना? इसी दुविधा में अंदर-बाहर आते-जाते जाने कितनी बार स्वयं भी चख चुकी थी। श्रीमती वर्मा और श्रीमती निगम अपने में ही बातें करने में व्यस्त थीं। जो कुछ इस प्रकार थीं, "अजी हमें कहाँ फुरसत जो दिन भर बैठे-बैठे ये तरह-तरह के पकवान बनाते रहें। फिर बच्चे हैं कि कुछ छोड़ते ही नहीं। वैसे ही महँगाई बहुत है। जब तक बच्चे नहीं हैं तब तक के ही शौक़ और जोश हैं ये।"

उन दोनों की ऐसी बातें सुनकर सुनीति कुछ बुझ सी गई। बातों में कहीं भी सुनीति की सुरुचि या शौक़ का प्रशंसात्मक पुट नहीं था। खैर सुनी को अनसुनी कर वह हँसती-मुस्कुराती, सजी-सँवरी सुधाकर के साथ अपने घर की दीवाली देखती रही और मेहमानों का स्वागत करती रही। उसने स्वयं ही तो कई जगह फोन कर के और कई जगह खुद जाकर दीवाली के दिन आने का निमंत्रण दिया था। इसलिए शाम पूजा के बाद से ही कोई न कोई आता रहा। मिश्रा जी और सिन्हा जी भी

सपरिवार आए। सब बाहर खड़े घर की सजावट देखते रहे। आँखों में प्रशंसा के भाव थे पर शब्दों में नहीं। मेज़ पर सजे पटाखों को देख कर श्रीमती मिश्रा बोल ही उठीं,

"अरे, बच्चे नहीं हैं अभी तो, फिर भी इतने पटाखे!" साथ ही अपने बच्चों का हाथ कस कर पकड़े थीं जो पटाखों पर लपकने को तैयार थे। सुनीति तुरंत बोल उठी,

"अरे भाभी जी, ये तो इन बच्चों के लिए ही हैं। आओ-आओ डबलू, बबलू।" पर श्रीमती मिश्रा भी बोले बिना ना रहीं,

"अरे घर पर बहुत पटाखे, क्या इनको घर पर पटाखे नहीं मिलते।"

उनके इस कटाक्ष से सुनीति कट कर रह गई। फिर भी त्योहार की नज़ाक़त को देखते हुए मुस्कुरा कर बोली, "आइए, आइए अंदर तो आइए। मुँह तो मीठा कीजिए।" अब तक सुनीति थक चुकी थी। सब प्लेटों में से वही टुकड़े-टुकड़े तोड़ कर श्रीमती मिश्रा और श्रीमती सिन्हा चलीं गयीं। सुनीति भी उन्हें गेट तक छोड़ने आई और गेट बंद करके घर की ओर कदम बढ़ाए ही थे कि श्रीमती मिश्रा की बुलंद आवाज़ कानों में पड़ी,

"अरे, नया-नया शौक है, ऐसे ही चलता रहा हर साल दीवाली का जश्न, तो दिवाला निकलते देर नहीं लगेगी।"

सुनीति चुपचाप लॉन में से सामान समेट कर अंदर आई और रसोईघर में पहुँची, सुधाकर भी यह सोच कर कि अब और कोई नहीं आएगा,

समेटने में लग गया। थोड़ी देर में जब वह रसोई में सुनीति के पास पहुंचा तो सुनीति को चुपचाप कुछ सोचते हुए पाया। प्यार से पूछा, "बहुत थक गई हो, लाओ में मदद करूँ।" सुनीति मुस्कुरा दी और सामने रखे दो डब्बों कि तरफ इशारा कर दिया। सुधाकर हैरान था। कितनी ही टुकड़े-टुकड़े मिठाई दोनों डब्बों में इकट्ठा थी, और एक तरफ कटे और अधकटे फल रखे थे।

"देखो न, ये क्या दस्तूर है, हम उन्हीं को क्यों खिलाते हैं जिनके पेट भरे हैं, जो मिठाई की तरफ देखना भी नहीं चाहते, और बुलाने को, खिलाने को प्यार और आदर नहीं, दिखावा समझते हैं? यह कैसा रिवाज़ है सुधाकर?"

"सुनीति, क्यों परेशान होती हो, यह तो समाज है, साथ-साथ चलना ही पड़ेगा।" सुधाकर समझाने के अंदाज में बोला।

"क्यों, हम नई पीढ़ी के होने की दुहाई देते हैं, क्यों नहीं बदलते इस ढकोसले को! हम तो मिठाई दें, बच्चों को पटाखे दें और वे हमारा दिवाला निकलने का सपना देखें।" फट पड़ी सुनीति!

सुनीति को इतने आवेश में देखकर सुधाकर मुस्कुरा दिया और एक रसगुल्ला उसके मुँह में डाल कर बोला, "मेरी गृहलक्ष्मी, दीवाली के दिन न रूठो नहीं तो मेरा दिवाला अवश्य ही निकल जाएगा। अगली दीवाली को जैसी इच्छा हो वो करना, सब बहुत अच्छा बना था," कहता हुआ सुधाकर सुनीति को अपने साथ खींच कर ले गया।

और आज वही अगली दीवाली थी। सुनीति ने पिछले एक हफ्ते से इस साल भी तैयारी की थी। तरह-तरह की मिठाइयाँ बनाईं, पटाखे मँगवाए, फल मँगवाए और आज सुबह से ही सुधाकर के साथ मिल कर अपने घर को खूब सजाया। दिनभर में जाने कितनी बार सुधाकर उसे यह कह कर चिढ़ा चुका था, "रानी जी, आज शाम फिर वही टुकड़े-टुकड़े मिठाई बचने वाले हैं, क्या करेंगी आप, सोच लिया है न आपने। बस मुझे कोप का भागी न बनाइएगा। हाँ, टुकड़ों का भागी बनने को तैयार हूँ।"

सुनीति मुस्कुरा उठती और उमंग से भर जाती। शाम को दोनों तैयार हुए, अपने घर दोनों ने पूजा की। बाहर जल्दी-जल्दी थोड़ी मोमबत्ती और दिए लगा कर सुनीति रसोईघर से मिठाई के डिब्बे, फलों की टोकरी और पटाखों का बंडल ले कर बाहर आई और सुधाकर से बोली, "कृपया इन्हें गाड़ी में रखो न, में अभी चाबी लेकर आती हूँ।" सुधाकर की समझ में कुछ नहीं आया, वह सुनीति के पीछे-पीछे अंदर चला और बोला, "अरे, दीवाली के दिन भी कोई घर में ताला लगा कर जाता है क्या?" सुनीति रुक गई, पलटी और सुधाकर से बोली –

"हाँ, खुशियों की लक्ष्मी हमारा कहीं और इंतजार कर रहीं हैं सुधाकर - जाना ही पड़ेगा।" और सुधाकर के कान के पास मुँह ले जा कर कुछ फुसफुसा दी।

सुनीति की बात समझ कर सुधाकर भी खुश हो गया। और जल्दी-जल्दी गाड़ी में सामान रख कर स्टीयरिंग पर बैठ गया। सुनीति ने ताला

लगाया और एक फूलझड़ी दरवाज़े पर रखे दिए से छुड़ा कर खुशी मन से कार में आ बैठी।

जगमगाते घरों और आतिशबाजी की आवाज़ को पार करती हुई कार सड़क पर भागी जा रही थी, शायद वह भी सुनीति और सुधाकर के मन के भावों और निश्चय को जान गई थी। कई मोड़ लेने के बाद सुधाकर ने गाड़ी एक गेट के बाहर रोक दी। गेट पर लिखा था, 'अनाथ बालगृह' जो बल्ब की एक झालर में स्पष्ट दिखाई दे रहा था। चौकीदार से सुधाकर ने बात की तो उसने प्रसन्नतापूर्वक फाटक खोल दिया।

गाड़ी अंदर ले जाते हुए दोनों ने स्पष्ट देखा कि बिल्डिंग में कहीं-कहीं एकाध दीपक या एक-दो मोमबत्ती अकेली अनाथ सी दीवाली का अहसास दे रही, चुपचाप टिमटिमा रही थी। आगे जाते-जाते बच्चों के हर्षित कोलाहल ने दोनों का ध्यान आकर्षित किया। थोड़ी देर दोनों दूर से ही बच्चों को देखते रहे। कोई रॉकेट आसमान में उठता तो सब बच्चे उसी ओर दौड़ते, खुश होते। बराबर की बिल्डिंग में अनार छूटता तो अपनी अनार की सी खिलखिलाती हँसी के साथ सब उधर ही दौड़ जाते। कोई-कोई बच्चा तो कानों पर से हाथ ही नहीं हटा रहा था। सबके चेहरे पर एक उमंग थी, एक उल्लास था, खुशी थी पर आँखों में थी एक लालसा, कुछ पाने को लालायित थीं वे आँखें, जिन्हें केवल वही देख सकता था जो उन आँखों में झाँक कर उन्हें करीब से देखे।

थोड़ी देर बाद बालगृह की संचालिका, श्रीमती गोयल, को बाहर आते देख सुनीति और सुधाकर जल्दी से कार से उतरे और उनकी ओर बढ़े।

सुनीति और सुधाकर की इच्छा जानकर वे दोनों को बच्चों की तरफ ले गयीं और सब बच्चों को इकट्ठा कर के उनसे कहा,

"देखो बच्चों, तुम्हारे घर मेहमान आए हैं, तुम सबको दीवाली की बधाई देने, तुम्हारी दीदी और भाईजी।" बच्चों ने हाथ जोड़ कर नमस्कार किया और एक स्वर से "दीवाली की बधाई" चिल्ला उठे। उनकी आवाज़ ने पटाखों को भी मात कर दिया। सुनीति और सुधाकर ने डिब्बे खोले और दीवाली के उपहार के रूप में बच्चों के सामने कर दिए। पर मिठाई उठाने के लिए हाथ नहीं बढ़े बच्चों के, देखते ही रहे बस। फिर एक छोटी-सी आवाज़ आई -

"बहुत सुंदर हैं दीदी, देखते ही रहें बस।"

सुनीति के कान में दूर से आवाज़ आई श्रीमती वर्मा की "दीवाली पर खाने को तो क्या देखने को भी दिल नहीं करता।" अपने विचारों को एक झटका दिया सुनीति ने और फल और मिठाई बच्चों को देने शुरू किए।

बच्चे एक-एक, दो-दो मिठाई उठाते जाते थे और खाते-खाते उनकी आँखों के दीयों में सेंकड़ों दीयों की चमक भरती जाती। चेहरे पर जो संतोष की झलक सुनीति देखती उससे उसको लगता कि पिछले वर्ष जब घर में ताला नहीं लगाया था तब सिर्फ टूटे टुकड़ों के अतिरिक्त कुछ नहीं बचा था। और इस वर्ष कितनी तृप्ति, कितना संतोष पाया है। यही तो असली धन है।

तभी सुधाकर की आवाज़ पर, "हाँ तो बच्चों, अब पटाखों की बारी है," सुनीति की तंद्रा भंग हुई। आतिशबाज़ी के नाम से बच्चों ने जो उत्साह दिखाया तो ऐसा लगा मानो फूलझड़ी, अनार, चरखी, रॉकेट सब एक साथ छूट रहे हैं। बच्चे घेरा बनाकर खड़े थे, सुधाकर कभी स्वयं, कभी बच्चों से आतिशबाज़ी करवा रहा था। सबके हाथों में एक-एक फूलझड़ी थी। सबने खूब आनंद लूटा।

करीब डेढ़-दो घंटा वहाँ बिता कर जब सुधाकर और सुनीति ने वहाँ से चलने के लिए विदा माँगी तो उन बच्चों की मॉनिटर सी, लगभग तेरह-चौदह साल की एक लड़की आगे आई और सुनीति का हाथ पकड़ कर बोली –

"दीदी, हम रोज़ प्रार्थना में भगवान से माँगेंगे कि आपके घर रोज़ ही दीवाली मने और हमारे लिए हर साल ऐसी ही दीवाली आए।"

बच्चों को प्यार कर, टॉफियाँ बाँट कर और संचालिका से विदा ले कर सुधाकर और सुनीति घर की ओर चल पड़े। उनकी आँखों में जैसे बच्चों की आँखों की चमक भर गई थी और दिलों में केवल शुभकामना। सब तरफ जगमगाहट ही जगमगाहट।

समाधान ढूँढता प्रश्न

आज शोभा को पूरा विश्वास था कि उसकी बेटी मीनू का पत्र अवश्य आएगा। सुबह से ही बेचैनी से पोस्टमैन की प्रतीक्षा कर रही थी। आखिर पोस्टमैन आ ही गया और बाकी डाक के साथ शोभा का प्रतीक्षित पत्र भी उसके हाथ में थमा गया। बाकी डाक को वहीं बैठक की मेज़ पर छोड़ कर, मीनू के पत्र को खोलती हुई अपने बेडरूम में आकार इत्मीनान से पलंग पर लेट गई। पत्र को खोलते ही लैटरहैड पर नज़र गई तो वहीं अटक कर रह गई। और ममतामयी उँगलियाँ उन शब्दों को सहलाने लगी। लैटरहैड पर लिखा था -

'मिसेज मीनू गोयल, असिस्टेंट इनकम टैक्स कमिशनर'

आगे का पत्र खुशी के आँसुओं ने धुँधला कर दिया। शोभा का सपना जो वह पिछले चौबीस वर्षों से देख रही थी, पूरा हो गया। जिस दिन से उसने मीनू को जन्म दिया था, मीनू के साथ एक सपना भी पाल रही थी वह।

उसे वह दिन याद आने लगा जब सात वर्ष की मीनू और तीन वर्ष की डॉली को लेकर वह अपने पति विनोद के साथ लखनऊ आई थी। इंजीनियर थे शोभा के पति। स्थानांतरण हुआ था उनका। सब आस-पास के लोग मेल-जोल के लिए आ रहे थे। एक दिन की बात है,

श्रीमती शुक्ला आयीं। आपस में परिचय के पश्चात यह सुनकर कि शोभा के पास दो लड़कियां हैं, वे बोल उठीं -

"वंश चलाने वाले की कमी रह गई। बेटा होता तो परिवार आगे चलता।"

शोभा कुछ नहीं बोली, बात को हँसी में लेते हुए बोली, "अरे, श्रीमती शुक्ला, ये सब तो पुरानी बातें हैं। आजकल तो बेटियाँ बेटों से ज़्यादा नाम कमाती हैं। और नाम तो अपने कर्मों से चलता है, बच्चों के कर्मों से नहीं।"

"अरे छोड़ो भी अपने मन को तसल्ली देने वाली बातें हैं ये। वंश बेल तो बेटे से ही चलती है।" श्रीमती शुक्ला बोले बिना न रहीं।

शोभा ने बात को वहीं समाप्त करना उचित समझा और चाय लाने के बहाने वहाँ से उठकर अंदर चली गई। बातों का विषय बदल चुका था। थोड़ी देर में श्रीमती शुक्ला चलीं गयीं थीं और शोभा भी अपने काम में लग गई थी। शाम को विनोद जब घर आए, तो नन्हीं मीनू अपने पापा के पैरों से लिपट गई, "पापा, पापा बैठिए न, आपसे एक सवाल पूछना है।"

शोभा रसोई घर से बोली, "अरे आकर बैठने तो दो बेटे कि आते ही पढ़ाई की बात।"

"नहीं मम्मी ये कोई गणित का सवाल नहीं है, यह तो वंश का कुछ चक्कर है," मीनू ठोड़ी पर उँगली रखते हुए बोली थी।

तब तक शोभा बाहर आ चुकी थी। हाथ में लिए चाय की ट्रे मेज़ पर रखते हुए उसने देखा कि मीनू बहुत गंभीरता से अपने पापा से पूछ रही है -

"पापा वंश का नाम कैसे चलता है?" शोभा ने चौंक कर ऊपर देखा। विनोद उसी की ओर देख रहा था। मीनू ने ज़िद की तो बोल पड़ा, "बच्चों से ही चलता है।"

"तो हम और डॉली भी तो आपके बच्चे ही हैं, फिर शुक्ला आंटी ये क्यों कह रहीं थीं कि लड़कों से वंश चलता है, कोई बेटा होता," मीनू ने बिना एक भी साँस लिए तुरंत पूछा।

शोभा उसकी दिल को छू देने वाली जिज्ञासा से जड़वत हो गई। विनोद ने ही बात को हँसी का पुट देते हुए कहा, "ऐसा वे लोग कहते हैं जो ये समझते हैं कि लड़के ही खूब पढ़-लिख कर, मेहनत करके बड़े अफसर बन सकते हैं। पर हमारा तो नाम हमारी मीनू बेटी ही करेगी।"

मीनू खुशी मन से यह कहते हुए खेलने चली गई कि मम्मी ने भी यही कहा था। पापा मैं खूब पढ़ूँगी, बड़ा आदमी बनूँगी। शोभा और विनोद एक दूसरे की तरफ देखकर मुस्कुरा पड़े।

उम्र तो उस समय मीनू की छोटी ही थी, पर बुद्धि तीक्ष्ण थी। वह अपने दृढ़ इरादे से आगे ही आगे बढ़ती गई। शोभा और विनोद भी वंश चलाने वाले वार्तालाप को तो भूल ही चुके थे, पर अपनी दोनों बेटियों को आगे ही आगे बढ़ने के लिए प्रेरित करते ही रहे। शोभा प्रायः मीनू से कहती -

"मीनू तेरा सपना आई.ए.एस. अफसर बनने का है, बनेगी ना?" और मीनू बहुत विश्वास से कहती, "हाँ मम्मी! मुझे पापा का वंश चलना है आखिर।" शोभा हँस पड़ती और दिल ही दिल में गुदगुदा जाती।

धीरे-धीरे मीनू को यह बात समझ में आ ही गई कि यह क्यों कहा जाता है कि बेटे से ही वंश चलता है। इसीलिए तो जब भी विवाह की बात चलती, वह टाल जाती, और कहती अभी तो मुझे यू.पी.एस.सी. की परीक्षा में पास होना है। शोभा और विनोद भी उसके दृढ़ इरादे को देख कर चुप थे। आखिर मीनू का सपना पूरा हुआ, मीनू ने प्रारम्भिक परीक्षा पास करके मुख्य परीक्षा भी पास कर ली। और आत्मविश्वास के साथ साक्षात्कार में भी सफल हुई। अच्छा घर-वर देख कर शोभा विनोद ने मीनू का विवाह किया।

बेटी को इंडियन रेविन्यू सर्विस ऑफिसर बना और आई.ए.एस. लड़के संजय से उसका विवाह कर दोनों का सपना और कर्तव्य पूरा हुआ। शादी के चार महीने बाद ही मीनू को प्रोबेशन कोर्स के लिए जाना पड़ा। शोभा और विनोद यह सोच कर खुश और संतुष्ट थे कि उनके द्वारा ग्राफ्ट किया स्वस्थ पौधा किसी और बगीचे में खिल रहा था, वहाँ का सौन्दर्य बढ़ा रहा था। शोभा विनोद का तो माली जितना ही अधिकार था उस पौधे पर, उसके सौन्दर्य और सुगंध के भागीदार तो अब और भी थे। यह तो प्रकृति-प्रदत्त सच है जिसे स्वीकारने में ही समाज की भलाई है। चाहे समाज पन्द्रहवी सदी का हो या इक्कीसवीं सदी की ओर जाता जनसमुदाय। इसी में सामाजिक संतुलन है।

प्रोबेशन कोर्स से यह मीनू का पहला पत्र आया था, जिसके लैटरहैड पर 'मिसेज मीनू गोयल' देख कर शोभा पत्र पढ़ना ही भूल गई। आखिर अपनी ज़िद की पक्की निकली लड़की। शादी के बाद अपने नाम में कोई परिवर्तन नहीं किया स्वाभिमानिनी मीनू ने। ससुराल में सब 'अग्रवाल' लिखते थे, पर मीनू ने वही लिखा 'गोयल'। वात्सल्यपूरित भाव से पत्र आगे पढ़ने लगी। लिखा था -

"मम्मी पापा, मैं आज जो कुछ भी हूँ आपके मार्गदर्शन, प्रेरणा और प्यार के फलस्वरूप ही हूँ। अतः आपके नाम की याद अपने नाम के साथ जुड़ी रहने देना चाहती हूँ। संजय को भी कोई आपत्ति नहीं है।"

शोभा माँ थी न! बेटी के भावों को खूब समझ रही थी। अगली ही पंक्ति में मीनू ने खुश खबरी लिखी थी -

"मम्मी तुम शीघ्र ही नानी बनने वाली हो।" पढ़कर शोभा तो जैसे पूर्ण हो गई। पर साथ ही उसे हँसी भी आ गई। फिर एकबार लैटरहैड वाले शब्दों पर नजर डाल कर मन ही मन बुदबुदाई,

"मिसेज मीनू गोयल, अब इस आने वाले नए प्राणी को किसका नाम दोगी तुम!

यही सोचते हुए आगे का पत्र एक ही साँस में पढ़ गई। मीनू ने लिखा ही कुछ ऐसा था कि शोभा की तो जैसे साँस ही रुक गई। मीनू ने बहुत स्पष्ट शब्दों में लिख दिया था,

"माँ, पर सोचती हूँ तुमने मुझमे और डॉली में अपने सपनों को पूरा किया। चौबीसों घंटों तुम्हारी छत्र-छाया में, तुम्हारे निर्देशों में, तुम्हारी देखरेख में हम पले-बढ़े। हमे याद नहीं कभी नौकरों या आयाओं पर हमें छोड़कर आप और पापा कहीं गए हों। परीक्षाएँ हमारी होतीं थीं, पर जागती तुम भी थीं माँ। हमारे मिनट-मिनट को बचाया है तुमने। पर माँ तुम्हारा सपना तो पूरा हुआ। पर सोचती हूँ अपनी इस चुनी हुई सर्विस और कार्य के साथ क्या मैं तुम्हारे जैसी माँ बन पाऊँगी? क्या आने वाली पीढ़ी को न्याय और उसका अधिकार दे पाऊँगी मैं? तुम्हारा सपना सिक्के का एक पहलू है और मेरा सपना दूसरा। क्या एक पीढ़ी के सपने को पूरा करने के लिए दूसरी पीढ़ी की बलि देनी होगी? कौन पढ़ाएगा उन्हें ममता का अर्थ, अनुशासन का पाठ और कौन फूँकेगा उसके व्यक्तित्व में संस्कारों का मंत्र?

माँ, क्या भारत में माँ और बच्चों के संबंध औपचारिक होकर रह जाएँगे? अभी तक मेरी आकांक्षाएँ केवल मैं और मेरे काम तक ही सीमित थीं। मैं इस क्षेत्र में ऊँचाइयों की हद तक जाना चाहती थी। पर अब मेरा मन डगमगा रहा है माँ, संबल दो।"

हिल गई शोभा। एकदम शून्य हो गया उसका मस्तिष्क। यह कैसा विद्रोह है? ये कैसे प्रश्न हैं? कुछ तो समझाना होगा। ऐसा कहाँ सोचा था शोभा ने।

क्या धीरे-धीरे भारत की संस्कृति, वह पारिवारिक स्नेह, जिसे सारी दुनिया ललचाई नज़रों से देखती है, स्वयं भारत के लिए भी

आकाश-कुसुम हो जाएगी? क्या लिखे शोभा मीनू को? क्या लिख दे कि इतने परिश्रम से प्राप्त की अपनी ऊँचाइयों को छोड़ दे मीनू, या लिख दे कि अपने परिवार की चिंता न करके अपने चुने हुए मार्ग पर बढ़ती जाए मीनू?

आज अनेक शोभा और अनेक मीनू इसी प्रश्न का समाधान ढूंढ रहीं है।

सार्थक

अभी सुबह के छः भी नहीं बजे थे कि रमा ने बिस्तर पर ही रवि के मुँह पर गुलाल मल दिया और खिलखिलाती हुई बोली –

"होली की बधाई हो जनाब! मालूम है आज आपकी छुट्टी है। पर आपको हम ज्यादा देर सोने ही नहीं देंगें। सबसे पहले आपके मुँह पर गुलाल लगा कर हम तो जीत ही गए। सारे दिन डॉक्टर साहब का क्या भरोसा, हाथ आयें या न आयें।"

रवि एकदम हड़बड़ा उठा था। थोड़ा संभला और गुलाल झाड़ता हुआ बोला, "आइए मैडम, आपको भी रंग दें हम। आज नहीं जाने वाले हम कहीं। चाहे कहीं से भी बुलावा आए। आज तो पूरे दिन तुम्हारे साथ और दोस्तों के साथ होली का हुड़दंग ही मचाना है। और कोई एमरजेंसी भी नहीं है अपने क्लीनिक में। चलो जल्दी से सुबह की चाय तो पिलाओ, फिर बताता हूँ कौन जीता कौन हारा!"

रमा ने रसोईघर में पहुँच कर चाय का पानी रखा ही था, कि दरवाज़े की घंटी बज उठी। रमा बाहर जाने लगी तो रवि ने रोक दिया और बोला,

"अरे छोड़ो भी, सुबह-सुबह ही होगा कोई होली का हुड़दंगी। चाय तो पी लें तभी खोलेंगे दरवाज़ा।"

रमा भी रुक गई और चाय बनाने लगी। पर घंटी दोबारा बज उठी। घंटी बजने के ढंग से लग रहा था जैसे कोई हड़बड़ा कर घंटी बजा रहा है। रसोईघर से ही रमा रवि को चिढ़ाते हुए सी बोली, "डरते क्यों हो डॉक्टर साहब! दरवाज़ा खोलो या मत खोलो, जवाब तो दो। देख तो लो बाहर कौन है।"

रमा की इस आवाज़ के साथ ही बाहर से घबराती सी, कुछ रोती सी आवाज़ आई, "डॉक्टर साहब, डॉक्टर साहब! दरवाज़ा खोलिए…"

रवि ने दरवाज़ा खोला तो देखा कि दरवाज़े पर एक औरत खड़ी रो रही है। रवि को सामने देख पैरों पर गिरते हुए गिड़गिड़ा पड़ी -

"डॉक्टर साहब जल्दी चलिए, मेरा घर यहीं गली के कोने पर है। मेरे पति बहुत बीमार हैं। अभी एकदम बेहोश पड़े हैं। त्योहार के दिन कहाँ जाऊँ? किसका दरवाज़ा खटखटाऊँ?"

कहते-कहते औरत ने एकदम रवि के पैरों में गिर कर उसके पैर पकड़ लिए, और पैरों में बैठ गई। रवि बोला,

"अरे मैं भी तो छुट्टी पर हूँ। मेरा भी तो त्योहार है। ले दे कर एक ही तो छुट्टी है, किसी दूसरे डॉक्टर को देख लो ना जाकर। मैं नहीं जा सकता।"

औरत फिर रोते-रोते गिड़गिड़ाई, "ऐसा ज़ुल्म ना कीजिए डॉक्टर साहब। कहाँ जाऊँ दूसरे डॉक्टर को खोजने।!"

रवि झुंझलाहट में कुछ कहने ही वाला था कि रमा ने आवाज़ दी, "ज़रा सुनिए" -

रवि के रसोईघर में आने पर उससे बोली रमा,

"देखिए कितनी मुसीबत में है बेचारी। त्योहार तो नौ या दस बजे से पहले क्या शुरू होगा। देख आओ ना! यही सोचो त्योहार के दिन सुबह-सुबह ही किसी का भला होगा। इसको यूँही मना करके क्या मेरी और तुम्हारी आत्मा संतोष और सुख के साथ होली मना सकेगी? तुम्हारा मन भी उधर ही रहेगा, और मेरे कानों में भी इसकी दयनीय आवाज़ ही गूँजती रहेगी। तुम्हारे हाथों पर्व के दिन किसी का भला हो इस से बड़ा पर्व और क्या होगा।"

रवि एकटक रमा को देखता रहा। जो रमा कल देर रात तक उससे ज़िद कर रही थी कि होली के दिन किसी रोगी को देखने नहीं जाने दूँगी, इस समय खुद भेजने को तैयार है। तुरंत रवि उस औरत से बोला, "ठीक है, मैं आता हूँ।" जल्दी से ठंडी कर चाय का घूँट गटका और कपड़े बदल अपना बैग लेकर औरत के साथ निकल पड़ा। पीछे से रमा की आवाज़ सुनाई दी, "तसल्ली कर के ही आना, दुआ मिलेगी।"

धीरे-धीरे आठ बज गए, नौ बज गए - रवि के जाने के थोड़ी देर बाद ही फोन की घंटी बज उठी। उठाया तो रवि के दोस्त डॉ.श्रीकांत की पत्नी बोल रहीं थीं -

"सुनो रमा हमें आने में कुछ देर हो जाएगी। क्या बताएँ आज काम वाली बाई भी छुट्टी ले गई है। उसे भी त्योहार के दिन ही छुट्टी चाहिए, और तो और ड्राइवर भी नहीं आया। सबको होली खेलने की पड़ी है। हमारी तो होली ही बेरंग कर दी इन लोगों ने। काम में ही लगे रहो!"

झुँझला रही थीं श्रीमती श्रीकांत। रमा बीच में ही बोल पड़ी, "अरे छोड़िए भी, इतनी सी बातों से त्योहार बेरंग होते हैं क्या! उनका भी तो त्योहार है आखिर।"

पता नहीं श्रीमती श्रीकांत ने रमा की बात सुनी या नहीं, वे बोले जा रहीं थीं, "ऊपर से ये अस्पताल के फोन। मैंने तो कह दिया कि डॉक्टर साहब हैं ही नहीं घर पर। आज मैं इनको कहीं नहीं जाने दूँगी। बस पहुचेंगे तुम्हारे घर," कहते हुए उन्होंने फोन रख दिया।

रमा कह ही नहीं सकी कि कामवाली, ड्राइवर या माली के न आने से शायद रंगों में कुछ कमी न आए पर ज़रूरतमन्द मरीज के पास डॉक्टर को न भेज कर तुम भी भगवान के साथ भागीदार बन जाओगी किसी का जीवन रंगहीन करने में। पर कह न सकी रमा।

उधर से फोन रखा जा चुका था। रमा भी घर के कामों में लग गई और रवि की प्रतीक्षा करती रही। धीरे-धीरे तीन घंटे हो गए, पर रवि आया ही नहीं। अब तो कुछ लोग रंग खेलने आने भी लगे। रवि को घर में न पा कर ताज्जुब करते। कुछ लोग तो यह ताना भी मार ही देते,

"ज़रूर रंग के डर से कहीं छुप गया होगा।"

कोई रमा से ही उलाहना करता, "होली के दिन आपने जाने ही क्यों दिया।"

जब ग्यारह-साढ़े ग्यारह तक भी रवि नहीं लौटा तो रमा ने अपने नौकर मंगल को भेजा, गली के कोने पर पता लगाने के लिए। मंगल ने आकर बताया कि वहाँ के लोग कह रहे हैं कि डॉक्टर साहब रोगी और उसकी पत्नी को लेकर अस्पताल गए हैं। रमा को तसल्ली सी हुई। ऐसे ही बारह भी बज चुके। और अब तक रवि और रमा की पूरी मित्र मंडली बंगले के लॉन में डेरा जमा चुकी थी। सबका मिलकर खूब रंग खेलने का और फिर एक साथ लंच का पक्का कार्यक्रम था। डॉ.रवि को घर पर न पाकर किसी ने फिर ताना मारा,

"क्यों भाभी कहाँ छुपा दिया आपने?"

रमा मिठाई देते हुए बोली, "आते ही होंगे, ज़रा सुबह-सुबह एक मरीज़ आ गया था, बेचारी मजबूर औरत थी, उसी के पति को ले कर अस्पताल-----" रमा वाक्य पूरा भी नहीं कर पायी थी कि सब लगभग एक साथ ही चिल्ला उठे,

"अरे त्योहार के दिन भी चला गया! हमने तो तय किया था कि कोई कहीं नहीं जाएगा। और आपने रोका नहीं भाभी, रंगों से डर कर भाग गया। पर जनाब रंग से बच नहीं पाएँगे। सड़क पर वो जोरदार होली हो रही है कि कहीं न कहीं पकड़ा ही जाएगा।"

जोरदार ठहाका लगते हुए डॉ.श्रीकांत ने आगे चुटकी ली,

"रंग ही पड़े तब तो कोई बात नहीं है, पर भाभी! रास्ते में लोग कीचड़ की बाल्टी लिए खड़े हैं। सब में नहा जाएगा बेचारा रवि। आपको रोक लेना था उसे भाभी।"

उत्तर में सहज मुस्कुराहट के साथ रमा बोली, "रोकना कैसा मैंने तो उन्हें भेजा है उन रंगों के साथ जो हमारे पास हैं। और कीचड़ उछालने और गोबर डालने की बात तो यह है भाईसाहब कि किसी ने कहा है - 'उसके पास कीचड़ थी मेरे पास गुलाल, जो भी जिसके पास था उसने दिया उछाल।'"

सब जोरदार ठहाके के साथ रमा की हँसी में हँसी मिलते हुए जोर से हँस पड़े और बोले, "वाह वाह! ये तो खूब कहा आपने।" इसके साथ ही किसी ने प्रश्न दागा रमा की तरफ, "किसके लिए रंग ले कर भेजा है आपने? ज़रा हम भी तो सुनें।" होली का हँसी मज़ाक़ अपने चरम पर था।

"भेजा है स्वयं! और वह भी त्योहार के दिन और रंग से पहले!" सभी डाक्टर पालियाँ की आवाज़ें एक साथ आयीं। रमा वही मुसकुराते हुए और नाश्ता लगाते हुए बोली, "नहीं रंग तो वे अपना साथ ले गए हैं और वो भी एकदम पक्के रंग।"

"भाभी अब पहेलियाँ ना बुझाइए, भूख के मारे सारे रंग फीके हुए जा रहे हैं। जल्दी बताइए माजरा क्या है? हमने तो सोच लिया था त्योहार

पर कोई काम ना करेंगे। साथ मिलकर रंग खेलेंगे, बढ़िया खाना खाएँगे और आप कह रहीं हैं कि पक्के रंग ले कर गया है, पर कहाँ, और किसके लिए?" एक साथ ही सबने प्रश्न ठोंक दिए।

सबके सामने दही-बड़ों की चाट की प्लेट रखते हुए रमा सहज भाव से बोली, "सुनिए, त्योहार का मतलब कर्तव्यविमुख होना तो नहीं होता न, सद्भावना, सेवा, त्याग, प्रेम, कर्तव्य के पक्के रंगों से रंगने से ही होली की सार्थकता है। बाकी सब रंग तो इनके प्रतीक मात्र हैं। क्या हम खुश हो पाते किसी परिवार के जीवन को बेरंग करके? और सच पूछिए तो ऐसा करके स्वयं भी रंगहीन नहीं हो जाते क्या?"

"यह हुई न डॉ.रवि की सुशिक्षिता पत्नी रमा की बात, "कहते हुए रवि ने पूरी रंग भरी बाल्टी रमा के ऊपर डाल दी। सबके हो-हुल्लड़ और रंगों के बीच किसी को पता ही नहीं चला कि कब रवि आ गया और पीछे बैठ कर सबकी बातों का मज़ा ले रहा था। बस फिर तो सबने मिल कर खूब रंग खेला। सब बैठ कर खाना खा ही रहे थे कि वही औरत आई और रमा के पैरों पर गिर कर कहने लगी, "आपने मेरे जीवन को बेरंग होने से बचा लिया। भगवान आपके जीवन को, आपके परिवार को खुशियों के रंग से भर दे।"

रमा को लग रहा था जैसे भगवान उसकी परीक्षा लेने आए थे और अब उनका आशीर्वाद उसे मिल रहा है। ना जाने किस वेश में मिल जाएँ भगवान।

बाकी सब खाना खाते-खाते यही सोच रहे थे कि सच यहीं तो नारी शिक्षा की सार्थकता प्रकट होती है। शिक्षित हो कर केवल अधिकारों के लिए लड़ना ही तो शिक्षा नहीं है। शिक्षा का अर्थ तो स्वयं भी कर्तव्य करना और दूसरों को भी कर्तव्य पथ पर चलाना है।

आज रमा ने अपनी शिक्षा और होली के पर्व की पवित्रता, दोनों को ही सार्थक कर दिया था।

सुपात्र

पिछले दिनों बंगलूरू जाने का अवसर मिला। मेरे पति के एक सहपाठी वहाँ रहते थे, उनके घर हम रुके थे। उस परिवार से मेरा प्रथम परिचय था। श्रीमती सुलक्षणा पाठक ने काफी प्रभावित किया था मुझे। मैंने देखा था कि बहुत ही संतुलित व्यवहार एवं विचार तथा रहन-सहन वाली महिला थीं वे। एक दिन हम लोगों ने शॉपिंग का प्रोग्राम बनाया। उन्होंने भी कहा कि उनको भी किसी शादी में देने के लिए एक तोहफा खरीदना है। मुझे मालूम था कि उस दिन रात को उनके एक परिचित, संभ्रांत बिजनेसमेन के बेटे का विवाह है। कार्ड हमारे सामने ही आया था। कार्ड का मूल्य और उस पर अंकित अक्षर और स्थान सब में लक्ष्मी की अपारता लक्षित हो रही थी। सुलक्षणा ने भी बताया था कि बहुत बड़ा घराना है। व्यापार भी बड़ा है और पैसा भी बहुत है। खैर, बाजार गए, दो चार दुकानें देखने के बाद सुलक्षणा ने एक चाँदी का हार, अँगूठी, और पायल का सैट ले लिया। बहुत भारी नहीं था पर चाँदी की कीमत तो हमेशा बढ़ी ही रहती है। मुझे अच्छी लगी उसकी पसंद।

शाम को जब वो लोग तैयार होकर जाने लगे तो मुझे लगा कि उपहार का पैकेट तो सुलक्षणा ने लिया ही नहीं। आखिर मैंने याद

दिलाते हुए कहा, सुलक्षणा उपहार तो ले लो। उस समय सुलक्षणा ने बाहर निकलते-निकलते कहा - "अरे वह तोहफा मैं वहाँ के लिए नहीं लायी। वहाँ तो फूल या कार्ड से भी शुभकामना प्रेषित कर देंगे। चाहे कितना कम हो या कितना ज्यादा, वहाँ की भावनाओं या उपयोगिता में कुछ फ़र्क नहीं पड़ेगा।"

"फिर किसलिए लायी हो चांदी का तोहफा," गेट तक पहुँचते-पहुँचते मैंने पूछ ही लिया। कार में बैठते-बैठते वह बोली- "गुलाबबाई, जो मेरे घर का काम करती है, उसने अनाथालय की एक बेटी से अपने बेटे की शादी की है। वह कल अपनी बहू को मुझसे मिलवाने लाने वाली है। उसके लिए है।"

वह तो चली गई, पर मैं उसके कहे वाक्य और शब्दों का कितनी ही देर मनन और विश्लेषण करती रही। सच, प्रायः यही व्यवहार देखने और सुनने में आता है, और शायद करने में भी, कि जो जितना बड़ा है उसको हम अपनी सामर्थ्य से भी बढ़ कर उपहार देने की चेष्टा में रहते हैं, फिर भी इस शंका से दबे रहते हैं कि पर्याप्त था या नहीं। लेकिन जहाँ वास्तव में ज़रूरत है, और आपके उपहार की मान्यता है वहाँ के लिए थोड़ा भी श्रम या व्यय करना भार सा लगता है।

अगले दिन गुलाबबाई अपनी बहू को लेकर आई थी। बेटा भी साथ आया था। बेटा ऑटो रिक्शा चलाता था। सुलक्षणा ने स्नेह से बहू को सैट देते हुए कहा - "बाई, इस लड़की को बहू के रूप में लाकर तुमने बहुत पुण्य किया है, तुम मिसाल हो।"

और गुलाबबाई सुलक्षणा के पैरों को छू कर कह रही थी, "माँ जी आपने तो इस लड़की को और हम सबको सजा दिया, बस आपका आशीर्वाद और मार्गदर्शन बना रहे, ईश्वर आपको सुखी रखें।"

और मैं देख रही थी कि शब्द, भावना और अर्थ के उपहारों ने सुपात्र पा लिए थे।

⸻◦◦◦⸻

हमें जीतना होगा

ऑफिस टेबल पर रखा टेलीफोन टनटना उठा। फाइल से सिर उठाकर रिसीवर उठाया और कहा, "हैलो!" उधर से पुरुष कंठ सुनायी दिया, "ज़रा साहब को फोन दें। मैं फलाँ कंपनी से बोल रहा हूँ,"

"हाँ, हाँ कहिए क्या काम है, मैं बोल रही हूँ।"

उधर से उदासीन सी आवाज़ आई, "लगता है मैनेजर साहब नहीं हैं।"

मुझे हँसी आ गई और मैं बोल पड़ी, "मैं मिस ललिता राज, डिप्टी मैनेजर फाइनैन्स ही बोल रही हूँ। आप काम क्यों नहीं कहते?"

फिर तो उधर से सॉरी, वेरी सॉरी मैडम! माफी मांगते हैं, पहचान न सके - आदि की रिरयाती सी पुरुष आवाज़ आने लगी।

उपरोक्त घटना एक प्लांट में पिछले चार वर्षों से कार्यरत एक लड़की ने मुझे सुनाई थी। आजकल महिलाएँ अनेक क्षेत्रों में काम कर रहीं हैं और शायद अधिक लगन और विश्वसनीयता से कर रही हैं। पर फिर भी ऑफिसर की कुर्सी से टेलीफोन पर महिला कंठ को पुरुष वर्ग शीघ्र स्वीकार नहीं कर पाता। बस शायद एक सेक्रेटरी तक तो स्वीकार कर लिया, वो भी शायद इसलिए क्योंकि सेक्रेटरी बनना बॉलीवुड फिल्मों में दिखाया जाता है।

इलाहाबाद में सरकारी अन्डरटेकिंग में काम करती थी वह विवाहित लड़की। उसके ऑफिस में वातावरण एवं उसके कार्य के संबंध में बात करते-करते जो कुछ उसने बताया उसका सार कुछ इस प्रकार था -

"आंटी शौक भी है और ज़रूरत भी है और एक चेलेंज भी है। हम पढ़े और योग्य हुए। बेटों की ही तरह हमारे माता-पिता हमें देखना चाहते हैं। इसलिए काम करने में प्रसन्नता होती है, संतोष मिलता है। पर इतना आसान भी नहीं है, लड़कियों के लिए वातावरण को झेलना। बहुत संभालना, समझना और परखना पड़ता है। सहयोग के नाम पर सामान्यत: सब ऊपर से मीठी बातें करते हैं और पीठ पीछे उलाहना ही देते हैं। बहुत से सहकर्मी तो हमें अपने काम में बाधा ही समझते हैं। क्योंकि जहाँ लड़के और लड़कियों के काम में तुलना का प्रश्न आता है तो निश्चय ही ज्यादातर लड़कियों का काम अधिक सिलसिलेवार और अपडेट रहता है। कुछ सहकर्मी तो चाहते हैं कि हम भी काम में ढील दें, थोड़ी-थोड़ी देर में ब्रेक लें। काम पूरा करने पर सुनने को मिल ही जाता है कि बॉस की नज़रों में उठना चाहती हैं। अधिक गुस्सा तो तब आता है जब किसी महत्वपूर्ण काम के लिए केवल इसलिए हमें पीछे होना पड़ता है या कर दिया जाता है कि हम लड़की हैं! जूनियर भी बाई-पास की कोशिश में लगे रहते हैं। उनको कुछ कहो या काम के लिए एक्शन लो तो उन्हें अच्छा नहीं लगता, एक मुश्किल यह भी है कि यदि अधिक नरमी से काम करो तो, 'क्या बात है, बड़ी मेहरबान हैं' का सा वातावरण हो जाएगा और यदि सख्ती से काम लो तो 'बड़ी ऐंठ

हैं' का सा रुख! संतुलन बना कर रखना कठिन हो जाता है। कई बार सीनियर ऑफिसर किसी महिला अधिकारी को इसलिए भी बहुत से कार्यों में नहीं लेते कि महिलायें अधिक ईमानदार और नियमों से चलने वाली होती हैं।"

साथ ही में बैठी थी शेफाली- जो वहाँ कंप्युटर सेक्शन में काम करती थी। उसका कथन था कि जूनियर्स, सीनियर्स या सहकर्मियों का व्यवहार मुख्यतः अपने खुद के व्यवहार पर निर्भर करता है। कुछ दिन परेशानी होती है फिर समझ में आ ही जाता है कि क्या व्यवहार है और क्या योग्यता है पर इसमे कोई दो राय नहीँ कि अपनी योग्यता को, काबलियत को और काम के प्रति अपनी निष्ठा को हमें सिद्ध करना पड़ता है। और इस काम में बहुत कठिनाई आती है, सरल नहीं है यह। प्रायः ऑफिस में, चाहे जूनियर्स हों या सीनियर्स, लोग समझते हैं कि हम काम के लिए गंभीर नहीं हैं। नौकरी करना या तो हमारा शौक है या हम नौकरी टाइम पास करने के लिए कर रहे हैं। और हाँ! कभी-कभी तो यह भी सुनाई दे जाता है कि पॉकिट मनी के लिए नौकरी कर रहे हैं। पुरुष अपने काम के लिए कितने भी लापरवाह हो सकते हैं परंतु लड़की का छुट्टा और काम के प्रति थोड़ी सी ढील तुरंत महिला की योग्यता और काम के प्रति उसकी गंभीरता पर डाका डाल जाते हैं। उस विश्वास को जमाने के लिए एक लड़की या महिला को बहुत मेहनत करनी पड़ती है।

बैंक में काम कर रही एक महिला अधिकारी का कथन है कि इसमें कोई संदेह है ही नहीं कि हमें महिला होने के कारण

काम करने में कठिनाइयों का सामना करना पड़ता है। पुरुषवर्ग कभी चाय पीने, कभी पान खाने के लिए इकट्ठे हो आपस में बहुत बातचीत और विचार विमर्श करके बहुत सी आवश्यक बातों की क्रिया-प्रतिक्रिया जान लेते हैं, जिनसे हम वंचित ही रह जाते हैं। और इसके कारण बाद में कभी-कभी विषम परिस्थिति का सामना भी करना पड़ जाता है। हमारा ओवर टाइम करना भी कभी प्रशंसा कि दृष्टि से नहीं देखा जाता। सहकर्मियों की बात तो छोड़िए, समाज के लोग भी उँगलियाँ उठाते हैं और कई बार तो घरवालों को भी सफाई देनी पड़ जाती है!

वकालत के काम में लगी एक महिला वकील ने बेबाक होकर कहा कि पुरुषों के सौ खून माफ़ और महिला से एक भी गलत पॉइंट हो जाए तो कुछ ऐसा भाव उभर कर आता है कि कोर्ट में क्यों खड़ी हैं, यह कोई रसोईघर नहीं है कि दाल में नमक कम हो गया तो चल जाएगा। अगर किसी ने सहानुभूति दिखायी, समझाना चाहा तो बाँकी तिरछी निगाहें चलने लगती हैं। इसलिए काम करते समय बहुत सतर्क और जागरूक रहना पड़ता है। पुरुष हो या स्त्री सीखता तो गलतियाँ करके ही है, पर महिला की गलती को गलती न मान कर बेवकूफी या स्त्री-बुद्धि करार दे दिया जाता है। इस कटाक्ष को अनदेखा करना भी बहुत परिश्रम और दृढ़ता का काम है।

महिलाओं को प्रत्येक क्षेत्र में दृढ़ता बनाने के लिए कितना परिश्रम करना पड़ता है और इस संदर्भ में उनके साथ किए गए डबल स्टैन्डर्ड

पर मैं महिला मण्डल में कुछ महिलाओं से बात कर रही थी। एक गृहणी ने विचार प्रकट करते हुए बहुत ही सरल उदाहरण देते हुए कहा, 'अजी ऑफिस, बैंक और कोर्ट की तो बात ही छोड़िए, सड़क पर ही यदि कोई महिला कार चलाती आ रही होगी तो आपकी अपनी गाड़ी में बैठे ही किसी का कंठ स्वर अवश्य उभरेगा - 'ज़रा ध्यान से भई, सामने से देवीजी आ रही हैं कार चलाते हुए।' चाहे देवी जी को देखने में स्वयं से कुछ भी गलती हो जाए और यदि खुदा न करे महिला चालक की गाड़ी से कभी कोई दुर्घटना हो भी गई तो बस सारी खता महिला चालक की जैसे पुरुष चालित गाड़ी से तो कभी कोई दुर्घटना हुई ही न हो। जबकि सच यह है कि महिलायें अधितकर 'रैश' या उद्दंड चालक नहीं होतीं।

शहर के एक चौराहे पर खड़ी महिला ट्रेफिक पुलिस को देख कर अच्छा लगा। अपनी गाड़ी एक तरफ रुकवा कर उसके पास गई और बात की। पुलिस महिला ने बताया - "नौकरी करना हमारी मजबूरी भी है और ज़रूरत भी! जब सब जगह यह प्रचार है कि माता-पिता बेटे और बेटी में अंतर न करें तो हमें भी तो बेटा बन कर दिखाना होगा और उनका सहारा बनना होगा। जहाँ तक इस काम को चुनने का प्रश्न है तो जो ट्रेनिंग और नौकरी हाथ आई पकड़ ली। हाँ, ड्यूटी के समय हमारे चारों ओर सब तरह की जनता घूमती है। जैसी जनता वैसी प्रतिक्रिया। कोई जानबूझ कर हमारी प्रतिक्रिया और व्यवहार देखने के लिए नियम तोड़ता है, कोई व्यर्थ की फब्तियाँ कसते हुए। शिक्षित-अशिक्षित और वर्ग स्तर भी सोच और व्यवहार पर असर

डालता ही है! महिलाओं का ये सब काम करना और अपने पैरों पर खड़ी होना समाज स्वीकार नहीं कर पाया है अभी। फिर हँसते हुए बहुत साधारण भाषा में बहुत भेद-भरी बात कह गई वह ट्राफिक-पुलिस लड़की, - 'ये कह सकते हैं कि बंद कमरों और घरों में स्त्री के इशारों पर खुशी-खुशी नाचते हैं, पर चौराहों पर, खुले आम एक महिला के इशारे पर चलने में अपनी हेठी समझता है पुरुष वर्ग। पर हमने भी ठान लिया है कि हमें हमारे काम के अनुसार पहचाना जाए और हम ऐसा करके दिखाएँगे।"

अब एक अन्य क्षेत्र है अस्पतालों का। जिनसे हमारी बात हुई वे सरकारी अस्पताल में नाक-कान-गला विशेषज्ञ हैं। उन्होंने बातों-बातों में बताया कि अब तो लोगों को महिला डॉक्टर्स की आदत हो गई है पर फिर भी अच्छे-अच्छे पढे-लिखे लोग जो कमरे के दरवाजे पर लगी तख्ती देख अंदर घुसते हैं और फिर ठिठक कर दोबारा बोर्ड की तरफ देखते हैं फिर अंदर आ कर पूछते ज़रूर हैं - "कान दिखाना था, डॉक्टर साहब कब आएँगे?" अधिकतर लोग बस यह समझते हैं कि महिला डॉक्टर तो बस स्त्री रोग विशेषज्ञ ही हो सकती है। ये कहने पर कि बताइए, दिखाइए क्या तकलीफ है आपको, तो दिखाते-दिखाते भी एक बार ज़ोर देकर कहेंगे "डॉक्टर साहब कान में तकलीफ है।" कहना ही पड़ता है कि मैं कान की ही डॉक्टर हूँ। कई रोगी तो पूर्ण विश्वास बटोर ही नहीं पाते।

गृहस्थी के कर्मक्षेत्र से निकल कर बाहरी प्रत्येक क्षेत्र में महिलाओं ने कदम रखा है और अपने कदम सफलतापूर्वक जमा

भी रहीं हैं पर बहुत परिश्रम से अपनी यह लड़ाई उन्हें स्वयं ही लड़नी पड़ रही है।

विभिन्न क्षेत्रों में काम करती बहुत सी लड़कियों से बात हुई। एक कठिनाई और आती है इनके सामने। अपने को सबके साथ चलाते हुए भी अलग चलते रहने का प्रयत्न करना। इसका उदाहरण देते हुए एक नई पत्रकार ने बताया कि जैसे हाथ मिलाने की एक विदेशी संस्कृति पनप रही है, पर महिला यदि हाथ मिलाती है तब भी मुश्किल, और नहीं मिलाती है तब भी मुश्किल। हाथ नहीं मिलाने पर प्रायः कुछ ऐसी हवा हो जाती है जैसे 'बड़ी छुई-मुई है, खा ही जाते क्या। इतनी ही सती-सावित्री है तो घर से बाहर निकली क्यों? और मिलाने पर सच ही जाने कितने लोग खा जानेवाले अंदाज़ से हाथ मिलाते हैं। किसी से हाथ मिलाओ किसी से नहीं यह तो और भी कठिन परिस्थिति में डाल देता है।

जो कुछ गिनती की सौभाग्यशाली कर्मठ महिलायें एक निश्चित दायरे या रेखा से आगे बढ़ गयीं हैं, उनसे संबंधित या उनकी परेशानियाँ नहीं हैं ये सब। ये तो एक ज़रूरतमन्द, आम, मध्यवर्गीय महिला की लक्ष्मण रेखाएँ हैं जिन्हें पार करते ही सैंकड़ों रावण तैयार खड़े मिलते हैं, जिनके आगे जटायु भी शक्तिहीन हो जाते हैं। परंतु दृढ़ता से, परिपक्वता से और निश्चित एवं नैतिक मानदंड बना कर, निश्चय ही जीत सीता की ही होगी। यदि घर में ही समाज और मर्यादा से डरने वाले राम पैदा हो गए तो सीता को ही राम का परित्याग करना होगा। कब

तक और किस युग तक सहेगी सीता। परंतु उस से पहले आवश्यकता है सीता जैसे दृढ़ नैतिक एवं एकनिष्ठ चरित्रबल बनाने की। तभी प्रत्येक कठिनाई पार कर हर क्षेत्र में अपनी श्रेष्ठता सिद्ध कर पाएगी आज की नारी और सत्य होगा वेदों का मंत्र – 'यत्र नार्यस्तु पूज्यन्ते रमन्ते तत्र देवता।'

मोती मन के

अनलिखे शब्द

मन करता है कुछ लिखने को,

कागज़ पर शब्दों से कुछ चित्र बनाने को,

पर लेखनी उठाते ही जाने क्या हो जाता है,

बिखर जाते हैं शब्द, फैल जाते हैं सब रंग,

और मैं,

मैं शक्ति नहीं जुटा पाती उन्हें सँजोने की,

सोचती हूँ जो भी लिखूँ, वो सुख की स्याही से हो,

खुद को नहीं औरों को गुदगुदाए, ऐसी रवानी हो।

पर जाने कहाँ सुख की लेखनी टूट जाती है,

स्याह स्याही ही बस पन्ने पर नजर आती है,

लगता है मन के भाव रूठ गए हैं,

जैसे आँख के आँसू सूख गए हैं,

झटकने से भी लेखनी से शब्द नहीं निकलते,

अनकहे शब्द, अनलिखे शब्द,

हे प्रभु, क्या कहीं नहीं छपते?

अपने साथ रहने दो

तुम्हारे लिए मैं उठा लाती इंद्रधनुष, यदि मैं ला सकती,

जब तुम उदास होते, बाँटती उसके सौन्दर्य को साथ तुम्हारे,

यदि मैं बाँट सकती,

तुम्हारे लिए एक ऐसा पर्वत बनाती, जो होता नितांत तुम्हारा,

वहाँ होती पवित्रता और होता एकांत नितांत।

तुम्हारी सारी मुश्किलों को समुद्र में फेंकना चाहती हूँ,

यदि फेंक सकती,

पर मालूम है मुझे, नहीं कर सकती वह सब जो मैं चाहती हूँ,

मैं इंद्रधनुष नहीं ला सकती, मैं पहाड़ नहीं बना सकती,

पर जो मैं हूँ वह मुझे रहने दो - एक दोस्त,

एक दोस्त - जिसे हमेशा अपने साथ रहने दो ॥

आशीर्वाद

बेटे ने रख ली बाप की लाज, वह डॉक्टर बन कर आ रहा है आज।
बेटे का नर्सिंग होम खुल रहा है आज, कितना खुश किस्मत है वह आज।

बेटे ने जैसे ही चरण छुए, गदगद हृदय से आशीष वचन चुए,

"फलो-फूलो, स्वस्थ रहो, लेकिन केवल तुम,

अनहोनी दुर्घटनाओं से बचे रहो लेकिन केवल तुम,

जनसंख्या चाहे बढ़ जाए, जन-स्वास्थ्य न बढ़ने पाए,

बेटा तेरे अस्पताल का कोई भी बेड कभी खाली न रहने पाए,

तेरे अस्पताल में जो भी आए,

स्वस्थ, प्रसन्न और आशीष देकर ही जाए।"

आस्था महानदी की

जितना चौड़ा पाट, उस से भी लंबा पुल,

बस पाट ही पाट, पानी का कहीं नहीं नाम,

फिर भी वह 'महानदी' है, सूखे रेत की नदी है।

पुल पर से गुजरता गाड़ी से, यात्री झाँकते हैं खिड़की से,

कोई उसके सूखे चौड़े पाट को देखते हैं आश्चर्य से,

कोई पैसे फेंक सिर नवाते हैं श्रद्धा से।

मैं देख रही हूँ सूखे रेत में चमक है,

जैसे दीपक जला कोई प्रतीक्षा में रत है।

सफल होगी उसकी आशा, उसकी प्रतीक्षा,

आकाश में विचरण करता उसका देवता,

कैद है बादलों के काले जंगल में।

नदी विरह में तपेगी,

अपने कण-कण को जला कर काले जंगल की आरती उतारेगी।

तब स्वयं ही मेघराज पिघल जाएँगे, और

न्योछावर कर देंगे नदी पर अपने कैदी को,

नदी छुन-छुन कर नाच उठेगी,

अपने देवता के स्नेह से लबालब हो इतरा उठेगी।

नदी को भी मालूम है वह जीत जाएगी,

सूरज की चालाकी उसका कुछ न बिगाड़ पाएगी।

सूरज ने जला-जला कर उसके जल को उकसाया,

चिढ़ा-चिढ़ा कर नदी के जल को ऊपर की ओर दौड़ाया,

फिर नदी को खूब जलाया, तपाया, सताया -

पर नदी शांत है, वह जानती है

कि सूरज की जिन किरणों ने उसके स्वामी को बहकाया है,

वे किरणें उसे अब जला रहीं हैं।

उनकी चमक, उनकी जलन

जितनी जल्दी वह अपने में समाहित कर लेगी,

उतनी ही जल्दी अपने प्रीतम को पा लेगी।

इसी आस्था में, सूखे रेत की नदी में टिमटिमाहट है,

वह बुझ नहीं रही, सुलग रही है, जल रही है और

आशा भरे चमचमाते नेत्रों से आकाश को ताक रही है।

प्रतीक्षा में है कि फिर कब वह सूखे रेत की नदी से

स्नेह के जल से लबलबाती, बलखाती, इतराती

'महानदी' बन जाएगी॥

ईर्ष्या बनफूल से

उनके आँगन में, फूलों की क्यारी में,

यूँ तो खुश था वह फूल, महक रहा था,

पर बनफूल से ईर्ष्या कर रहा था।

मन ही मन सोच रहा था,

काश कि वह बनफूल होता तो कितना अच्छा होता।

कोई उस पर अपना हक़ ना जताता,

पवन का हर झौंका उसे छू कर जाता।

वह नहीं खिलता किसी फूलदान की शोभा के लिए,

उसकी शोभा होती हर बनवासी के लिए।

बनफूल को नहीं सोचना पड़ता, कहाँ उसे भाग्य ले जाएगा,

सुहाग पालकी सेज सजेगी या अर्थी पर चढ़ जाएगा,

राम के कंठ का हार बनेगा या ताजिये पर जा सजेगा।

बनफूल को कोई यूँही नोच न सकेगा,

वह तो पूरी उम्र जिएगा।

मुझको देखो, बचपन मेरा डरते-डरते निकला,

कब कट जाऊँगा, कब छँट जाऊँगा,

हर श्वास अटकते निकला,

यौवन आया, सबकी ललचाई नज़रों को झेला,

मेरे कारण भोले बच्चों ने उनकी डाँट-डपट को झेला।

संगी साथी बिछड़ गए सब,

जाने किस-किस ठौर गए सब,

पूरी उम्र न होने पाई, जाने किसकी सेज सजाई।

काश कि वो बनफूल होता, स्वतंत्र, स्वच्छंद होता,

भरपूर जीवन निःशंक जीता, बनफूल होता।

पवन से नहीं पूछता, तू मस्जिद के गुंबद को छू कर आई,

या मंदिर की घंटी को,

हर बादल मेरा होता, चूमता मैं पूरे के पूरे चाँद-सूरज को,

ना कटने का डर होता, ना छँटने का।

अपने मन से भरपूर जीता अपनी ज़िंदगी को,

अपने रंग से, अपनी महक से सजाता,

महकाता पूरे बन के मन को,

काश कि वह बनफूल होता।

ना होता उनके आँगन की सीमित क्यारी में,

काश विस्तार पाता गगन सा, पवन सा,

कितना अच्छा होता,

काश कि वह बनफूल होता ॥

अहसास है माँ

शरद, शिशिर, बसंत, ग्रीष्म, हेमंत और वर्षा,
मदर नेचर की इन षटऋतुओं का नाम है माँ।

ये ऋतुएँ तो अपने समय से आती हैं,
अपने समय से जाती हैं,
पर बिन बादल बरसात करवा सकती है माँ,
सर्दी में भी पसीना निकालने की क्षमता रखती है माँ।

और इस तरह हर संघर्ष में, हर अंधेरे में,
हर सफलता-असफलता में धीरज, सहनशीलता,
और नियंत्रण का पाठ पढ़ाती हुई,
जीवन के हर मौसम में साथ रहती है माँ।

वह प्रत्यक्ष नहीं, पर,
हमारा होना ही उसके होने का प्रमाण है,
ऐसे ही एक आंतरिक अहसास का नाम है,
'माँ॥'

❦

कबूतर

एक कबूतर काला सा, फिर भी प्यारा-प्यारा सा,
तिनके लेकर आता वो, कोने में रख उड़ जाता वो।

कूड़ा उसका हमें ना भाता, बार-बार फिंकवाया जाता,
फिर भी ज़िद का पक्का था वो, तिनके ले लेकर आता वो।

दाल हमारी एक ना गली, उसका घर बन गई हमारी बालकनी,
वह जीत गया, हम हार गए, देखे जब बालकनी में अंडे दो।

अब कबूतरी अंडे सेती थी, छूने किसी को ना देती थी।
दो में से दो बच्चे निकले, साथ ही देखा, दो अंडे और भी निकले।

कबूतरी अपना संसार बसा रही थी, हमसे हमारी बालकनी झपट रही थी।
उसकी मेहनत अब रंग ला रही थी, हमें भी उसकी गुटुरगूँ अब भा रही थी।

⟡⟡⟡

कोशिश

कोई चाहता है मैं लिखूँ,

यादें सँजोऊँ,

अपने अतीत से मोती उठाऊँ,

वर्तमान के धागे में,

भविष्य के लिए,

यादों की माला पिरोऊँ।

चलो कोशिश करती हूँ,

मन को स्थिर करने की,

कुछ आँखों देखी को, कुछ कानों सुनी को,

कुछ मन के अहसासों को,

सुंदर बना के, सुंदर शब्दों गें

वर्णन करने की, चलो कोशिश करती हूँ॥

गुलाब

पहाड़ों में घर के सामने की एक क्यारी में गुलाब का एक पौधा प्रतिवर्ष बर्फ में सो जाता था चार माह के लिए, और अवसर पाते ही पुनः सिर उठा लेता और मुझे आश्चर्य में देख और भी इतराने लगता। उस फूल के साथ मेरी बातचीत का एक अंश -

काँटों में खिलते गुलाब को देख मैं खिल उठी,
उसकी छोटी-छोटी कलियों को,
बर्फ से और अपने ही काँटों से संघर्ष कर,
अपनी ही जीत पर खिलते,
मुस्कुराते और महकते देख,
मैं भी मुस्कुरा उठी।

पर सोचने लगी अपने को,
मन में उठते कौतूहल को,
और दाग दिया प्रश्न एक गुलाब से सुलझाने को -

"कैसे खिलते हो तुम?

कैसे जीवन में रंग भरते हो तुम?

सफेद बर्फ की चादर में ढके इतने महीने कैसे जीते हो तुम?

काँटों की सेज पर भला कैसे सपनों में खो सकता है कोई?

और फिर कैसे प्रभात का स्वागत सहज कर सकता है कोई?"

गुलाब मुस्काया, गुलाब से गुलाबी गाल ले कर,

शरमाया, भरमाया, खुद महका और जगती को महकाया,

फिर सिर उठा कर बोला –

"सच कहा तुमने,

काँटे तो चुभते, कसकते हमेशा याद रहते हैं,

उन पर भला कैसे सो सकता है कोई!

बर्फ से ठंडे हुए जिस्म पर,

मुस्कुराहट की गरमाहट कैसे सजा सकता है कोई!

पर मैं खिलता हूँ, तुमको हँसाने के लिए।

मैं महकता हूँ, जग को महकाने के लिए।

और तुमको, जग को, सब को खिलता, महकता, मुस्काता देख,

मैं भूल जाता हूँ काँटों की चुभन, भीषण बर्फ की जलन,

और जान लेता हूँ –

जो दूसरों को खिलता देख खिल जाता है,

अपने कष्टों को भूल कर महक जाता है, मुस्का जाता है,

वही तो काँटों में भी खिलता,

फूलों का राजा गुलाब बन जाता है ॥"

चीर हरण

प्रकृति रूपी द्रौपदी का करके चीर हरण,

हम दे रहे हैं अपने विनाश को आमंत्रण,

बस भूकंप, हिमपात, बाढ़ और प्रदूषण,

हमें याद दिलाएगा द्रौपदी के खुले केशों वाला प्रण।

बचाने को प्रकृति का चीर हरण,

बनना ही होगा हम सबको स्वयं श्री कृष्ण॥

छोटी सी चिड़िया

मैं हूँ एक छोटी सी चिड़िया, फुदक-फुदक कर चलती हूँ।
मन करता जब पंख फैला कर आसमान में उड़ जाती हूँ।

बैठ डाल पर ची-चीं-चीं सबको गीत सुनाती हूँ।
सुबह सवेरे गाना गा कर सबकी नींद उड़ाती हूँ।

छोटा सा एक दाना पाकर, खुश हो कर उड़ जाती हूँ,
प्यार से बोलो मीठा बोलो, यही सबको सिखलाती हूँ॥

जीवन की झांकी

लहरें तट को चूम कर, झूमती हुई लौट जाती हैं,
रेत के लिए पर चमकती सीपियाँ छोड़ जातीं हैं।

सूरज तो डूब गया,
धरती को अपनी सुगबुगाती गर्माहट में सुला गया।
संगीत भी थम गया,
पर उसकी मधुर गूंज अभी बाकी है।

सुख के क्षण तो अतीत बन जाते हैं,
पर उनकी सुखद स्मृति तो, जीवन की झांकी है॥

जीवन - मृत्यु

जन्म नहीं है उतना सच, जितनी सच मृत्यु,
फिर हम जन्म की ही सोचते हैं, मृत्यु की नहीं क्यों?

जन्म अनिश्चितता है, पर जो जन्मा है उसका अंत निश्चित है,
फिर जन्म पर ही मनाते हैं खुशियाँ क्यों?
क्षणभंगुरता के लिए इतना आयोजन क्यों?
अटल मृत्यु का विचार मन में आता नहीं क्यों?
क्योंकि,

मृत्यु में है स्थिरता और जीवन में गति है,
और चलते जाना ही आदमी की नियति है।

मृत्यु तो आएगी ही, उसके लिए भला सोचें क्यों?
जीवन तो मुश्किल से पाया है, उसको तो जी लें।
अंजुरी भर-भर जीवन का अमृत पी लें,
अमृत जब विष में बदल जाएगा - देखा जाएगा,
उसके लिए जीते जी भला मरें क्यों?

—⊷∘∘∘⊶—

डोर मत खींचो इतनी

दुनिया बहुत ही छोटी है,

हर कोई जुड़ा हुआ है किसी न किसी डोर से,

और बंधे हैं हम किसी न किसी से,

इस डोर का किनारा बन।

बस यह डोर हम ही खींच लेते हैं,

और खींचते चले जाते हैं,

जैसे इलास्टिक की हो यह डोर।

और फिर जब यह डोर दूसरे सिरे से छूटती है,

तो तमाचा सा लगता है, ज़ोर से,

और छोटी सी इस दुनिया में,

हम अपने ही हाथों से

खो देते हैं दूसरा सिरा डोर का,

और भटकते रहते हैं -

सिरे को ढूंढते रह जाते हैं!

न सिरा मिलता है,

और न मिलता है वह जो जुड़ा था हमसे।

क्यों छूटता है सब? क्यों खोते हैं हम?

फिर शायद,

उस डोर से बंधा कोई और मिल जाता है,

और फिर वही जुड़ता जाता है।

बस बंधे रहो, पकड़े रहो,

मानो अपने को इस छोटी सी दुनिया का एक सिरा,

और डोर इतनी मत खींचो,

की दूसरे सिरे को पकड़े हाथों से छूट जाए ये डोर।

और तमाचा सा लगे गाल पर,

और भटकते रहो फिर से एक आधार पाने को,

एक छोर पाने को,

प्रभु से जुडने को ॥

तितली

माना उपवन में काँटे बहुत हैं,

चुभते हैं, कसकते हैं एक टीस सी दे जाते हैं।

काँटे ही क्यों, अनचाही झाड़ियाँ भी

घेर लेती हैं सारी ज़मीन को बरबस ही।

न कोई उन्हें लगाता है, न सींचता है,

पर हर रोज़ जाने कहाँ से, धरती की कोख से,
एक नया अनचाहा पौधा जन्म ले ही लेता है!

बड़े ही ढीठ और बहुत ही जिद्दी होते हैं
ये काँटे और अनचाही झाड़ियाँ।
इन सबके बीच जिसे हम बचाना चाहते हैं,
वह तो है एक फूल का पौधा,
जो महकता भी है, महकाता भी है।

उसी का रंग और खुशबू लेने तो हम उपवन जाते हैं,
वहाँ जाकर भूल जाते हैं काँटों की चुभन,
और झाड़ियों का जंगलीपन, बस तितली बन जाते हैं।
यह जीवन भी एक उपवन है, मेरा भी तुम्हारा भी,
फूल, काँटे और अनचाही झाड़ियाँ, सब साथ-साथ चलते हैं।

जीवन के इस उपवन में कितने लोग आते हैं,
मिलते हैं और चुपके से बिछड़ जाते हैं,
पर जीवन की कसौटी यह है, कि
हम कितनों को तितली बना पाते हैं,
हम कितनों को तितली बना पाते हैं॥

——◆◈◆——

तुम

तुमसे बात बनाने को जी चाहता है,

तुम्हारी बात करने को जी चाहता है,

जाने क्या बात है तुम में कि तुम्हें,

हर बात बताने को जी चाहता है।

अब कुछ बात करो कि तुम्हारी चुप से डर लगता है,

कुछ गुनगुनाओ कि सन्नाटे से डर लगता है,

इतने करीब रहे तुम मेरे हरदम, ऐ हमदम,

कि तुमसे दूर जाने में डर लगता है।

बात बनाने में बड़ा मज़ा आता है,

बात उड़ाने में बड़ा मज़ा आता है,

जिस महफ़िल में तुम्हारी बात ना हो,

उस महफ़िल में क्या खाक मज़ा आता है॥

तुमको नमन

आज नहीं देख सकते हम तुमको,

पर यह दृष्टि ही थी तुम्हारी,

जिसने हमारे रास्तों को प्रकाशित किया,

हमने तुम्हारी दूरदर्शिता के लिए

तुम्हें सदा नमन किया।

अब तुम्हें कभी देख-सुन नहीं सकते,

पर वह आवाज़ तुम्हारी ही थी,

जिसने हमारे जीवन को मंजिल की ओर मोड़ दिया,

हमने तुम्हारे मार्ग दर्शन के लिए

तुम्हें सदा नमन किया।

अब नहीं थाम सकते हम तुम्हें, न छू सकें,

पर वह स्पर्श ही था तुम्हारा,

जिसने गहन अंधकार में साहस दिया, सहारा दिया,

हमने तुम्हारे इस स्नेहमय रूप के लिए

तुम्हें सदा नमन किया।

तुम्हारी यादों को तुम्हारे साथ नहीं बाँट सकते,

पर वे अनुभव ही थे तुम्हारे,

जिसने हमारे अतीत और भविष्य के मध्य,

वर्तमान बन, पुल का निर्माण किया,

हमने तुम्हारी कर्तव्यपरायणता के लिए

तुम्हें सदा नमन किया।

नहीं आज तुम साथ हमारे, पर यह एहसास ही है तुम्हारा,

जो हर पल तुम्हारे साथ होने का सा भ्रम पैदा करता है,

फिर से तुम्हारा ही साथ मिले हमें,

इसी प्रार्थना, इसी कामना के साथ,

ईश्वर को सदा नमन किया,

प्रभु को सदा नमन किया॥

दराज़ में पड़ी घड़ी

हर समय कलाई पर जड़ी, टिक-टिक करती थी घड़ी।

दिल की धड़कनों की तरह घड़ी का धड़कना भी

जीवन से जुड़ गया था, इसकी टिक-टिक के साथ ही,

न जाने कितना जीवन चुक गया था।

दिन में जाने कितनी बार, अनजाने ही बार-बार,

कलाई उठ जाती थी स्वतः ही,

और नज़र घड़ी पर होती अनायास ही।

कभी लगता वक़्त के पर लग गए हैं,

कभी लगता वक़्त के पल ठहर गए हैं,

पर न तो पर लगते, न ही पल ठहरते,

घड़ी कि टिक-टिक के साथ बस

उसी गति से चुकते जाते।

अनायास ही कलाई पर बंधी घड़ी,

कुछ ढीली सी लटकी जान पड़ी,

क्या हाथ छूटता जा रहा है,

या फिर समय फिसलता जा रहा है?

चाहे हाथ छूट जाए, या वक़्त फिसल जाए,

बात तो एक ही है, कि अब वह बात नहीं है,

वक़्त का अब वक़्त बदल गया है।

कलाई में जड़ी वह घड़ी, अब दराज़ में पड़ी-पड़ी,

चलती तो है, उसकी नियति है अपना कर्म करती है।

पर अब जाने कितनी बार, अनजाने ही बार-बार,

कोई उस पर नज़र नहीं डालता,

न उसके पर लगते, न उसके पल ठहरते।

फिर भी वह टिक-टिक करती है, चलती है,

अपने धर्म का, अपने कर्म का निबाह करती है।

दराज़ में पड़ी घड़ी की तरह,

सीने में पड़ा दिल भी धड़कता है,

अपने धर्म का, अपने कर्म का निबाह करता है,

और वक़्त के बदलते वक़्त पर नज़र रखता है॥

⟫◦◦◦⟪

दस्तक

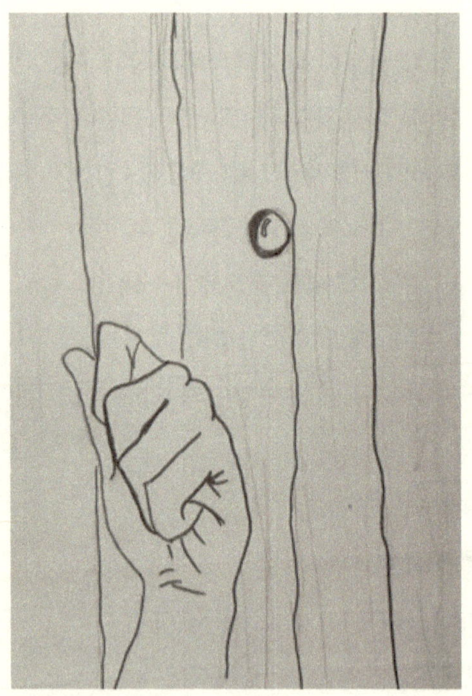

रात के सन्नाटे में दस्तक सी हुई,

सोते हुए भी आँखें खुल सी गयीं।

तुम ही हो दरवाज़े पर,

दस्तक दे रहे हो दरवाज़े पर,

पर मैं नहीं उठती खोलने को,
सुनकर भी तुम्हारी दस्तक,
दरवाज़े पर।

तुम खड़े रहो,
देते रहो दस्तक मेरे दरवाज़े पर,
तुम्हारे होने का एहसास ही बहुत है,
कि तुम हो,
मेरे घर के - मेरे मन के दरवाज़े पर।

मैं नहीं खोलूँगी, न दरवाज़ा न आँखें,
डरती हूँ कहीं खोलते ही दरवाज़ा,
गायब न हो जायें,
तुम और तुम्हारी दस्तक,
दरवाज़े पर।

तुमको देखने,
तुमको छूने के लालच में,
खो न दूँ तुम्हारे होने का एहसास,
और तुम्हारी दस्तक,
अपने घर के – अपने मन के दरवाज़े पर॥

दिशा-बोध

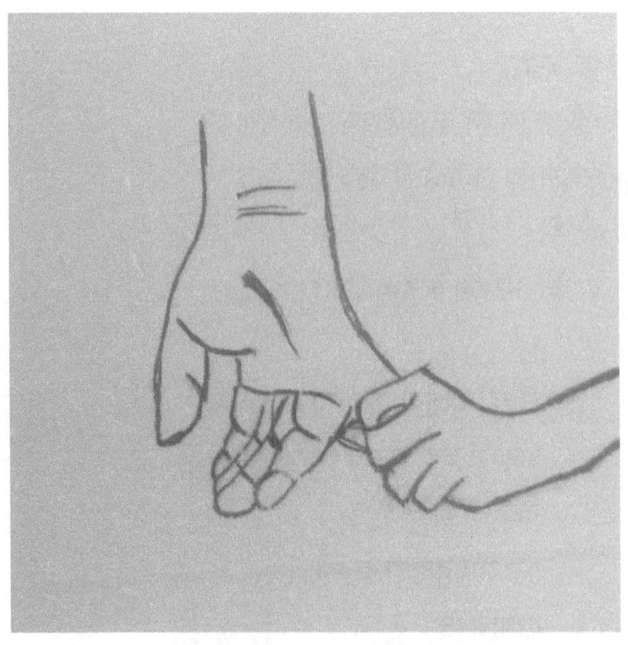

पालिका बाज़ार में,

किताबों की बड़ी सी दुकान में, हर्ष रहे थे,

अनेकानेक विषयों की, बच्चों की, बड़ों की,

किताबें देख हैरान थे, किसे लें किसे छोड़ें,

ये सोच परेशान थे।

तभी अपने शरीर को, साड़ी को और फैशन को संभाले,
आकर खड़ी हो गयीं एक महिला,
साथ में था बेटा गोलमटोल सा,
किसी पब्लिक स्कूल के छात्र सा,
दुकान को घूर रहा था अवाक सा।

दुकानदार ने कहा, "बहिनजी आइए, देखिए और
अपनी रुचि की पुस्तक चुन लीजिए।"
महिला बोलीं, "कुछ नहीं चाहिए,
'अमिताभ' या 'हेमा' का पोस्टर फूल साइज़ में दिलवाइए।"

दुकानदार ने असमंजस में नकारात्मक सिर हिला दिया,
तो बेटे ने आगे जोड़ दिया,
"ओह, तो शाहरुख का ही दीजिए।"
दुकानदार ने निवेदन किया, "बहिनजी, मुझे माफ कीजिए,
मदर टेरेसा, टैगोर, गाँधी या कोई प्राकृतिक चित्र ही ले
लीजिए।"

महिला ने बुरा सा मुँह बनाया, और एक ही नजर में
साहित्य और कला के इतने बड़े भंडार का विमोचन कर दिया,
'ऊँची दुकान, फीका पकवान' करार दे दिया,
और बेटे की उँगली थाम आगे बढ़ गयीं।

और हमें यह सोचने पर मजबूर कर गयीं,
महान व्यक्तित्वों के महान त्याग को,
अभिनेताओं के खोखले नाटक से तोल रहीं हैं!
ये माँ, भावी हिंदुस्तान को, उँगली पकड़,
कौन-सी दिशा दे रही है॥

पिघलना यादों का

बर्फ पिघलती है सूरज की तपन से,

मोम पिघलता है आग की अगन से,

पर यादें पिघलती हैं मन की घुटन से,

और पिघलते-पिघलते बह जातीं हैं आँखों के रास्ते।

कभी सबका सामना करती हैं दबी-ढकी सी,

कभी उठा कर नितांत अकेला खड़ा कर जाती हैं,

पर बह कर भी कम नहीं होतीं,

बड़ा रूप लेकर वहीं की वहीं बैठ जाती है,

जम जातीं हैं, और देती रहतीं हैं भ्रम।

यादें जब पिघलती हैं तब दिल होता है हल्का,

और भर आती हैं आँखें,

और उन पिघलती यादों के लावे में, घिरती जाती हूँ।

नहीं छोड़ सकती यादों को, नहीं भाग सकती इनसे,

इसलिए इन्हें फिर अपने अंदर ही समा लेती हूँ,

बंद कर देती हूँ इनके बहने का रास्ता,

फिर भी यादें पिघलती तो हैं पर बह नहीं सकतीं।

क्योंकि समझ गयी हूँ -

बर्फ पिघलती है तो जलन में ठंडक देती है,

मोम पिघलता है तो अंधेरे में प्रकाश भरता है,

यादें पिघलती तो हैं, पर किसी को नहीं देतीं कुछ भी,

बस दिल ही सबका दुखाती हैं, कम नहीं करती कुछ भी।

मीठी यादें, खट्टी यादें, कड़वी यादें,

गुदगुदातीं हैं, दिल दुखातीं हैं,

पिघलती तो हैं पर छोड़ कर जाती नहीं हैं कहीं भी,

फिर उसी रंग-रूप में छिप जाती हैं दिल के गह्वर में ॥

पेड़ से गप्पें

बैठा था एक दिन पेड़ के नीचे,
और मन में थीं पेड़ से करने को हजार बातें!

"कैसे छोटे से बीज से बन जाते हो इतने बड़े,
अलग-अलग फल-फूल के, अलग-अलग रंग-रूप के?
फल-फूल और छाया के साथ तुम देते हो मानव को जीवन,
पर मानव स्वार्थ के लिए उजाड़ देता है सारे वन।
तुम होंगे बहुत दुखी, मानव के व्यवहार से,
देखते हो सब लाचार से!"

"पर दोस्त, हम बच्चे प्रतिज्ञा करते हैं,
हर अवसर पर लगाएंगे एक वृक्ष,
ऐसा प्रण हम करते हैं!
धरती का शृंगार हो तुम,
पशु-पक्षियों का विहार हो तुम,
बस हमसे नाराज़ न होना तुम,
शीतल छाया देते रहना, देते रहना!

झूले की रस्सी थामे रहना, थामे रहना!
मीठे आम, अमरूद देते रहना, देते रहना!"

पेड़ बच्चों की भोली बातों में खो गया,
झूम उठा,
बच्चों के गालों को सहलाया,
और बोला,
"तुमसे कैसे नाराज़ हो सकता हूँ मैं,
तुम्हारे लिए ही तो मर-मर के जन्म लेता हूँ मैं,
फल-फूल और छाया लेकर आता हूँ मैं !!"

"बस एक बात कहनी है,
तुम बच्चे हो, भोले हो,
प्रेम ही प्रेम बोते हो!
तुम्हारी बात से तो मेरे बच्चों, अधूरी बात बनेगी,
बन के आदमी भूल जाते हैं सब वायदे अपने अच्छे-अच्छे!
बड़े होकर भी याद तुम रखना, किए थे पेड़ से सच्चे कुछ वायदे,"
हमारी तुम्हारी गप्पों से होने वाले अच्छे-सच्चे फायदे!"

❖❖❖

प्रतीक्षा अनवरत

धरती में बीज डालते ही,

फूटने की प्रतीक्षा होने लगती है,

अंकुर निकलते ही,

उसके फलने की प्रतीक्षा होने लगती है,

उसके फलते ही,

फूलों से महक की, और फलों से,

स्वाद की प्रतीक्षा होने लगती है।

और फूल, फल, स्वाद मिलते ही, वृक्ष के सूखते ही,

उसके गिरने की प्रतीक्षा होने लगती है,

और उसके गिरते ही,

फिर धरती से बीज के फूटने की प्रतीक्षा होने लगती है,

और चलता रहता है चक्र प्रतीक्षा का अनवरत॥

फ़र्ज़ और कर्ज़

अभी नहीं बैठा-बैठी, अभी सिर्फ़ देखा–देखी,
अभी नहीं चाय-वाय, अभी सिर्फ़ हैलो-बाय।

अभी तो मुझे कुछ कर्ज़ चुकाने हैं,
अभी तो मुझे कुछ फर्ज़ निभाने हैं।

फ़र्ज़ और कर्ज़ क्या पर्याय नहीं हैं?
एक समय जो कर्ज़ था क्या दूसरे समय वही फ़र्ज़ नहीं है?

❖◦◦◦❖

बसंत मुस्काया

पीली सरसों से भरे खेत देखकर, मधुमास इतराया,

कोयल काली ने कुहुक कुहुक कर कैसा शोर मचाया,

पथ हेरत पथरा गयीं अँखियाँ, पीली पड़ गई काया,

विरही मन ने फिर आशा का झूठा दीप जलाया।

कैसे कह दूँ सखी देखकर, कहाँ बसंत लहराया,

हाँ, कोयल के स्वर को सुन, मन की अमराई पर,

भूली बिसरी कुछ स्मृतियाँ फिर बासंती हो गयीं,

पथराई अँखियों में फिर कचनार सा महका गयीं।

बिन रोपे ही मन के हर कोने में सरसों का पौधा उग आया,

स्मृतियों के पीले फूलों से मन का आँगन भरमाया,

मधुर अतीत के फूल खिले हैं, मधुमास लहराया,

हाँ सखी, मेरे आँगन में भी, बसंत सदा मुस्काया॥

बाँधना समय का

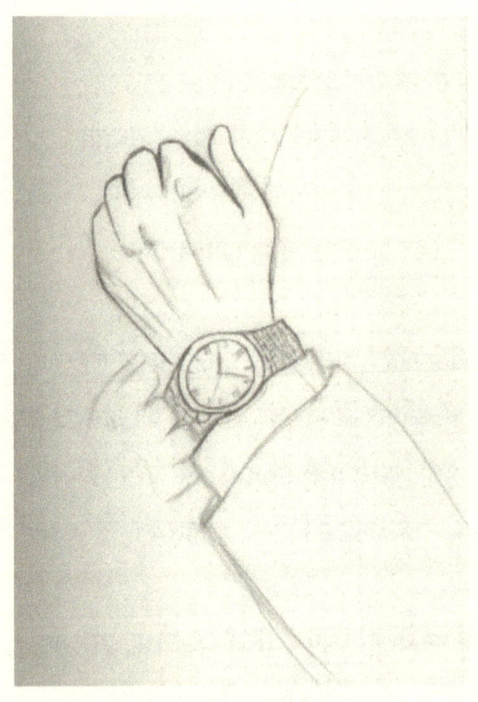

उपहार में मिली एक घड़ी,

जब मैंने पास की कक्षा दसवीं,

तब से जो बाँधी कलाई में,

लगा बांध लिया है समय को।

लोगों ने टोका,
"बंधी ही रहती है हाथ में तुम्हारे,
घड़ी है या खिलौना है तुम्हारी कलाई में?"
समय बीतता रहा,

सोचती रही कि समय बंधा है मेरे हाथ में,
पर उम्र के एक पड़ाव पर,
सीखा मैंने समय का पाठ,
समय को भला कौन बांध सका है?

समय के साथ चलते रहें,
समय की परिवर्तनशीलता के साथ
बदलते रहें अपने वजूद को,
समय नहीं रहता कभी एक-सा।

तब समझा समय को बांधना होता है कैसा,
समय बँधता है, जब हम बंधते हैं समय के साथ,
समय बदल गया है, यह समझ लें,
और बदल जायें समय के साथ।

समझ जायें कि अब समय आ गया है,
मुख्य मार्ग से हट कर, एक किनारे हो जायें,
क्यों व्यर्थ में सड़क की उड़ती धूल खाएँ!

लालू, कालू, मुन्ना

अभी-अभी तो आई मिठाई,

जाने कैसे खुशबू पाई,

झट से चींटी दौड़ी आयीं,

साथ सहेली सारी लाई।

चारों ओर से लड्डु घेरा,

बर्फ़ी भी बचने न पाई

लालू, कालू, मुन्ना ने फिर

फूँक-फूँक कर खाई मिठाई॥

काले-काले मीठे जामुन पूरे पेड़ पर छाए,

ऊंचे इतने अधिक लगे थे, कोई पहुँच न पाए।

बंदर जी ने आकर फिर टहनी खूब हिलाई,

धरती पर जामुन की काली चादर पड़ी दिखाई।

पर मिट्टी में सने पड़े थे, फिर भी मन ललचाये,

लालू, कालू, मुन्ना ने फिर,

फूँक-फूँक कर जामुन खाए॥

बासन्ती रंग

फूली सरसों देख कर बौराया था आम
धूप बिछी थी खेत पर, सिहर रही थी शाम ॥

पत्ते झड़ गए पेड़ से, ले गई हवा उड़ाय,
महिमा मंडित समझ स्वयं को, आम गया बौराय ॥

आम्रकुंज में कोयल कूकी, आसमान में उडी पतंग,
बिरहिन का मन भटके धरती पर, उड़े पतंग के संग ॥

ऋतुराज बसंत का हुआ आगमन, आया फागुन माह,
हर गोरी को हो उठी पिया मिलन की चाह ॥

मधुमास में धरती पर, रंग सब पड़े दिखाई,
एक ओर पतझड़ दुखदायी, एक ओर फूटे अमराई ॥

बेटियाँ

ईश्वर ने जब बेटियाँ बनायीं,
बहुत सोचा, समझा और अक्ल दौड़ाई,
दुनिया भर के खज़ाने उठाए,
आकाश-पाताल से नगीने चुराए।

परियों की मुस्कुराहट होंठों पर सजाई,
आधी-रात की नाजुक आहट दिल में बसाई,
तारों की चमक आँखों में बसा कर
बेटियों को बनाया,
घर-आँगन, इस धरती को सजाया।

बेटियाँ गति हैं इस सृष्टि की,
बेटियाँ आधार सूत्र हैं दो गृहों की,
बेटियों पर ही निर्भर है,
नियति भावी पीढ़ी की।

माँ सरस्वती इन पर प्रसन्न रहें,

लक्ष्मी की दया भी इन पर बनी रहे,

सौभाग्य-सुख-समृद्धि के सागर में गोते लगाएँ,

प्रेम और विनय को सदा व्यवहार में लाएँ।

बेटियों के लिए यही कामना है हमारी,

ईश्वर से सदा यही विनती हमारी,

बेटियों का मान सदा कराया करें,

इस धरती पर सूरज-किरण उतारा करें॥

मन

मन क्या है?
बिना किसी आवरण के, सीधे-सादे
कोमल से दो अक्षर का शब्द है मन,
जो न दिखता है, न पकड़ में आता है,
बस अपने ही मन की किया करता है।

कभी फूल सा हल्का होकर,

नीले आकाश में रुई के गोले सा,

अनेक रूप लेकर, विचरण करता है।

कभी ये मन, मन-भर का भारी होकर,

हाथ से छूटी हुई रस्सी वाली बाल्टी सा,

डुबक-डुबक करता, कुएँ के तल में जा बैठता है।

कभी फुदकता है तितली सा,

कभी दादी माँ की तरह कोने में

जा बैठता है माला जपता सा,

कभी सबके साथ होता है अकेले में,

कभी भरे मेले में भी भटकता है,

अकेला सा।

तो अपने मन को समझना ही मुश्किल है,

फिर दूसरे के मन को समझने का दावा कैसे करें?

फिर भी जाने क्या बात है,

अपना मन, अपना होते हुए भी

हाथ से छुटता जाता है,

और दूसरे के मन को हम अनजाने ही

बाँध लेते हैं अपने मन से।

दूसरे के मन से अपने मन की करवा लेते है,

पर अपना मन मना कर देता है

अपने ही मन की करने से!

तो क्या मेरा मन मेरा बैरी है?

नहीं, मेरा मन फिर भी मेरा अपना है, क्योंकि,

मैं मन की बात मन में ही रख लेती हूँ।

कभी नचाती हूँ इसे इशारों पर,

कभी इसके इशारों पर ही नाच लेती हूँ॥

मन करता है

मन करता है हरी घास पर यहीं लेट कर सो जाएँ,

प्यास बुझा लें पीकर पानी निर्झर से,

भूख मिटालें गेंदे में पलते बीजों से,

तितली के पीछे दौड़ें, फूलों में हम खो जाएँ,

मन करता है हरी घास पर यहीं लेट कर सो जाएँ।

मन बहलायें सुनकर चिड़ियों का गाना,

अचरज से देखें, चींटी कैसे ले जाती है दाना,

देख गिलहरी हम भी झट पेड़ों पर चढ़ जाएँ,

मन करता है हरी घास पर यहीं लेट कर सो जाएँ।

दोपहरी के सन्नाटे में बैठ पेड़ के नीचे,

कच्ची इमली को चाटें, या अमियों पर झूलें,

भरकर झोली झरबेरी से, हम बहुत धनी बन जाएँ,

मन करता है हरी घास पर यहीं लेट कर सो जाएँ।

देखें चाँद देख कर धरती कैसे शरमाती है,

रात रानी और चम्पा सुगंध से किसे रिझाती हैं,

ओढ़ चाँदनी की चादर सुख सपनों में खो जाएँ,

मन करता है हरी घास पर यहीं लेट कर सो जाएँ।

दिन को ढलता देख जगत की नश्वरता को जानें,

दिन को उगता देख अमर-आत्मा को पहचानें,

सर्वत्र गुंजित ओंकार में एकात्म हम हो जाएँ,

यहीं कहीं पर ध्यानमग्न हो समाधिस्थ हम हो जाएँ,

मन करता है हरी घास पर यहीं लेट कर सो जाएँ।

पर जीवन कहीं ऐसे चलता है!

मन के ऊपर कर्म बंधन हावी रहता है,

चलें यहाँ से,

घर चल कर बिजली का पहले बटन दबाएँ,

जिन कर्मों से जीवन चलता है, उन में उलझ-उलझ थक जाएँ।

पर, मन की बात रोज़ नहीं तो कभी-कभी तो माने,

मन करता है तो कुछ क्षण,

हरी घास पर, यहीं बैठ कर सुस्ताएँ,

मन की बात रोज़ नहीं तो कभी-कभी तो माने,

मन करता है तो हरी घास पर यहीं लेट कर सो जाएँ॥

❖❖❖

मायके आती बेटियाँ

कितनी प्रतीक्षा थी उसके आने की,

जानती हूँ बदल जाता है सब कुछ,

मैं भी, घर भी, उसके आने से....

वो जब आती है, खाने की मेज चहकने लगती है,

रसोईघर महकने लगता है,

बर्तन चमकने लगते हैं,

फ्रिज और डब्बे फूले-फूले लगते हैं,

मसाले तो बोलते से लगते हैं,

सच,

सब खुश हो जाते हैं, व्यस्त हो जाते हैं,

उसके आने से....

हर कमरे में जान सी आ जाती है,

अलमारियाँ सज जाती हैं,

नई चादरों की चमक और खुशबू भर जाती है,

क्या कहाँ नए सिरे से रखा जाएगा,

क्या फिंकेगा और क्या दिया जाएगा,

इसकी नई लिस्ट बन जाती है,

सब कुछ नया सा, जीवंत सा हो जाता है,

उसके आने से....

व्यस्तता घर की बढ़ जाती है,

बातों में भी रफ्तार सी आ जाती है,

आस पड़ोस में भी खलबली सी मच जाती है,

मन की बात बाहर निकलने को मचल सी जाती है,

उस के आने से....

पर अब फिर सब प्रतीक्षा में डूब गए हैं,

खबर आ गई है उसके न आ सकने की,

सब सो गए हैं, अपने अपने काम में लगे हैं,

मायूस से, सबकी रफ्तार रुक गई है

उसके ना आने से....

और फिर अब,

कितनी प्रतीक्षा है उसके आने की,

जानती हूँ बदल जाता है सब कुछ,

मैं भी, घर भी, उसके आने से.... ॥

मिशिगन झील का सूर्यास्त

उस रोज़ बैठी थी झील के किनारे शाम को,

सूरज की गर्मी से गुनगुनी हुई रेत गर्मी दे रही थी,

झील के पानी से ठंडे हुए, सिहरते पावों को।

बड़ा भला लग रहा था बैठना रेत पर,

बनाना और बनाकर फिर बिगाड़ना घरोंदों को।

जो बनता है वो बिगड़ता ही है, यही तो समझाता है

ऊपर बैठा वो, और नचाता है मनमाना कठपुतलियों को।

देख रही थी, सूरज कितनी गति से बढ़ रहा है,

झील के ठंडे पानी में समाने को,

दिनभर की तपिश से थका-हारा कर्मठ, जैसे बैचेन हो,

माँ की गोद में समाने को।

झील का पानी भी तरंगें ले उछल रहा है ऐसे,

थका लाल मुँह बच्चे का देख,

आँचल का दूध और आँख का पानी

आतुर हो अपने में समेटने को जैसे।

और लो! देखते ही देखते झट से दुबक गया,

झील का भीगा आँचल विस्तार पा गया,

आँचल के आँगन में जीवन पल रहा है,

तभी तो झील का पानी अधिक चंचल हो रहा है।

और मैं चुपचाप अंत तक देखती रही

आसमान पर छिटके इंद्रधनुषी रंगों को,

समझ नहीं पा रही थी ये किसके संतोष के रंग हैं,

झील के आँचल के, या विश्राम मिला सूरज को।

मुझे प्रतीक्षा है सुबह की,

जब अपने में समेटे इन्हीं संतोष के रंगों को ले,

झील का पानी विदा देगा सूरज को,

और सूरज बिखेरने चल देगा चहुँ ओर, अपनी प्रखर प्रभा को॥

मुँहलगी – मुँहजली - कलमुँही

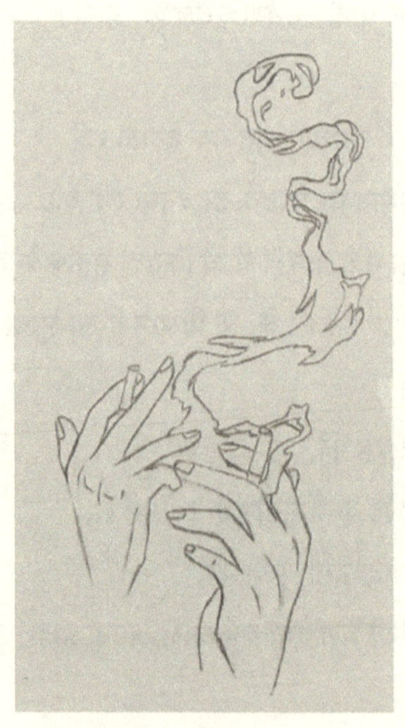

वाह! क्या खूब पार्टी जमी थी,

बुद्धिजीवियों की भीड़ ही भीड़ खड़ी थी,

कि कहीं से एक मुँहलगी-मुँहजली-कलमुँही

अधजली सिगरेट आ पड़ी थी,

नज़र हमारी उस पर ही गढ़ी थी।

और इससे पहले कि हम पहुँच पाएँ,

उसके पास आकर खड़ी हो गई एक नारी,

जो पहने हुए थी नयलॉन की साड़ी,

इसके बाद क्या हुआ जान लीजिए,

तिल का ताड़ कैसे बना समझ लीजिए।

उसी पार्टी में आतिशबाजी भी होने वाली थी!

अभी कुछ ही देर में बस शुरू होने वाली थी!

कि भयानक आवाज़ के साथ सब स्वाहा हो गया,

एक घंटे का कार्यक्रम एक मिनट में सम्पन्न हो गया,

शुक्र है किसी की जान नहीं गई थी,

पर मुँहलगी-कलमुँही-मुँहजली वहाँ भी मिली थी।

कुछ दिन पहले एक खबर अख़बार में पढ़ी थी,

पाँच सितारा होटल में क्या भयानक आग लगी थी।

करोड़ों का नुकसान पाँच मिनट में हो गया,

दो-चार का दाह-संस्कार वहीं पर हो गया।

आग को बुझाने में चार दमकल गाड़ियां लगीं थीं,

आग का कारण ढूँढने में पूरी कमेटी लगी थी,

पर आग तो उसी मुँहलगी-कलमुँही-मुँहजली के कारण

लगी थी!

काश! सिगरेट पीनेवाले इतना तो कर पाते,

अपना कलेजा ही जलाते, किसी का घर न जलाते,

मुँहलगी-कलमुँही-मुँहजली की फितरत को समझते

किसी का घर न जलाते,

किसी का घर न जलाते ॥

<hr>

मुझे रोको मत

सागर में उठती हैं लहरें,

एक दूसरे से जुड़ीं क्रमबद्ध, अटूट लहरें,

कभी हर्षित सी, कभी विचलित सी!!

मन घुटता है, दम घुटता है

जब मन में उठती हैं ऐसी ही लहरें,

आँखों के किनारों पर सिर पटकती हैं, और

फिर मन के सागर में ही गुम हो जाती हैं,

खो जाती हैं, मन की लहरें मन भर जाती हैं।

    फिर कभी-कभी ये लहरें

    किनारों का बांध तोड़ कर बह निकलती हैं -

    तब सागर में उठता है तूफान,

    रोके नहीं रुकती हैं,

    बस बहती जाती है, बहती जाती हैं,

    और आसपास को भी नम कर जातीं हैं,

    नम ही नहीं, डुबो लेती हैं अपने साथ।

'बूँद -बूँद से सागर भरता है'

यह अटल सत्य तो, सुना है बरसों से,

पर बूँद-बूँद से सागर रिसता है,

खाली होता है, हल्का होता है,

तूफान थम जाता है,

लहरों का छलकना, आँखों का बहना सब रुक जाता है,

यह भोगा है, सहा है, अनुभव किया है।

इसलिए कहती हूँ,

बूँद-बूँद से भरते सागर को,

कभी रिसने दो, बहने दो,

मुझे रोको मत, रोने दो॥

❦

मेरा अपना मित्र

मेरा मित्र है बड़ा पुराना,

मेरे साथ रहते हो गया उसे ज़माना,

अपने नितांत अकेले क्षणों में, मैं उससे बतियाती हूँ,

उसके साथ रहते लगता मुझको, सबके संग जी लेती हूँ,

मेरा मित्र पुराना है।

यूँ तो खामोश बहुत है, फिर भी आवाज़ गूँजती ही रहती है,

हरदम - हरपल वह मुझको कुछ समझाता,

मुझसे कुछ कहता ही रहता है,

भूत, भविष्य और वर्तमान के भेदों को बतलाता ही रहता है,

सचमुच बड़ा सयाना है,

मेरा मित्र पुराना है।

उसकी ज़िद को समझने-समझाने में शक्ति बहुत ही लगती है,

सचमुच बड़ा मनमाना है,

पर, फिर भी वह अच्छा है, फिर भी वह सच्चा है,

कठिन समय में राह दिखाता साथी मेरा पक्का है!

मेरा मित्र पुराना है।

और, वह बस मेरा है, केवल मेरा है!

नहीं बाँट सकती उसको मैं, नहीं छोड़ सकती उसको मैं,

मरते दम तक साथ निभाना है, मेरा मित्र पुराना है।

मेरा मन होगा, तो उसकी बातें बतला दूँगी सबको,

वह कभी नहीं बतला सकता, यह कसम है उसको!

मेरा मित्र पुराना है।

मैं उसका नाम बता दूँ क्या तुमको?

साथी का पता बात दूँ क्या सबको?

तो सुनो बतलाती हूँ,

मेरा साथी बस मेरा मन है,

मेरे सुख-दुख का साथी, वह केवल मेरा है,

मेरा मन ही मेरा मित्र पुराना है।

अपने मन को तुम भी अपना साथी मानो,

गलत चले तो उसको सच्ची राह दिखा दो,

उसको नाराज़ न होने देना, अवसाद में घिरने न देना,

उसको सदा संभाले रखना, समझते और समझाते रहना,

यह साथी, यह मन तुम्हारा अपना है,

मीत बहुत पुराना है, मित्र बहुत पुराना है॥

मौन

आज हर आहट कुछ अधिक साफ सुनायी दे रही थी,

सूरज की पहली किरण भी कुछ कहती हुई सी लग रही थी,

वह बहुत सवेरे बिना किसी आहट के आई थी,

और सारे जगत पर छा गई थी।

आस पास सब कुछ वही था, फिर भी जाने क्या बात थी,

घास पर फुदकती चिड़िया और दीवार पर दौड़ती गिलहरी,

कुछ अधिक ही चंचल लग रही थी,

अलसायी सुबह में स्फूर्ति-सी भर रही थीं।

हवा की ठंडी छुअन से सिहरते पत्ते,

हिलते डुलते पेड़ों पर मचलते पत्ते,

बिना किसी शोर के हृदय के कितने घावों को,

सहला कर ठंडक पहुंचा रहे थे और

परहित का संदेश ब्रह्मांड में फैला रहे थे।

आसमान पर उड़ते

हवाई जहाज़ की कर्णभेदी गड़गड़ाहट,

शीघ्र ही विलीन हो गई,

पर शायद यह कहती गई,

कि व्यर्थ का शोर हृदय पर कोई प्रभाव नहीं छोड़ता।

अचानक सूरज, चिड़िया, गिलहरी, पत्तों और हवाई जहाज़ से

ध्यान हटकर अपने अंदर की आवाज़ पर जम गया,

और लगा आज जो आवाज़ें मैं सुन रही हूँ,

वे पहले कहाँ थीं,

और क्यों नहीं सुनायी दे रही थी?

और उसी क्षण अनुभव हुआ कि,

अपनी एक आवाज़ के पीछे हम,

सारे अस्तित्व को, बाहर के और भीतर के,

सब को नकार देते हैं,

हमेशा बजाय सुनने के, कुछ कहने को आतुर रहते हैं।

तो फिर आज मेरे परिवेश से,

मेरे अन्तर से,

मेरा परिचय कराने वाले आखिर तुम कौन?

एक ही उत्तर सब ओर से गूँजता प्रतीत हुआ,

तुम्हारा अपना मौन,

तुम्हारा अपना मौन ॥

रीतना जरूरी है

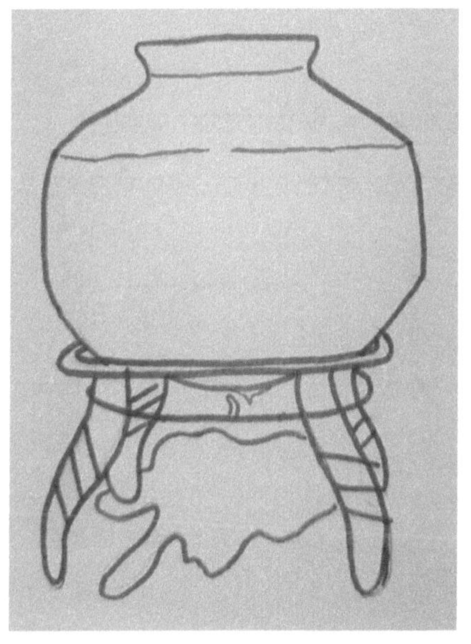

दिन बीतते हैं, बीत ही जाते हैं, जल्दी बीतें या धीरे,

अपनी चाल से, रफ्तार से, बीत ही जाते हैं।

दिन बीतने के साथ केवल समय ही नहीं बीतता,

बीतता है जीवन, बीतती है उम्र, बीतती हैं साँसे,

और रीते रह जाते हैं हम,

पकड़ने को आने वाला दिन।

रीते घट में भरते हैं नई साँसे, नए पल, नया जोश,

नई उम्मीदें, नई आस और नया विश्वास।

यही चक्र है, जो सच है,

बीतता है, रीतता है, फिर भरता है!

नव के स्वागत के लिए बीतना जरूरी है,

कुछ नवीन भरने के लिए रीतना भी जरूरी है॥

सुख के साथी, दुख के मीत

सुख के साथी, दुख के मीत,

जन्म-मरण दोनों के गीत।

शगुन अपशगुन से बहुत परे हैं,

वाणी से भी जाते जीत।

तोड़े जाते, नोचे जाते,

पर खुशबू ही खुशबू देते,

काँटों की तो क्या

हर चुभन को ठंडक देते।

बस पुष्प ही तो हैं जो चुप रह कर भी

सब कुछ कह देते॥

सुबह की चाय और अख़बार

सुबह की चाय के साथ,

अख़बार बिस्किट-सा प्रतीत होता था,

एक ही साथ सारे संसार का

दर्शन साकार होता था।

पत्नी भी प्रायः कुढ़ती थीं इस से,

उन्हें ये अपनी सौत-सा प्रतीत होता था।

किन्तु अब अख़बार प्रतिदिन

डकैती, बलात्कार और हत्या का

समाचार लिए आता है,

सुबह के साथ चाय को भी

कड़वा कर जाता है।

मैं सोचती हूँ अख़बार का कोना कटा होना चाहिए

क्योंकि मृत्यु के समाचार लाने वाले पोस्टकार्ड का

कोना कटा होता है!

सूना मन

मन बहुत खाली है,

विचारों का बियाबान जंगल होते हुए भी,

मन बहुत सूना है।

यादों के फूल हैं, उन फूलों की मीठी महक है,

सब है मन के उपवन में,

फिर भी मन बहुत सूना है, मन बहुत खाली है।

मन छटपटाता है, मन तड़पता है,

वजह-बेवजह संवेदना से भर जाता है,

इस जानदार मन में सब कुछ होता है,

फिर भी मन बहुत बेजान-सा है,

मन बहुत खाली है, मन बहुत सूना है।

मन में एक बचपन है,

मन उछलता है, मन किलकता है,

आकाश छूने को और फिर तितली पकड़ने को दौड़ता है,

मन में उत्साह है बहुत,

फिर भी मन बहुत बूढ़ा-सा है,

मन बहुत खाली है, मन बहुत सूना है।

मन में जगमगाते हैं दीप, मन पर्व सभी मनाता है,

बसंत में बासन्ती होकर होली के गुलाल से भर जाता है,

मन में हैं रंग सभी, फिर भी मन बेरंग-सा है,

मन बहुत खाली है, मन बहुत सूना है।

मन में प्यार है, विचार हैं, काम है,

रंग है, पर्व है, पर फिर भी,

मन बहुत खाली है,

मन बहुत-बहुत सूना है॥

हंस अकेला है

यह कैसा अजब अनोखा दुनिया का मेला है,
आबादी तो बढ़ती जाती पर आदमी अकेला है।

भूल गया है भारत दूध-दही की नदियाँ, बस सूखा है,
दाल-रोटी भी नहीं मयस्सर, खेतों वाला भारत भूखा है।

जिनके झमेलों को सुलझाता रहा उम्र भर,
उन्होंने ही कह दिया, ये बुड्ढा तो जान का झमेला है।

चल-अचल संपत्ति का करते रहे हिसाब उम्र भर,
खोलो खाता धर्म-कर्म का बाकी तो चला-चली का खेला है।

रोते बचपन को गले लगा लो, जीवन में कुछ पुण्य कमा लो,
जिसने दिया वही ले लेगा, ये जीवन ना मेरा है, ना तेरा है।

आठों प्रहर साँसों का आना-जाना रहा,

पर जब वक्त पड़ा तो एक साँस भी रहा ना मेरा है।

रिश्ते-नाते, साज-ओ-सामान, मेरे-अपने का मायाजाल,

जब आती बारी जाने की, उड़ जाता, ये हंस अकेला है॥